KB130240

없는 여자

최진욱 소설집

청어

없는 여자

최진욱 지음

발 행 처·도서출판 **청어**
발 행 인·이영철
영   업·이동호
기   획·이용희
편   집·방세화
디 자 인·이해니 ㅣ 이수빈
제작부장·공병한
인   쇄·두리터

등   록·1999년 5월 3일
(제321-3210000251001999000063호)

1판 1쇄 인쇄·2019년 1월 20일
1판 1쇄 발행·2019년 1월 30일

주소·서울특별시 서초구 효령로55길 45-8
대표전화·02-586-0477
팩시밀리·02-586-0478

홈페이지·www.chungeobook.com
E-mail·ppi20@hanmail.net
ISBN·979-11-5860-616-9(03810)

이 도서의 국립중앙도서관 출판시도서목록(CIP)은 서지정보유통지원시스템 홈페이지
(http://seoji.nl.go.kr)와 국가자료공동목록시스템(http://www.nl.go.kr/kolisnet)에서 이용
하실 수 있습니다.(CIP제어번호: CIP2019000856)

없는 여자

최진욱 소설집

작가의 말

'작가의 말'을 쓰면서, 작가가 굳이 무슨 말을 해야 하나? 하는 생각을 했다. 작가는 이야기를 만드는 사람이다. 그러므로 작가가 만든 이야기들이 독자들에게 말을 거는 것이 옳을 것이다. 이번에 나는 9개의 짧은 이야기를 만들어서 내놓았다.

학창시절에 흠모했던 한 홍콩 여배우가 문득 떠올라서 어떤 무더운 여름날들을 꼬박 새우면서 추억을 되새김질해보았다. 40대에 과부가 되어 우리 4남매를 홀로 키운 엄마의 사연은 어느덧 세상의 모든 엄마들에게 바치는 이야기가 되었다. 생명공학의 지식은 한없이 엷지만 DNA를 소재로 한 짧은 글도 나름대로 꿰맞춰 봤다. 인터넷이 극도로 발달된 세상에서 진실한 사랑이 과연 있을까? 라는 의문에서 존재하지 않는 여자와의 사랑 이야기를 상상해봤다. 소외된 인간의 마지막 몸부림을 슈퍼맨이라는 히어로로 대치도 해봤다. 아버지와 아들, 그 오묘하면서도 애틋한 관계를 묘사해봤다. 개의 눈과 입을 빌려 저항과 혁명의 파노라마도 만들어봤고, 비둘기와 인간의 전쟁이라는 매우 비약적인 이야기를 통해서 인간의 욕망을 고발하고자 했다.

이렇게 내가 만든 이야기들은 각자 하고 싶은 말들을 독자에게 건넬 것이다. 독자들은 반응하겠지. 뭐야, 이거? 이런 것도 소설이라고. 나도 쓰겠다. 그저 그러네. 근데 돈 내고 사보긴 거시기해. 딱 돈값만 하는 소설이네. 야, 이거 대단한데. 책값이 전혀 아깝지 않아. 기타 등등.

어떤 반응이 나오더라도, 나는 계속 이야기를 만들어낼 것이다. 그리고 염치없더라도 독자들에게 계속해서 말을 걸 것이다. 내가 목표로 하는 독자의 반응은 딱 돈값정도 하는 소설이다. 고슴도치도 제 새끼 예쁘다고 했나. 나 역시 내가 잉태한 나의 9명의 자식들이 귀하고 어여쁘다. 귀한 내 자식들이 어디 가서라도 냉대는 받지 않았으면 하는 마음이다. 어설픈 미숙아를 인큐베이터에서 잘 길러서 세상에 내준 유능한 닥터인 도서출판 청어의 이영철 대표님과 편집장을 비롯한 모든 분들에게 감사를 드리며, 앞으로도 '거 꽤 괜찮은 이야기꾼이네.'라는 평을 듣는 소설가로 거듭날 것을 홀로 다짐해 본다.

최 진 욱

차례

진추하, One Summer Night

내가 진추하에게 내민 손이
우리 수경이를 처음 잡은 바로 그 손.
처음 내 눈을 흐리게 만든 그 손이란 걸 알았어.
그년도 알았을 거야.
알면서 시침 뚝 떼는 게 지수경이 개 특기잖아.
그러면서 감히 내게 물어? 내가 네 첫사랑이 맞니? 라고.
지랄 염병!

너한테 묻고 싶은 게 있어, 마지막으로……

나는 아내에게 마지막이란 단어를 함부로 쓰지 말라고 호통을 쳤다. 그러나 수경인 반항하듯 거듭 마지막이라는 단어를 사용했다.

마지막으로 확인하고 싶어서 그래……

나는 수경이의 말라비틀어진 손을 꽉 잡아주려다가 슬그머니 풀어주었다. 금방이라도 으스러질 것처럼 바삭바삭 소리가 났다. 내가 쓰지 말라고 호통을 친 그 마지막이란 단어와 그즈음의 수경이는 너무나 잘 어울렸다. 주치의가 예언한 시한부 6개월에서 보름이 더 지났다. 수경인 덤으로 보름이면 괜찮은 장사라면서 더 이상 버티길 거부했다. 그녀는 덤이 시한부보다 길어지는 걸 가장 두려워했다. 우습다고 했다. 맥 빠진다고도 했다. 어쩌다가 시청률이 잘 나온 덕분에 1~2회 연장된 미니시리즈의 희극적인 결말처럼 되고 싶지 않다는 뜻을 수경이는 나에게 분명히 전달했다. 그런 그녀가 마지막으로 나에게 묻고 싶은 게 뭘까?

내가 네 첫사랑인 게 맞니?

생을 마감하는 자리에서 한 마지막 질문을 듣고, 나는 하마터면 빵 하고 웃음을 터뜨릴 뻔했다. 목구멍까지 치고 올라온 웃음을 겨우 참아내고 진지한 얼굴로 마지막 질문에 대답해줬다.

그걸 말이라고…….

맞단 얘기구나. 다행이다…….

지수경은 그날 40세를 일기로 숨을 멈추었다. 위암을 말기에 발견한 후, 딱 6개월 16일 만이다. 그녀는 서기 2000년 고운 단풍이 천지를 물들인 가을의 절정, 석양이 벌겋게 우는 날을 택일해서 홀로 떠났다. 빈소를 찾은 친구들이 지수경다운 선택이라고 입을 모았다. 수경인 유난히 감수성이 풍부하고 예민했다. 생각해보니, 어렸을 때도 이렇게 말하곤 했었던 것 같다. 난 나는 말이야, 가을에 죽을 거야. 것도 석양이 지는 하늘을 바라보면서……. 참 잔망스럽기도 하다.

고등학교 동창인 우린 친구들을 공유할 수밖에 없었다. 내 친구가 수경이 친구고, 수경이 친구가 내 친구였다. 내가 네 첫사랑인 게 맞니? 수경이의 마지막 질문에 내가 하마터면 웃음을 터뜨릴 뻔했던 이유다. 2학년 때 전학 온 수경이가 내 옆자리를 꿰찼고, 그날부터 우린 사귀기 시작했다. 굳이 꿰찼단 표현을 쓴 이윤 몇 개의 빈자리가 있었음에도 수경이가 당당하게 내 옆자리에 앉겠다고 밝혔기 때문이다. 남자애들의 탄성과 계집애들의 야유를 들으면서도, 그녀는 뚜벅뚜벅 나를 향해서 다가왔다.

반가워. 내 이름은 지수경이야. 넌?

그 앤 거침없이 나에게 손을 내밀었다. 너풀거리는 하얀 손이 눈앞에서 흐렸다. 사실은 내 눈이 흐려졌을 것이다.

내 이름은…… 하려는데,

자호구나? 윤자호!

내 명찰을 보고 수경이가 대신 대답을 해주어서 얼마나 고마웠는지 모른다. 난 목이 몹시 막혀있었다.

나 너랑 사귈래. 그래도 되지?

그날 점심시간에 그녀가 내게 폭탄선언을 했다. 통성명을 하고 나서 딱 반나절이 지나서였다. 자호란 이름이 자꾸만 부르고 싶고 내가 귀엽게 생겼기 때문이라고 이유를 밝혔다. 이건 뭐지? 난 내 인생의 상당 부분을 도둑맞은 느낌이 들었다. 갑자기 건너뛴 거리만큼 낯설고 두려워서 아무 말도 못 하고 얼굴만 붉혔다. 수경인 자신의 프러포즈가 멋지게 먹혔다고 생각했는지 내 뺨에 뽀뽀를 한번 찍곤 휙 바람을 일으키며 나가버렸다.

쟤 또라이 아니야?

미친 거 아니야?

자호야, 너 저런 애 조심해야 돼. 잘못하단 신세 망친다.

평소에 내게 전혀 관심이 없던 여자애들이 우르르 몰려와서 한마디씩 했다. 남자애들도 거들고 나섰다. 그러나 난 당돌하기 이를 데 없는 그 애가 좋았다. 설렜다. 우린 이렇게 코스를 훌쩍 건너뛰고 단박에 연인이 되었다.

"바보, 이러고도 첫사랑이 맞느냐고 확인하고 간 거야? 그것도 죽기 직전에, 바보!"

　친구들이 건네준 몇 잔의 술에 취기가 오른 나는 수경이의 영전에다 대고 핀잔을 갈겼다. 나 죽고 나면 너 언제 재혼할 거니? 의리로라도 3년은 참아줘라. 이렇게 허망하게 갈 거면 네 정자랑 내 난자랑 섞은 애라도 하나 만들어 놓을 걸 그랬다. 내가 없더라도 밥 잘 챙겨 먹어. 어디에서 기다릴까? 천국? 지옥? 이렇게 하고많은 말들 중에 유언으로 남긴 말이 참 우습고 바보스러웠다. 내가 네 첫사랑인 게 맞니, 라니…….

　수경인 강물을 타고 잘도 흘러갔다. 어쩜 뒤도 안 돌아보고 저리 바쁘게 갈 수 있을까. 그걸 보고 누군가가 또 지수경이답다, 라고 말했다. 다들 그래, 그래, 지수경이 답다, 라고 동의했다. 나도 속으로 동의했다. 넌 내게 올 때처럼 갈 때도 문득 훌쩍 건너뛰는구나.

　이제, 가자…….

　그래야지…….

　우린 미리 합을 맞추기라도 한 듯 일사천리로 움직였다. 그 일사천리 속엔 나도 어엿이 끼어있었다. 잠시 사라졌던 승인이가 승합차를 몰고 나타났다. 내가 조수석에 앉고 나머지 3놈은 군말도 없이 뒷좌석에 순서대로 착착 찡겨 앉았다. 너무나 많이 맞춰봐서 퍼즐이라고 불러주기에도 민망한 빛바랜 퍼즐처럼, 그렇게 우린 딱딱 합을 맞췄다.

출발 안 해?

그러나 시동만 요란하게 돌고 있었다. 짧은 순간, 시간이 멈췄다. 우린 망연자실했다. 우린 다 같이 수경이를 기다리고 있었던 것이다. 나는 그제야 내가 조수석의 문을 여태 닫지 않고 있다는 것을 알아챘다. 어쩐지 춥더라……. 가을이라서……. 바람이 제법 세다. 우리 여섯이 다 모이면 수경인 내 무릎에 털썩 앉거나 뒷자리의 3놈에게 몸을 맡기고 시시덕거렸다. 그러고 보니 우리 다섯 명의 친구들은 수경이를 공유하고 있었다. 우리 조직에서 내빼지 못하도록 나와 수경이를 부부로 묶어둔 건지도 모른다.

어디로 갈까?

누군가의 질문에 아무도 대답하지 못했다. 차 안은 미칠 듯한 적막으로 가득 찼다. 우린 1/n만큼 지수경이 지상에 내려놓고 간 무게를 각각 감당해야만 했다. 적막을 더 이상 견딜 수 없게 된 4놈의 눈이 그래도 수경이의 남편이었던 나에게로 쏠렸다. 종로로 가자, 고우! 이런 날씨엔 가평으로 달려! 오랜만에 명동거리를 행진하지 않을래, 너희들? 신당동 떡볶이가 갑자기 그립네. 우우, 장흥계곡에 가서 오리 백숙에다 막걸리나 짠, 어때? 이런 날엔 광장시장 빈대떡이 최고지. 꿀꿀해, 오늘은 각자 흩어져, 해산! 언제나 결정을 내려주던 리더의 부재는 치명적이었다. 우리는 갑자기 결정 장애를 앓게 되었다.

One summer night
The stars were shining bright

바삭바삭 거리는 적막을 조금이라도 적셔놓기 위해서, 또 내게 쏟아진 눈총을 떨쳐내려고 오디오를 틀었는데, 문득 나타난 그녀는 진추하였다. 진추하다! 거의 쓰러지다시피 있던 뒷좌석의 3놈이 동시에 벌떡 일어나면서 외쳤다. 승인이가 핸들에다 대고 손장단을 맞춰가며 선창을 이끌었다. 곧 합창이 되었다.

One summer dream
Made with fancy whims
That summer night
My whole world tumbled down
I would have died, if not for you

승인이가 잠근 기어를 풀고 엑셀을 힘차게 밟았다. 이미 예열돼있던 차는 고삐 풀린 야생마처럼 내달렸다. 어느 누구도 목적지를 궁금해 하지 않았다. 오디오에서 흘러나오는 진추하를 따라 부를 뿐이었다. 지루한 적막은 말끔하게 사라졌고, 차 안은 모두가 바라던 대로 흠뻑 젖었다. 중학생 때 만나 영원한 우정을 맹세한 우린 어느새 불혹이 되었다. 혹하지 말란 나이에 새삼스럽게 진추하에게 매료된 우리 5

놈은 독수리 오형제처럼 날아올랐다. You are the one for me! 우리가 마지막 가사를 진하게 부를 때, 차는 고속도로 위를 신나게 달리고 있었다. 서울이 성큼성큼 다가왔다. 성질 급한 수경인 반도를 두루 거치고 벌써 바다로 흘러 들어갔을 것이다. 우린 오디오를 끄고, 생목으로 진추하의 노래 몇 곡을 더 목 터져라 부르고 나서 지쳐 쓰러졌다. 수경이의 부재가 전혀 와 닿지 않았다. 수경인 그렇게 우리 5놈으로부터 잊혀졌다. 원흉은 진추하다.

2000년 가을의 허리우드 극장은 늙고 음산하다. 실버타운이 된 이곳에서 우린 이제 더 이상 사랑의 스잔나를 만날 수 없다. 허리우드 밑은 돼지냄새로 번들거렸다. 스잔나와 돼지냄새라니 이건 부조리야, 엄청난 부조리! 5놈 중 누군가가 절규했다. 승인이가 차를 골목 어디쯤엔가 불법주차해놓고 달려왔다. 가자! 그가 내 어깨에 동무를 걸며 호기롭게 외쳤다. 승인이 이 자식은 뭘 믿고 이렇게 설치는 거야? 어디서 신탁이라도 받고 왔나.

"어디로?"

내가 티 나지 않게 슬쩍 어깨동무를 풀고 묻자, 승인이가 주머니에서 봉투를 꺼내 보였다. 한지의 결을 곱게 간직한 제법 고급스러워 보이는 편지봉투였다. 내가 그게 뭐냐? 고 묻자, 승인인 계절과는 어울리지 않는 함박웃음을 펑펑 터뜨렸다.

"이거? 이게 뭐냐고 물은 거니? 네가 그러고도 지수경이 남편이 맞긴 하냐?"

승인인 도저히 알아들을 수 없는 대답을 하더니, 행진하듯이 앞으로 불쑥 나아갔다. 나를 포함한 우린 어쩔 수 없이 새 리더의 뒤를 종종 따라가야만 했다. 우린 종로를 다 훑고 나서 마지막 지하도를 건넜다. 바야흐로 광화문이 벌겋게 펼쳐졌다.

"다 왔다!"

승인이가 어디선가 우뚝 멈춰 섰다. 아무 생각도 없이 앞 사람의 꼭지만 보고 따라가던 나를 포함한 4놈도 태엽이 풀린 장난감 병정처럼 멈췄다. 여긴 어디니? 따라오기나 해. 누군가가 묻고, 승인이가 대답했다.

지하카페의 이름은 스잔나였다. 한 사람도 겨우 빠져나갈 정도로 좁은 통로가 을씨년스러운 그해의 가을바람을 몽땅 빨아들였다. 야, 안 그래도 꿀꿀한 날 뭐 지랄한다고 이런 지하무덤 같은 델 찾아오냐, 찾아오긴! 누군가가 승인이에게 불만을 터뜨렸다. 그러자 기다렸다는 듯이 이구동성으로 불만이 터져 나왔다. 그러나 승인이의 표정은 봄처럼 느긋하기만 했다. 그는 마음씨 좋은 폭군처럼 방글방글 웃는 낯으로 우리의 불만을 잠재우고 스잔나의 첫 계단을 밟았다. 오래된 계단이 우는 소리를 냈다. 그의 뒷모습이 시나브로 사라졌다. 하멜른의 피리 부는 사나이를 따라간 아이들처럼 우린 그의 뒤를 쫓아 스잔나로 내려갔다. 대안이 없는 불만은 무시당해도 싸다.

"야, 다들 이것 좀 봐!"

태초에 불만을 터뜨렸던 친구가 이번엔 먼저 감탄을 쏟아냈다. 지하카페의 벽과 천장은, 심지언 바닥까지도 온통 포스터들로 가득 메워있었다. 단 한 사람만을 담고 있는 포스터였다. 바로 그녀였다. 그 순간에 세계사 시간에 배운 라스코 지하 동굴이 퍼뜩 떠올랐다 간 건, 지금도 이해불가다. 상큼한 미소에다 우수에 젖은 눈망울을 한 진추하와 동물 낙서로 가득한 벽화의 앙상블이라니, 말도 안 된다. 그때를 생각하면, 난 나의 괴이하기 짝이 없는 상상력을 저주한다.

"진추하야."

우리 5놈은 청초한 진추하의 모습에 곧 매료되어서 천하의 명화를 감상하듯이 그녀를 한 장 한 장 읽어나갔다. 오늘 수경이를 강에다 뿌리고 온 나도 예외는 아니었다. 추하는 우리를 한꺼번에 번쩍 들어서 정확히 23년 전의 어느 한 지점에다 뿌려놓았다.

And now is the time to say goodbye to the books
And the people who have guide me along
They showed me the way to joy and happiness,
My friend, how can I forget the fun we had before
I don't know how I would go on without you in a wicked

world

I'll be all alone, I've been blessed by school life

Don't care about a thing

진추하가 부른 명곡, 졸업의 눈물이 지하카페의 구석구석에 오래된 눈물을 뿌리면서 흘렀다. 빛바랜 책과 나를 이끌어준 사람들과 이제 안녕, 난 어떻게 이 험한 세상과 맞설까? 그러나 난 걱정하지 않아요. 내 맘속엔 학창시절의 아름다운 추억이 있으니까……. 우린 처음 온 지하카페에서 공유의 눈물을 흘렸다.

"야, 너희들 이리 좀 와 봐."

누군가가 잠시 먹먹해 있던 나를 포함한 나머지를 불러냈다. 혼이 돌아온 우린 그가 가리킨 벽을 향해서 눈길을 박았다. 벽엔 간단한 약도와 짧은 설명이 낙서처럼 흩뿌려 있었다. 처음 낙서를 발견하고 우릴 불러낸 친구가 메소포타미아의 고대어를 읽어 내려가는 저명한 고고학자처럼 목소리를 내리깔았다.

"너희들이 있는 이곳은 1970년대엔 국제호텔이 서 있던 자리입니다."

나는 짧은 신음을 토해냈다. 그런 나를 옆에서 지켜본 승인이가 정체를 알 수 없는 미소를 살짝 흘렸다. 이 자식은 뭔가를 알고 있는 거야. 치사한 놈……. 우리 5놈은 의자에 털썩 주저앉고 말았다. 20년이 넘는 세월을 버티기에 마흔의 나이는 너무나 버거웠다.

중학교 졸업식을 마치자마자, 나와 4놈의 친구들은 쏜
살같이 신문로 골목을 이리저리 내달렸다. 찬 겨울바람이
귀밑을 스치면서 휙휙 소리를 냈다. 신문로를 갓 빠져나온
우리는 중앙일보 건물을 훌쩍 뛰어서 배재학당, 이화학당,
옛 러시아 공사관, 정동제일교회를 차례대로 접수하고 정동
MBC 방송국을 옆에 끼고 돌자마자 단거리 선수처럼 광화
문 네거리를 향해서 내달렸다. 우리의 목적지는 국제호텔이
었다. 호텔 로비부터 도로변까지 이미 카메라를 둘러멘 기
자들이 점령하고 있었다. 우린 그 틈을 파고들어 끼어드는
데 성공했다.

"온다!"

누군가의 외침에 우왕좌왕하던 눈길들이 단 한 곳에 박혔
다. 우리의 10개의 눈알도 호텔 정문을 향해 날아가서 그대
로 박혔다. 겨울 햇살을 등 뒤에 거느리고 나타난 그녀의 실
루엣은 환상, 그 자체였다. 그녀는 겨울 햇살에 갇힌 보석이
었다. 햇살이 여러 가지 모양으로 변하더니, 마침내 그녀의
빛나는 날개가 되었다. 그녀가 사방에 보디가드를 거느리고
호텔로 들어섰을 때였다. 그녀를 환영하는 그녀의 노래가 로
비에 울려 퍼졌다.

그녀는 자신의 히트곡 'One Summer Night'이 끝날 때
까지 걸음을 멈추고 기다려주었다. 사람들이 'You are the

one for me!'를 합창하자 청순한 미소로 화답해주었다. 'And now is the time to say goodbye to the books, And the people who have guide me along…….' 이어서 흐르는 졸업의 눈물은 우리 같은 청춘에게 딱 맞는 노래였다. 우리 5놈은 서로의 손을 꽉 쥐고 흥분에 떨었다. 그녀가 우리의 졸업을 축하해주기 위해서 방한한 것 같은 착각의 늪에 빠졌다. 이제 나는 드리고 싶어요, 'That's my sensation…….' 그건 차라리 기적이었다. 그녀가 번쩍이는 숱한 카메라 세례를 견뎌내며 우리에게 다가와 희고 가는 손을 불쑥 내밀었던 것이다. 청초한 눈이 가까이서 반짝반짝 빛났다. 세상에 이렇게 아름다운 별이 또 있을까. 나는 4놈을 밀쳐내고 손을 쭉 뻗었다. 진추하의 손과 내 손이 허공에서 만났다. 오우, 미러클. 도대체 기적이 아니고, 뭔가.

"바이, 아이 라익 투 씨 유 어겐."

사람들에게 밀려서 손을 놓쳤지만, 그녀는 분명히 나에게 말했다. 다시 만나고 싶어요, 당신을. 짧은 만남 뒤의 이별을 아쉬워하면서, 그녀의 하얀 손이 점점 멀어져갔다. 그러나 4놈은 내 말을 절대 믿지 않았다. 내가 진추하의 손을 잡은 것도, 멀어져가면서 애달픈 눈망울로 다시 보고 싶다고 말한 것도, 어떤 것도 믿으려고 하지 않았다. 질투에 눈이 먼 놈들은 내 손과 귀를 저주하기까지 했다.

우린 다시 광화문 네거리에 섰다. 21살의 홍콩 여배우 진추하가 2박 3일간 묵은 국제호텔은 그렇게 우리에게 추억이란 그림이 되었다. 우린 그날, 허리우드 극장에서 사랑의 스잔나를 다섯 번째 보았다. 쥐꼬리만 한 용돈이 자취도 없이 사라진 그해 겨울, 우린 봄이 될 때까지 종로엔 얼씬도 하지 못했다. 스잔나를 사랑한 혹독한 대가였지만, 누구도 후회하지 않았다. 우리 5놈은 운 좋게도 같은 고등학교로 진학을 했고, 2학년 때 전학 온 수경이를 새 멤버로 받아들였다. 수경인 나와 사귀기 위해서 기꺼이 우리 멤버가 되었다고 나중에 고백했다.

진추하의 'Dark Side of Your Mind'가 흐르는 지하카페 스잔나에서 우린 16살짜리 소년이 되었다가 돌아왔다. 누가 우릴 여기로 데려온 걸까? 수경이를 떠나보낸 날, 우린 왜 진추하란 여잘 다시 만난 걸까? 그것도 무려 23년 만에. 이게 과연 정의로운 교체인가?

"다들 여길 봐!"

승인이었다. 생각해보니까, 처음부터 우릴 여기까지 이끌고 온 사람은 승인이었다. 저 녀석은 뭔가를 알고 있어. 치사 빠스한 새끼. 승인이 허리우드 밑에서 네가 그러고도 수경이 남편이 맞긴 맞냐? 라며 핀잔을 줄 때 잠깐 보여줬던 한지로 만든 봉투를 들어서 보란 듯이 흔들었다. 모두의 눈이 봉투로 쏠렸다. 승인이 연말 시상식의 노련한 MC처럼 스릴을 주기 위해서 리듬을 타며 봉투를 천천히 찢어나갔다. 그 사이에 'Dark Side of Your Mind'는 절정을 향해 달렸다. 승인이가 봉투에서 편지 한 장을 꺼내서 읽기 시작하자, 미리 합을 맞춰둔 것처럼 'Dark Side of Your Mind'가 끝나주었다.

"내가 네 첫사랑인 게 맞니?"

듣고, 나는 나도 모르게 의자를 박차고 벌떡 일어났다. 수경이다! 그러나 승인인 미동도 하지 않고 담담한 표정과 흐트러지지 않은 목소리로 다음을 읽었다.

"스잔난 내가 마지막으로 너희들에게 주는 선물이야."

나를 포함한, 승인이를 제외한 우린 어안이 벙벙해졌다. 수경이가 우리에게 주는 마지막 선물이 스잔나라니, 누구도 이해하지 못했다.

"어라, 반응들이 왜 이 모양이래. 왜 여기가 맘에 안 든다는 거니? 너희들 혹시 지하라서 싫은 거야, 그런 거야? 그렇다면 너희들 존나 웃긴다."

승인이가 너무나 생생한 구어체로 읽는 바람에 우린 저마다 품, 품, 품, 헤픈 웃음을 터뜨리면서도 지수경이가 어둠 한구석에 숨어서 우릴 지켜보는 것만 같아서 쫄았다.

"너희들 항상 너희들만의 아지트를 원했었잖아."

여기까지 읽고 승인이가 갑자기 말을 뚝 끊고 침묵을 마련해주었다. 수경이가 계획한 지문인지 승인이가 임의대로 쉬었다 가는 건진 모르지만, 우린 그 침묵을 틈타서 기억의 둘레를 좁혀갈 수 있었다. 수경인 죽기 전에 승인이와 뭘 짠 거야? 짱 나게……. 명색이 남편인 나를 따돌리고 승인이를 파트너로 삼은 저의가 사뭇 짜증이 났다. 내가 승인의 승합차에서 틀자마자 오디오에서 흘러나온 'One Summer Night'도 실은 둘이 짜놓은 시나리오에 들어있는 음향효과였을 것이다. 년, 놈에게 놀아난 기분이 들어 짜증을 넘어 화가 치밀었다. 그럼에도 기억의 둘레는 자꾸만 좁혀졌다.

수경이와 내가 공식 커플이 된 후부터 우리 6명은 한 몸처럼 붙어 다녔다. 수경이는 밸런타인 초콜릿을 다섯 개 가져왔고 크리스마스카드도 다섯 장을 그렸다. 사운드 오브 뮤직과 에덴의 동쪽을 보기 위해서 화신극장에 12개의 눈이 모였다. 수경이는 정독 도서관에 여섯 개의 자리를 동시에 잡아놓는 괴력을 발휘하기도 했다. 고등학교를 졸업하고 처음 간 수경이와의 여행에도 4놈이 따라붙었다. 큰 방하나를 잡고 오늘 어디 한번 죽어보자며 술을 마시고 아침에 눈을 떠보니 여섯 명이 한데 엉겨 붙어있었다. 우린 동시에 입대를 하고 함께 대학을 졸업하고 취직을 했다. 생각해보니, 우리가 군대에 있는 동안에 수경이가 어떻게 지냈는지 그건 모르겠다. 우린 그저 빡빡 기면서 국방부 시계가 어서어서 돌아가기만을 고대했다. 제대를 명받고 나온 사회의 초입에도 그녀, 수경이가 꽃다발을 다섯 아름 들고 마중나와 있었다.

"난 자호에게 취직하기로 결심했어."

수경이의 이 한 마디를 기점으로 우리는 일사불란하게 결혼식을 진행시켜 나갔다. 수경이와 나의 결혼식은 우리가 함께 하는 놀이 같은 거였다. 징글징글한 4놈은 제주도 신혼여행까지 따라붙었다. 방을 2개 잡았지만, 3박4일 동안 한 개의 방은 내내 비어있었다. 난 아이를 갖지 않을 거야. 자호야, 그래도 되지? 수경이의 선언에 나는 선선히 고개를 끄덕여주었다. 나 역시 수경이와 나를 반반씩 빼닮은 아이를 낳고 싶은 욕망은 애초에 없었다. 우리에게 결혼은 더 강화되고 조직화된 우정 같은 거였으니까.

"아지트가 있으면 좋겠어."

수경이와 첫 키스를 한 날, 나는 수경이에게 아지트에 대해서 처음으로 말했다. 수경인 왜? 왜 우리 둘만의 아지트가 필요한 건데? 라며 얼굴을 디밀었지만, 난 대답하지 않았다. 내가 말한 건 우리 둘만의 아지트가 아니었기 때문이다. 혼자서 우리 둘만의 아지트라고 오해한 수경이가 무안해할까 봐 차라리 입을 다물었던 것이다. 그리고 나서도 나는 틈만 나면 수경이에게 아지트를 갖고 싶다고 말했던 것 같긴 하다. 왜? 왜 우리 둘만의 아지트가 필요한 건데? 이렇게 묻던 수경이가 네 번째쯤에선 그냥 왜? 라고만 물었다.

"바보야!"

진한 어둠이 번개처럼 왔다 간 후에, 지하카페 스잔나의 한쪽 벽에 수경이의 얼굴이 유령처럼 떠올랐다. 바보야, 바보야, 바보야……. 벽화가 된 수경이가 우리를 향해서 자꾸만 바보라는 주문을 외웠다. 승인인 MC석에서 내려와 어느새 내 옆자릴 꿰차고 앉아있었다. 승인인 리모컨을 들고 있었다. 죽음을 앞둔 긴박한 상황에서 둘이 얼굴을 맞대고 시나리오를 짜고 동영상을 찍어대는 장면이 떠올라서 곱게 보이지 않았다. 죽음을 코앞에 둔 아내의 불륜을 본 것처럼 찝찝했다.

"봐라, 수경이야. 지수경. 네 아내였던 애."

미친놈. 승인인 안 해도 될 말을 중얼거리고 나서 팔을 쭉 뻗어서 내 어깨를 감쌌다. 네가 그러고도 수경이 남편이 맞긴 맞냐? 라며 핀잔을 준 것이 생각나서 나는 또 슬쩍 어깨를 뺐다. 승인이의 팔이 탁자 위로 툭 떨어졌다. 소리를 듣고 앞쪽 테이블에 앉아있던 3놈이 동시에 뒤를 돌아다보았다. 난 아무 일도 아니니 상관 말라는 뜻으로 어깨를 으쓱해 보였다. 승인이도 고개를 갸웃 기울이면서 같은 뜻을 전달했다.

"자호야, 난 알아. 네 첫사랑이 내가 아닌 걸……."

수경이의 목소리가 튀어나오자 3놈이 다시 스크린으로 얼굴을 돌렸다. 우린 어둠 속으로 침몰했고, 지하카페 안엔 오로지 수경이의 얼굴만이 홀로 남았다.

뭐라는 소리야? 자호가 바람을 폈단 거야? 자호가 설마 수경이한테 그럴 리가……. 우리가 맨날 붙어 다녔는데, 언제? 그럴 시간이나 있었겠어? 남자가 바람피는 거, 그거 누구도 못 말린다잖아. 오죽하면 바람이라고 할까. 그건 그래,

설마 죽은 수경이가 거짓말할 리가 있어? 수군대는 소리가 윙윙거렸다.

나는 수경이에게 달려들어 항변을 하려다가 소용없는 짓이란 걸 깨닫고 맥을 놓아버렸다. 스크린 속의 수경이는 병색이 완연했다. 난 어떤 항변도 할 처지가 아니라는 걸 깨달았다. 수경이가 갑자기 까르르, 소녀처럼 웃음을 터뜨렸다. 나를 뺀 나머지가 수경이답다, 하면서 따라 웃었다.

"자호야, 너 기억나니?"

갑자기 웃음을 접고 수경이가 정색한 얼굴로 묻는 통에 나도 모르게 뭘? 하고 물어보고 말았다. 이 모든 걸 기획하고 편집한 승인이 앞에서 천하의 바보가 된 기분이었다. 지랄 같아……. 그래 사는 게 지랄 맞더라. 속으로 한 말을 어떻게 알아먹었는지, 승인이가 제대로 대꾸해줬다. 지하카페 스잔나에서 승인인 아무래도 신격인 것만 같았다.

"우리가 첫 키스하던 날……."

키스라는 말에 4놈이 갑자기 우우우, 함성을 질렀다. 마흔 살의 사내들에게 키스란 어떤 의미일까? 전희나 섹스보다 약한 스킨십일까? 마지막 남은 두근거림일 거라고 나는 나름대로 결론을 내렸다. 아무튼 키스, 것도 첫 키스라는 말에 우린 소년들처럼 달떴다. 화면 속 수경인 마치 우리와 직접 소통하는 것처럼 두 손을 내밀어 워워 하며 함성을 잠재웠다. 수경인 함성이 잦아들기를 기다렸다가 다시 입을 열었다. 핏기 없는 마른 얼굴에 사막처럼 쩍쩍 갈라진 입술, 그러나 목소리만큼은 또랑또랑했다. 쌤, 저 저어기 저 자리에 앉을래요. 전학생 지수경이 처음 나를 지목할 때의 바로 그 투명한 목소리 그대로였다. 어떤 불치의 병도 그녀의 목소리 만은 점령하지 못했다.

"우린 그날 처음으로 같이 잤어, 기억나지? 그냥 키스로만 끝내긴 너무나 아쉬웠으니까. 날이 밝을 때까지 다섯 번은 했을 거야, 그치? 난 하루에 다섯 번이나 오르가즘을 느낀 여자야. 고마워, 호야!"

승인이를 포함한 4놈이 나에게 바짝 세운 엄지를 보여주 었다. 아무리 죽은 마흔 살의 아줌마라도 남자 새끼들 앞에 서 너무 뻔뻔한 거 아니야. 난 당장 뛰쳐나가서 수경이의 입 을 틀어막고 싶은 심정이었다. 눈칫 챘는지 화면이 잠시 꺼 졌다가 수경이의 얼굴이 다시 나타났다. 며칠이 지난 화면인 지 아까보다 훨씬 핼쑥해 보였다. 한마디로 죽음에 더 가까 이 다가간 얼굴이었다.

"근데, 자호야. 내가 네 손을 잡으려고 했을 때……. 그때 너 되게 웃겼던 거, 알아?"

수경이가 기침을 해대기 시작했다. 가르릉, 가래 끓는 소 리가 코러스처럼 아득하게 들렸다. 죽음을 앞둔 수경인 우 리에게 어떤 메시지를 주려고 저렇게 모가지에 핏발을 곤두 세우는 걸까? 우린 기침이 잦아들 때까지 고개를 돌리고 기 다려주었다. 누가 시킨 것도 아닌데, 모두 수경이의 가래를 보고 싶지 않았다. 늘 보던 토하곤 달랐다. 술을 진탕 마시고 쏟아내는 토는 삶의 한 분수령이다. 그러나 가래는 죽음을 향해 가는 기차의 기적소리 같았다.

"이젠 됐어. 고마워."

진정된 수경이의 목소리가 들렸다. 우린 벽에 내려진 스크린으로 다시 눈을 돌렸다. 수경이가 물 잔을 내려놓는 장면부터 이어졌다.

"지수경! 이년 살아있는 거 아니야?"

1놈이 벌떡 일어나면서 눈에 불을 켜고 소릴 질렀다. 옆에 앉아있는 2놈이 그 지랄을 떠는 1놈의 어깨를 끌어내렸다. 불쑥 솟았던 1놈의 어깨가 다시 어둠 속에 묻혔다. 우린 이제 부활을 믿지도, 꿈꾸지도 않는다. 죽은 년은 죽은 년일 뿐이다. 뼈다귀를 빠각빠각 갈아서 강물에 띄워 보낸 수경이가 살아있는 거라고 우기기엔 우린 너무 세속적이다.

"자호 네가 나한테 이러는 거야. 손은 절대 안 돼! 봐, 정말 웃기지 않니? 혀를 서로 꼬고, 생식기를 다섯 번이나 맞춘 사이에 손은 절대 안 된다는 게. 난 너무나 무안해서 한참 울었어. 빈손이란 게 참 부끄럽고 자존심 상한다는 걸 그때 뼈저리게 알았다니까. 손이란 게 그렇더라. 뭐라고 할까? 사람의 어떤 부위보다 민감하고 센티하고 저장되고 그러더라니까. 이 손이……."

수경인 두 손으로 얼굴을 온통 가리고 흐느끼는 척했다. 마지막 가는 길에 너무나 바삭거려서 놓아주고만 그녀의 손은 사막처럼 갈라져 있었다. 승인이가 너 진짜 수경일 울렸니? 라고 물었고, 나머지 3놈도 같은 표정으로 나를 노려보았다. 난 하도 어이가 없어서 아니, 절대 아니야, 라고 항변했지만, 산 사람들은 죽은 사람의 말을 훨씬 신뢰했다. 그때 수경이의 목소리가 다시 흘러나왔다.

"속으로 내가 얼마나 울었게."

나머지 3놈과 승인이가 무척이나 미안한 얼굴로 나를 쳐다봤다. 미안, 오해해서. 진짜 울린 게 아니었구나. 수경이 쟤 정말 골 때려, 그치? 승인이가 빨개진 얼굴로 나에게 넌지시 사과했다. 우린 다시 수경이에게 몰두했다.

"난 너무나 억울해서, 라기보단 내 텅 빈 손에게 너무나 미안해서 자호, 너에게 막 따졌어. 더한 것도 되면서, 왜 이까짓 손은 안 되는 거니? 네 손이 뭐가 특별나다고 생 지랄이니, 지랄은? 어라, 그러고 보니 너 고등학교 때부터 손은 되게 아꼈던 것도 같은데……. 네가 뭐 무림의 숨은 타짜라도 되냐? 어이없어서, 내가."

화면 속 수경인 목이 타는지 이번엔 주전자를 통째로 들고 부었다. 내가 목이 많이 마르다, 얘들아……. 그 말은 내가 얼마 안 남았다, 라고 말하는 것 같았다. 잠깐, 내가 뭐라고 대답했더라. 난 기억을 더듬기 시작했다.

언제나처럼 수경이가 낸 의견대로 우린 대성리로 캠핑을 떠났다. 입대를 코앞에 둔 어느 초가을이었다. 그러고 보니, 수경인 언제나 같은 계절을 배경으로 서 있다가 떠났다. 그

흔한 비키니를 입은 몸매도 평생 본 적이 없다. 연인이라면 누구나 흉내를 낸다는 배용준과 최지우의 눈사람 만들기도 전혀 기억에 없다. 수경인 주야장천 썩은 낙엽만 밟다가 저승으로 떠난 셈이다.

대성리에서 우린 새벽 별이 나타나서 하늘이 검푸르게 변할 때까지 진탕 처마시고 한 텐트에 우르르 몰려 들어가 엉겨 붙어서 잠이 들었다.

자니? 수경이가 나를 꽉 껴안으면서 귓불에다 바람을 불어넣었다. 고 작은 감각이 냉동된 몸 전체를 순식간에 뜨겁게 달구었다. 너 안 자는구나? 수경이의 혀가 입안으로 쏙 들어왔다. 수경이의 혀는 뜨겁고 까끌까끌했다. 까끌까끌한 수많은 돌기들이 나의 입속을 마음대로 헤집고 다녔다. 너 제법인데? 혀를 빼내자마자 수경이가 내 하의를 벗겨냈다. 걱정하지 마. 쟤들은 귀신이 잡아가도 모를 거야. 또 보면 뭐 어떠냐? 너랑 나는 공식 애인인데……. 수경이와 난 모로 누워서 생식기만 겨우 꺼내든 채로 첫 경험을 강행했다. 찰나보다 더 짧았던 것 같다. 키스를 하고 나선 너 제법인데? 라고 칭찬을 해줬던 수경이가 두루마리 휴지를 뜯어내 음부를 닦으면서 뭐가 왔다 가기는 했냐? 라면서 나를 놀렸다.

날이 새파랗게 밝자, 깜빡 잠이 든 나를 수경이가 깨웠다. 오늘 같은 날, 넌 잠이 오냐? 무심하고 매너 없는 새끼……. 수경이가 무조건 내 손을 잡더니, 나를 텐트에서 빼냈다. 왜 이래? 뭐 하는 짓이야? 나는 벌컥 화를 내면서 수경이를 밀쳐내고 순식간에 손을 빼냈다. 꼴사납게 내동댕이쳐진 수경인 너 되게 웃긴 애다. 우린 서로 생식길 공유한 사이야. 근데 손은 안 돼? 이게 말이 된다고 생각하니? 라고 말하면서 말마따나 속으로만 울었던 것도 같다. 알았어. 앞으로 네 손은 절대로 안 건드릴게. 그 대신……. 대신에 뭐? 나랑 같이 갈 데가 있어. 수경인 나를 대성리 인근의 낡은 여인숙으로 데리고 들어갔다. 우린 거기에서 무려 다섯 번이나 했다. 진이 다 빠져서 시체처럼 누워있는 나에게 수경이가 속삭였다. 됐어. 넌 점점 나아지는구나. 시간도 점점 길어지고. 나, 너랑 결혼할래. 이 진도대로만 나가면 결혼할 때쯤엔 넌 훌륭한 수컷이 되어있을 거야. 그리고 약속 하나 해줄게. 결혼을 해도 네 손만큼은 절대 건드리지 않을게. 맹세해.

수경이가 벽에 다시 나타났다.

"내 손을 확 뿌리치면서 자호 걔가 이러는 거야. 글쎄. 듣고 나서 난 너무나 어이가 없고 흉측해서 까무러칠 뻔했다니까. 자호 걔가 어울리지도 않게 목소릴 쫙 깔고 이렇게 말하는 거야. 이 손으로 말할 것 같으면……."

수경인 내 생각뿐만 아니라, 이 지하카페에 모인 모두의 생각과 행동까지도 다 꿰뚫고 있었다. 죽기 직전에 승인이와 머리를 맞대고 만든 완벽한 시나리오 덕분일 것이다. 4놈의 눈이 나에게로 쏠렸다. 제기랄.

"이 손으로 말할 것 같으면 진추하와 만난 손이야! 이러는 거 있지. 너희들, 안 웃기니? 난, 난 말이야……."

수경이가 갑자기 고래고래 기침을 하다가 또 가래를 토해 냈다. 우린 참 바보같이 수경이가 죽을까봐 두려워서 아예 고개를 돌렸다. 가래를 한 사발이나 쏟아낸 수경이가 손등으로 입가를 훔치면서 끊어진 말을 이어갔다.

"내가 자호에게 이렇게 말해줬어. 진추하 걔가 뭐가 예쁘다고 그 지랄을 떠니, 지랄은……. 홍콩 년이 예뻐 봤자 그게 그거지."

그러나 수경이의 이 말엔 아무도 동의하지 않는 듯했다. 어떤 놈은 살짝, 수경이 지보단 훨 예쁘지, 안 그러냐? 라고 중얼거리기까지 했다. 수경이 지가 안 봐서 저런 말 하는 거지, 우리처럼 직접 봤어봐라 저런 말 쏙 기어들어갈 거다, 라고 아예 대놓고 저항하는 놈도 있었다.

내가 진추하를 핑계로 손을 뿌리친 그날부터 수경인 진추하를 지독히도 미워했다. 내가 노래를 듣고 있으면, 워크맨을 강제로 빼앗아 DV테이프를 확인해야 직성이 풀렸다. 그게 진추하면 어김없이 사나운 손길로 테이프를 아작 냈다. 앞으론 이년 내 눈앞에 보이지 않게 해, 알았냐? 하면서 검은 내장이 터진 테이프를 또 내동댕이치고 발로 우지끈 짓밟았다. 우리가 결혼을 하고, 내가 진추하의 추억에서 완전히 벗어난 후에도 수경인 그 만행을 멈추지 않았다. 수경이가 제일 싫어하는 계절은 여름이었다.

One summer night

The stars were shining bright

그때였다. 갑자기 'One Summer Night'이 지하카페 스잔나에 울려 퍼졌다. 박자에 맞춰서 숟가락을 들고 열심히 립싱크를 하는 수경이의 모습이 화면을 꽉 채웠다.

"원 썸머 드림 메이드 위 펜시 윕스 뎃 썸머 나잇 마이 호올 월드 텀블더 다운 아 웃 햅 다이드 잎 낫 퍼 유. 자, 다 같이!"

우린 어리둥절하여 잠시 뜸을 들였다가 수경이와 함께 입을 맞췄다. You are the one for me! for me⋯⋯. 수경이의 호흡이 가빠졌다. 투명하리만치 창백한 얼굴에 파란 힘줄이 돋아나기 시작했다. 어지러운 미로처럼 돋아난 힘줄은 천국으로 가는 급행도로 같았다. 발인을 막 마치고 온 우린 새삼스럽게 수경이의 죽음을 또 실감해야만 했다. 슬픈 아이러니다. 수경이가 가쁜 숨과 함께 이승에서의 최후변론을 했다.

"틈만 나면 자혼 아지트가 필요해, 라고 입버릇처럼 말했어. 너희들 내 말 듣고 흉보지 마. 난 처음엔 자호랑 나랑 우리 둘만의 아지트를 말하는 건지 알고 내심 흥분했었다. 근데 그게 아니었어. 자혼 열여섯 살 시절의 광화문 네거리에 우뚝 서 있던 국제호텔에서 만난 홍콩 여배우 진추하와 함께 할 아지트가 필요했던 거야. 걘 가을보단 어느 여름날 밤을 좋아해. 난 여름을 지독하게 싫어하는데. 그래서 죽기 전에 자호와 너희들에게 이 카페 스잔나를 아지트로 남기려고 해. 너희들 아주 늙어서까지도 모여. 여기 이렇게 지금처럼……. 같이 진추하란 년도 추억하고, 가끔씩은 이 지수경이도 추억하면서 모여. 왕년의 팝송도 들으면서 너희들만의 아지트에서 늙어가. 난 너희들이 오갈 데 없는 늙은이가 되는 거 정말 싫다. 그리고 마지막으로 고백할 게 있어. 살아가는 동안, 너희들이 있어 줘서 정말 든든하고 나 짱 좋았다. 안녕……."

몇 개의 씨줄과 날줄이 날뛰더니, 곧 화면이 페이드아웃되었다. 지수경, 그녀가 드디어 완전히 우리 곁을 떠났다.

3놈이 먼저 떠나고 지하카페 스잔나엔 나와 승인이만 남았다. 승인인 나에게 남편인 내가 모르고 있는 수경이에 대한 이야기를 늘어놓았다. 나에겐 고아라고만 이야기했었다. 태어나보니 이 세상에 나 혼자더라, 수경인 나에게 그렇게만 말했고 난 믿었다. 씨암탉을 잡아줄 장모도 바둑을 져 줄 장인도 없지만 오히려 간편해서 좋다고 나는 대답해 주었었다. 그런데 승인이가 전하는 말은 달랐다. 수경이의 의붓아버진 수경이가 중학교를 졸업할 때까지 밤낮을 가리지 않고 성폭행을 하다가 어느 날 밤에 다리에서 떨어져 뒈졌단다. 엄마는 수경이를 시설에 맡기고 다른 남자를 따라 떠났다. 남자 없인 단 하루도 못사는 여자였다. 원장 수녀님의 도움으로 서울로 전학을 온 수경인 나와 우리를 만났다는 거다.

네가 그러고도 수경이 남편이 맞긴 맞냐? 이야기를 모두 마친 승인이가 나를 또 야단쳤다. 지하카페를 빠져나온 우린 어두워진 광화문 네거리에 다시 섰다. 소년이 소년에게 말했다.

"너 아니? 수경인 진심으로 네 손을 잡고 싶어 했었어. 깊숙한 키스를 해도, 격렬한 섹스 뒤에도 늘 그리웠던 건 네 손이라고 했어."

"이깟 손이 뭐라고……."

"그건 걔와 너를, 또 우리를 연결시켜주는 고리 같은 거야. 따지고 보면, 너도 마찬가지잖아? 믿거나 말거나지만, 23년 전 진추하의 손이 네 손을 잡은 순간에 너와 추한 하나의 고리로 연결되어서 여기까지 온 거야. 바로 추억이란 고리……. 수경이가 원했던 것도 그런 건데. 외롭고 힘들 때, 사람은 손을 잡아주잖아. 나쁜 짓을 끊을 때도 손을 씻는다고 하고. 어쩌면 어떤 스킨십보다 강하게 인식되고 오래 남는 게 바로 손을 잡는 걸 거야. 수경인 우리가 점점 의붓아버지의 나이가 되어가는 걸 보는 게 끔찍하다고 했어. 그러기 전에 아예 죽고 싶다고도 했어. 그 앤 다섯 번의 섹스보단 네 손을 더 원했을 거야. 아무도 그 애의 손을 잡아주지 않았으니까. 이해하겠니?"

틈틈이 내 아내인 수경인 승인이를 만나서 과거를 이야기하고 현재를 하소연했다고 한다. 자혼 아직 어려. 이런 말

이해할 깜이 못돼. 걘 그릇이 콩알만 하잖아. 수경이가 날 두고 이랬단다. 기가 막혀서. 수경인 내가 손을 뿌리친 것을 두고두고 원망했던 게 틀림없다. 난 과연 지수경의 남편이 맞는 걸까?

다음 해에 승인인 가족을 다 데리고 캐나다로 이민을 떠났다. 딱 이 나이까지만 이 나라에서 살래. 그래야 죽어서라도 수경일 편하게 만날 수 있을 것 같다고 했다. 난 너와 수경이의 관계를 도대체 이해할 수 없다고 옛 남편답게 따졌다.

그럴 거면 왜 네가 가졌니?

승인인 들리듯 말 듯한 목소리로 중얼거리고 나서, 틈새도 주지 않고 출국장으로 모습을 감춰버렸다. 승인이를 보내고 나서 우린 처음으로 4놈이 되었다. 버려진 개 같단 느낌이 확 소름을 돋우었다.

"가자, 우리의 스잔나로!"

누군가가 바람을 잡았다. 광화문 네거리, 옛 국제 호텔 터에선 언제나 'One Summer Night'이 강물처럼 흐른다. 여름뿐만 아니라, 노을 피는 가을날의 저녁에도.

"승인아. 네가 나한테 물었던 말."

"뭐?"

다행히 눈치 빠른 1놈이 승인이 역을 맡아서 개가 된 내 주정을 고스란히 받아주었다.

"나 아무래도 수경이 남편이 맞는 것 같다. 걔가 그토록 미워한 진추하를 우리에게 남겨준 이율 알아냈으니까, 내가 남편 맞는 거지?"

"무슨 말이냐?"

"내가 진추하에게 내민 손이 우리 수경이를 처음 잡은 바로 그 손. 처음 내 눈을 흐리게 만든 그 손이란 걸 알았어. 그년도 알았을 거야. 알면서 시침 뚝 떼는 게 지수경이 걔 특기잖아. 그러면서 감히 내게 물어? 내가 네 첫사랑이 맞니? 라고. 지랄 염병!"

"많이 컸다, 윤자호! 너 이제 지수경이 남편 윤자호, 맞아."

1놈이 사라지고 어디서 나타났는지 승인이가 내 어깨를 툭 치고 지나갔다. 그러나 술을 깨고 눈을 씻고 다시 보니, 바람이었다.

엄마를, 쓰다

그는 나중에 깨달았다.
소설이란 게 이야길 창조하는 게 아니라,
다른 사람의 삶을 읽어주는 작업이란 걸.
누구에게나 존재했을 엄마가
어떤 이에겐 아픔일 수도 있고,
치명적인 판타지일 수도 있다는 걸.

엄마를 써보자고 중론이 모아졌다. 다들 이견 없이 찬성하는 분위기라, 그도 입을 다물고 고개를 끄덕였다. 딱히 반대할 명분이 없는 주제다. 인류에게 모태란 신성한 것이다. 모성은 어떤 것도 범접해선 안 되는 불가침이니까. TV의 예능프로그램에서도 '어머니' 이야기가 나오면 눈물바다가 된다. 노래방에서도 엔딩은 '불효자가 웁니다' 류가 꽤 많은 퍼센트를 차지한다. 너도나도 불효자가 되어 어머니를 목이 터져라 부르고 나면, 효자는 물론 진짜 불효자들도 일종의 면죄부를 득한다. 이렇게 면죄부를 득한 불효자들은 거리로 쏟아져 나와서 불나방처럼 유흥을 좇아간다. 하룻밤 지친 욕정을 쏟아 넣을 구멍을 찾아서……. 그러면서도 그들에게 어머니의 자궁은 언제나 불가침이다.

"이번 우리 동인지의 주제는 어머니로 합시다. 다른 의견 없죠?"

소설 동인 '맥'의 곽 회장이 주제를 정했고, 동인 7명 전원이 동의했다. 엄마 없이 태어난 생명체가 어디 있으랴. 모성은 살짝 건드리기만 해도 폭풍 감동을 일으킬 수 있는 주제이고, 그러므로 문학이나 예술의 숱한 모티프가 되었다. 그를 포함한 7인은 주제를 정하고 나서 어둠이 살짝 걸치기 시작한 거리로 나섰다. 가을이 쏟아지고 있는 거리는 야릇하게 을씨년스러운 쾌감을 느끼게 했다.

"회장님, 이런 날씨엔……."

종로에서 포목상을 크게 하는 속이 꽉 찬 알부자 조상호가 술잔 꺾는 시늉을 맛깔스럽게 내면서 막 터지기 시작한 가을 냄새와 함께 유혹한다.

"그럽시다."

곽 회장이 시원하게 대답하고 나서 좌중을 둘러본다. 그러나 선뜻 나서는 이가 없다. 조상호를 뺀 나머지들의 주머니 사정은 안 들여다봐도 뻔하다. 다들 알바로 버티면서 문학이랍시고 붙들고 있는 이름 없는 글쟁이들이니까. 그나마 사립 대학교 교수로 퇴직한 곽 회장은 매달 나오는 연금이 효자다.

작년인가? 주어와 서술어가 따로따로 춤을 추고 맥락이 미친년 널뛰듯이 천지를 오가는가 하면 맞춤법은 초등학생 받아쓰기를 겨우 면한, 한 마디로 소설이랄 수도 없는 정체불명의 것을 들고 온 조상호를 동인으로 받아들일 수 없다고 그를 포함한 5인의 동인은 결사반대했었다. 아무리 무명 소설가들이 옹기종기 모여서 만든 동인이라도 엄연히 등단을 득한 프로페셔널이 살아 숨 쉬는 모임에 이런 양아치를 끼워준다는 건 문인으로서의 자부심에 씻을 수 없는 스크

래치를 내는 것이라고 다른 입들로 같은 소리를 냈다. 그러나 곽 회장은 동인들의 결사 저항을 무릅쓰고 조상호를 밀어붙였다. 조상호가 들어오면 자기가 나가겠다는 동인들이 속출했지만, 곽 회장은 단호했다. 작년, 그때도 가을이었나?

결론을 못 내고, 날 선 격론만 쌩쌩 오가다가 그들은, 그날도 가을 냄새가 물씬한 거리에 서 있었다. 곽 회장과 5인의 동인 사이엔 팽팽한 긴장감이 서리처럼 서려 있었다. 그 사이에서 격론의 당사자가 된 조상호는 어찌할 바를 모르고 똥 마련 개새끼처럼 발만 동동 굴렸다.

뭐 이런 개호로 같은 조직이 다 있어. 상호로선 이해할 수 없었다. 회장이 좆이든 뭐든 까라면 까고, 시궁창이든지 어디든지 구르라면 굴러야지, 감히 어따 대고……. 더군다나 곽 회장의 뜨뜻미지근한 태도는 더욱 이해할 수 없었다. 회장의 권위로 팍 눌러버리면 될 것을 이놈 저년들이 씨불여 대는 말을 다 들어주고 있으니, 상호로선 답답해 죽을 지경이었다. 종로에서 상인회 회장의 말은 곧 법이다. 달라도 너무나 다른 조직의 생리에 상호는 괜히 곽 회장을 따라왔나, 후회가 들었다. 조상호가 곽 회장과 알고 지낸 지 가히 10년은 된다. 포목상인 상호와 글쟁이인 곽 회장이 어떻게 만났는지는 10년이 훌쩍 넘은 세월을 사이에 두고 잊혔지만, 그게 중요한 건 아니다.

자네……. 곽 회장은 상호를 꼭 이렇게 불렀다. 존칭은 아니지만, 어릴 때부터 시장바닥에서 천덕꾸러기로 굴러먹은 조상호에게 '자네'란 호칭은 마치 급제를 해서 신분이 두어 계단은 상승한 기분을 느끼게 했다. 더군다나 그 높은 대학교의 교수로 퇴직한 소설가에게 듣는 '자네'란 단어는 꿀맛이었다. 후줄근한 코트를 입고 나타나도 곽 회장은 빛이 났다. 곽 회장이 두꺼운 서적을 옆구리에 끼고 무거운 알 때문에 자꾸만 콧잔등 아래로 내려앉는 안경을 밀어 올리면서, 좁은 시장골목을 터벅터벅 걸어서 다가오면, 상호는 괜히 우쭐해졌다. 봐, 다들 봤지? 대학교수도 했던 분이야, 이 분이. 이런 분이 날 보고 뭐라고 부르는지 알아? 자네라고 부른다고. 상호는 시장골목이 떠내려가도록 쩡쩡한 목소리로 자랑하고 싶어 안달이 났다.

"자네……."

상호는 괜히 허리를 굽실거리면서 귀를 쫑긋 세웠다. 곽 회장을 만날 때마다 밥 사줘, 술 사줘, 택시비까지 대주는 상호다. 그런데도 곽 회장 앞에서 쪼그라드는 자신을 이해할 수 없다. 거짓말 살짝 보태면 걸음마 뗀 날부터 시장통에서 굴러먹은 상호는 누구보다 자본주의의 생리와 돈의 가공할 위력을 잘 안다. 그런 이치로 보면, 상호가 갑이요, 주둥이만 달랑 갖고 다니는 곽 회장이 을인 게 맞다. 그러나 현실은 이상하게도 정반대로 굴러갔다. 진짜 알다가도 모를 일이다.

"자네 글 좀 써보지 않겠나?"

곽 회장의 말을 듣고, 조상호는 어안이 벙벙했다. 글을, 나보고 글이란 걸 써보라고? 세상에 태어나서 처음 눈을 떠보니, 보이는 게 어둔 하늘뿐이었다. 달도 없는 밤에 보육원을 탈출할 때, 조상호의 나이는 겨우 열 살이었다. 문맹을 겨우 퇴치한 정도인 그에게 글을 써보라고 제안하는 곽 회장의 저의는 무엇일까?

"보아하니, 돈은 이제 벌 만큼 번 것 같고……. 이제부턴 자네의 이야기를 써보게나."

조상호가 요리조리 대갈통을 굴리는 틈으로 곽 회장이 불쑥 치고 들어왔다. 내 이야기라니요? 장사치 주제에 어따 내놓고 자랑할 얘기가 뭐 있겠나? 하는데, 역시 곽 회장답게 상호의 속을 읽어냈다.

"장사라는 게 결국 사람을 상대하는 기술이 아닌가? 문학이란 것도 따지고 보면 사람을 읽는 기술이고 하니……. 내가 도와줌세."

글을 써보라는 말이 나오고 한 달쯤 후에 곽 회장은 조상호를 세검정에 위치한, 소설 동인 '맥'으로 끌고 왔다. 그를 포함한 5인의 동인은 문학과는 전혀 어울려 보이지 않는 조상호를 요모조모 뜯어보면서 의아했다.

"소개하지. 이름 조상호. 직업 포목상. 이제부터 우리 맥의 회원이네, 이 사람."

곽 회장답지 않게 빠른 속도로 말을 마치고 결론을 내렸다. 충청도 출신인 곽 회장은 말이 느리고, 먼저 결론을 내리는 스타일이 아니다. 곽 회장은 명령문 스타일이 아니라, 평소에 부가의문문의 충실한 유저다. 그를 포함한 5인의 동인은 반발했다. '맥'의 룰은 이랬다. 일, 등단작가일 것. 이, 입회 작품을 낼 것. 삼, 입회 작품은 회원 과반수의 인정을 받아야 함. 그런데 조상호는 이 3개의 룰, 어느 것 하나도 충족시키지 못했으므로 반발은 당연하고 정당했다. 더군다나 곽 회장이 직접 돌린 조상호의 그 작품이라는 게 생긴 꼴보다 더 기가 막혔다. 오자투성이에, 비문 아닌 것이 없고, 스토리텔링 또한 앞뒤가 맞지 않았다. 재외교포 4세가 써도 이보단 낫지 싶었다.

"일단! 신입회원이 왔으니, 우리 환영파티나 합시다."

방 가운데 춘향이처럼 염치없고 어리둥절한 상호를 냅다 끌고 곽 회장이 먼저 나갔다. 평소의 그를 아는 사람이라면, 상상도 못할 장면이었다. 5인의 동인에 섞여서, 그는 곽 회장이 왜 평소답지 않은 언행을 하는지 짚어봤지만 도통 알길이 없었다. 이름 조상호, 직업 포목상. 그가 아는 곽 회장은 딱 요 2가지 정보만 갖고 함부로 '맥'으로 불러들일 사람이 아니다. '맥'의 창시자인 곽 회장은 누구보다 '맥'을 사랑하고 자부심을 가지고 있다. 오자 하나, 비문 하나까지 일일이 뽑아내서 일러주고 교정한 후에나 동인지의 원고를 인쇄기에 돌리도록 했다. 그렇다면 뭐가 있을까? 환영파티나 하자면서 곽 회장과 조상호가 나가고 난 뒤, 어정쩡하게 일어선 5인의 동인에 끼여서 그는 나름대로 결론을 짜냈다. 그래, 보기보단 엄청난 내공을 가진 인물일 거야. 비록 등단은 하지 못했지만, 재야의 고수가 틀림없어. 오늘 낸 작품은 일종의 페이크일 거야. 그는 곽 회장의 안목을 믿어보기로 했다. 그는 4인의 동인 앞으로 나서서 다음과 같이 역설했다.

"내 말 좀 들어보세요. 다들 알다시피, 우리 곽 회장이 보통 분은 아니잖소. 아무나 맥으로 데려왔을 린 없을 거예요. 재작년인가, 기억 안 나요? 신춘문예로 등단한, 거 뭐시기더라? 암튼 책도 여러 권 냈던 꽤 알려진 소설가도 입회 작품 보고 그 자리에서 잘라버렸잖아요. 그런 분이 아무나 데려왔겠어요? 내 생각엔……"

그가 잠시 혀를 쉬자, 4인의 동인은 동시에 마른침을 꿀꺽 삼켰다. 그는 팽팽하게 당겨진 긴장을 즐기면서 다시 풀린 혀를 놀렸다.

"아까 그 조 모란 사람, 엄청난 필력을 가진 재야의 고수가 맞을 거예요."

그의 말을 듣고 나서, 4인의 동인은 서로 쳐다보면서 고개를 끄덕였다. 그의 말발이 보기 좋게 먹혀들어가는 순간에 복병이 나타났다. '맥'의 유일한 여류인 그녀였다. 그녀는 재작년에 폐간된 지방의 모 문예지에 시로 등단했다가, 유수의 문예지에「천사와의 정사」라는 매우 독특한 장르의 소설을 발표하면서 나름 혜성처럼 등장한 문학계의 유망주였다. 그녀는 대학에서 영문학을 전공했다고 전해지고 있으며, 자신을 96학번이라고 소개한 기억이 난다. 참, 웃기게도 나이를 물으면 사람들은 세 부류로 대답을 한다. 몇 년생입니다. 무슨 띱니다. 몇 학번입니다. 그녀는 학번으로 자기가 산 세월을 소개했었다.

"봐, 방금 맞다가 아니라, 맞을 거라며? 이건 곽 회장의 권위에 굴복했거나 속은 거라니까. 만약 나나 당신들이 저런 사람을 데려왔다고 쳐봐. 대단한 필력을 갖춘 재야의 고수라고 생각이나 했겠어? 웬 양아치 새낄 데려왔냐고 난리난리 지랄발광을 떨었겠지, 뭐. 우린 절대 속아서 안 된다고. 그리고 설령 그렇다 치더라도 이건 안 되는 말이야. 어떤 조직이건 룰이란 게 엄연히 있잖아. 한번 룰이 깨지면, 그 조직은 사상누각처럼 금방 무너지는 거라고. 그리고 아까 회장이 돌린 그치 작품 봤어, 안 봤어? 조금만 영리한 개새끼면 그보단 낫겠다."

참, 96학번인 그녀의 또 하나의 특징은 언제, 어디서나, 누구에게나 반말을 한다는 것이다. 그와 그녀를 뺀 3인의 동인이 다시 고개를 끄덕였다. 최종적으로 그녀의 말발이 먹혔다는 증거다. 그때, 그는 문득 뼈가 오그라드는 한기를 막 느꼈는데……

"이거 왜 이렇게 추워. 뼈 다 부서져 버리겠네."

열변을 토한 그녀가 돌변하여 두 손을 겨드랑이에 끼고 비벼대면서 난데없는 앙탈을 부렸다. 그제야 나머지, 그러니까 그와 그녀를 뺀 3인의 동인들도 되게 춥다면서 발발 떨었다.

그는 곽 회장과 조상호가 나가면서 열어둔 문 틈새로 들어온 발칙한 가을바람을 발견했다.

"역시 계절은 하느님도 못 속여."

그녀는 새벽이슬 맞은 개새끼처럼 바르르 떨더니, 자신이 키워놓은 논쟁을 접어두고 밖으로 홀랑 빠져나갔다. 3인의 동인들도 벌써 가을이네, 애꿎은 계절 탓을 한마디씩 하더니만 그녀의 뒤를 따라서 '맥'을 홀라당 빠져나갔다. 그도 결국 '맥'을 비웠다. 뭐가 96학번, 그녀를 돌변하게 했는지 알 수는 없다.

가을 거리에는 '맥'의 정통파 회원들과 신입회원, 그리고 곽 회장이 싸늘한 삼각 대치를 이어가고 있었다.

"다들 무슨 생각을 하는지는 알지만……."

"난 인정 못 해!"

곽 회장의 말이 끝나기도 전에, 그녀가 단칼을 날렸다. 3인의 동인이 고개를 끄덕이고 나서, 어물쩍한 태도를 취하고 있는 그를 째려봤다. 그는 그들을 외면하고, 곽 회장의 반응만 살폈다. 그러나 그때 나선 건, 곽 회장이 아니라 논쟁의 당사자인 조상호였다. 자신 때문에 벌어진 회원들 간의 격론에 스스로 뛰어들다니, 첫날치곤 꽤 발칙했다. 조상호를 뺀 6인의 12개 눈깔이 상호에게로 모여졌다.

"우리 날씨도 추운데……."

다들 모가지를 어깻죽지 속에 처넣고 발발 떨면서도, 조상호에게 모여진 눈길만은 거두지 않았다.

"이런 날씨엔 말입니다……."

다들 바들바들 떨면서도, 오직 조상호의 입만 바라봤다. 절대로 인정 못 한다던 그녀도 마찬가지였다.

"소주가 최고예요. 내가 오늘 거나하게 모시리다. 환영파티라고 해둡시다."

좌중에게서 눈을 뗀 상호가 대답도 듣지 않고 곽 회장을 에스코트했다. 그는 스치면서 조상호가 씩 웃는 것을 봤다. 그 웃음의 의미는 뭘까? 세상을 통달한, 너희 같은 중생들은 다 다뤄봤다는 자신감, 결과를 뻔히 내다보는 혜안, 거기다가 조롱의 빛이 반짝 더해졌다. 가을바람이 쌩 불어와서 얼굴을 후려쳤다.

"아이, 추워. 소주 생각 존나 나네."

인정 못 한다면서 제일 방방 뜨던 그녀가 두 손을 겨드랑이에 끼고 팔랑팔랑 곽 회장과 조상호의 뒤를 따라가자, 그를 뺀 3인의 동인들도 되게 춥다고, 소주가 생각나는 날씨라면서, 사라졌다.

"춥긴 우라지게 춥네."

결국, 그도 가을 거리를 남겨뒀다.

너무 추워서……. 소주가 그리워서……. 그러나 돈이 없어서……. 소설동인 '맥'의 고결한 회원들은 맞춤법이나 겨우 뗀 종로의 포목상 조상호를 작년 가을에 3가지 룰을 거치지 않은 유일한 특채로 뽑았던 것이다. 그가 기억하기에, 절대 인정 못 한다던 96학번 그녀도 술에 취한 발음으로 공식 환영사를 하고 나서 땅땅땅 숟가락을 세 번 두드렸었다. 그렇게 '맥'의 동인이 된 조상호는 1년 동안, 단 한 번도 작품을 내지 않았다. 그러면서도 합평회엔 단 한 번도 빠지지 않았다. 합평회가 끝나면, 그는 예의 그 술잔 꺾는 흉내를 기가 막히게 냈다. 이제 '맥'의 회원들은 머뭇거리지 않았다. 날씨 탓도 하지 않았다. 합평회는 점점 짧아졌고, 그 시간만큼 술자리는 길어졌다. 작품을 내지 않아도 누구 하나 조상호에게 뭐라고 하지 않았다. 그가 내는 술값이 작품보다 요긴하고 귀했다. 뿐만 아니라, 동료 문인들의 출판기념회엔 어떻게 알았는지 예의 푸짐한 꽃다발과 두툼한 돈 봉투를 들고서 빠짐없이 나타났다. 누가 연락한 거야? 질 떨어지게……. 그러면서도 다들 모르쇠였고 그가 가까이 오면 방글방글 웃었다. 반말이 특징인 그녀도 조상호를 그냥저냥 받아주었다. 소설동인 '맥'이 다시 평화로워졌다.

"세월이 참 빠릅니다, 회장님."

조상호가 곽 회장에게 술을 따라주면서 그를 포함한 5인의 동인들을 죽 훑어봤다. 슬쩍 보니, 그녀는 애써 눈을 피하고 있었다.

"이렇게 1년을 버티게 해준 거 다 여러분 덕분입니다. 다들 고맙습니다. 안주도, 술도 맘껏 시키세요. 오늘 같은 날엔……."

"소주가 최고야."

눈을 피하고 있던 그녀가 이 순간을 기다렸다는 듯이 빈 잔을 쭉 내밀면서 쿵짝을 짝쿵짝쿵 맞췄다. 1년의 세월이 그녀의 경계를 허물었나 보다. 그를 포함한 4인의 동인들도 한마디씩 하면서 빈 잔을 병권을 쥔 상호 앞으로 쭈욱 내밀었다.

"회장님, 멋진 건배사 한 말씀 하셔야죠."

조상호가 안 일어나겠다는 곽 회장을 억지로 일으켜 세웠다. 어어, 뭐 이런 걸…… 하면서 곽 회장이 억지로 일어났다.

"일 년, 우린 또 다시 일 년 만에 이렇게 가을 앞에 섰습니다. 우리 조상호 소설가가 우리 '맥'에 들어온 지 일 년! 감개무량합니다. 그런 의미에서 다들 잔을 높이 듭시다. 회장이 '맥' 하면, 여러분들은 '아더'라고 외치면 됩니다."

그를 포함한 5인의 동인들은 맥락도 맞지 않는 '맥아더'란 요상하기 짝이 없는 건배사를 높이 외쳐야만 했다.

아직 정신이 말똥한 그는 곽 회장의 1년을 분석해보았다. 그러니까 1년 전, 곽 회장이 조상호란 인물을 데리고 온 날부터다. 사려 깊고, 논리적이며, 모든 결정을 민주적인 절차를 통해서 해온 곽 회장이 문득 맥락이 없어졌다. 뭐든지 즉흥적으로 결정하고 나면, 그에 따르는 저항과 분란은 상호가 나서서 한턱으로 해결했다. 몇 년 동안 고이 고수해온 절대적인 룰도 무너뜨렸다. 솔선수범의 대명사였던 곽 회장은 조상호의 극진한 에스코트 없는 움직이지 않으려고 했다. 이보다 더 귀한 애칭이 없다던 소설가 대신에 회장님으로 불리길 원했다. 곽 회장은 점점 회장님이 되어갔다. 어찌 보면 '맥'의 동인들도 마찬가지긴 하다. 처음엔 결사항전으로 조상호를 반대하던 그들도 조상호의 한턱에 차차 길들여져 갔다. 생각의 둘레를 확장해가는 중에 공기 반 소리 반 코맹맹이 소리가 그의 뇌를 잡아먹고 말았다. 뇌는 확장을 멈추고 올 스톱되었다.

그녀는 애교를 떨면서, 이 술집에서 가장 비싼 안주를 시켜도 되느냐고 물었고, 조상호는 물론이라고 사나이답게 대답했다. 곽 회장과 조상호, 그리고 그와 그녀를 뺀 3인의 동인은 곽 회장의 건배사가 매우 독특하고 유머러스하며 역사적이기까지 하다면서 찬사를 아끼지 않았다. 지들끼리 '맥아더'에다가 '인천상륙작전'을 더해서 술잔을 부딪쳤다. 가장 비싼 안주가 나오자, 그녀는 며칠 굶은 사람처럼 허겁지겁 안주를 비워나갔다. 96학번 답지 않은 행동이라고, 그는 혼자 결론 내렸다. 더듬어보니, 그랬다. 딱 1년 전에 조상호가 '맥'의 룰을 깨뜨리고 나타난 그날부터 반말이 특징인 그녀는 웬만한 거엔 거의 토를 달지 않았던 것 같다. 그가 조상호에게 합평회 작품을 왜 내지 않느냐고 다그치면, 그녀는 이런 날엔 소주가 최고야라는 말로 싹둑 잘라버리기 일쑤였다. 참다못한 그가 벼르고 벼르다가 술이 잔뜩 취해서 그녀에게 저항하지 않는 96학번일 바엔 차라리 띠로 자기소개를 하는 게 낫겠다고 방방 뜬 적이 있었다. 그날, 그녀의 대답은 이랬다. 아니, 이랬던 것 같다. 이런 날엔 기름진 안주와 소주가 최고야. 근데 너나 나나, 우린 돈이 존나 없어. 좆 까도 없어. 그럼 어떻게 해야 해? 쫄쫄 굶어가면서도 그 저항인가 뭔가를 해야 하나? 당장 소주와 기름진 안주가 그리워진 계절이 왔는데? 난 못해. 근데 메시아가 우리 앞에 떡 하고 나타난 거야. 너희 죄를 용서해주겠단, 그따위 메시아가 아니라, 당장 우리에게 일용한 양식을 턱 대주겠단 메시아. 난 자본주의의 메시아를 따르기로 했어. 그거뿐이야. 만약 네가 날 비난하고 싶다면, 그렇다면 내 눈앞에 당장 가져와 봐. 소주와 기름진 안주를 풍성하게. 그리고 그녀는 엎어졌다. 난 그녈 두고 떠나면서 비린내가 올라오는 정수리에다 대고 이렇게 말해줬다. 넌 절대 96학번이 아니야. 넌 뻥을 친 거야.

"이번 주제는 조 사장님이 정했다면서요?"

3인의 동인 중에서 가장 나이가 많은 동인이 조상호 옆에 바싹 붙어 앉아서 아부를 떨었다. 1년 동안에 많이 단련된 장면이어서 이제 아예 내성이 생겼다. 그는 아부와 애교의 차이를 생각하다가, 그녀와 눈이 마주치고 말았다. 그러나 그녀의 눈은 냉정하게 돌아섰다. 내가 술이 취해서 방방 뜬 다음부터, 그녀의 눈은 자꾸만 빗나갔다. 빗나간 눈이 신경 쓰여서, 그는 아부와 애교의 차이를 생각할 겨를이 없어졌다.

"어머니! 아주 좋은 주제예요. 어머닌 누구에게나 마음의 고향이죠. 우리 조 사장님은 어머니에 대한 추억이 아주 많은 모양이죠? 이번엔 작품을 내는 겁니까? 하긴, 낼 거니까 어머니라고 정했겠지만. 기대됩니다, 조 사장님."

이번엔 조상호의 좌편에 붙어 앉은 동인이 주저리 주절댔다. 1년 동안 참 많이 단련된 장면이긴 하지만, 그는 자꾸만 토악질이 올라왔다. 돈이란 요물에 다 넘어가고 말았어. 그러고도 예술을 해? 다 헛짓이지. 그는 조상호와 가장 멀리 앉아있는 자신이 자랑스럽고 대견했다. 그 거리만큼 요물과 멀고, 예술과 가까운 것이라고, 그는 자위하고 자부심을 느꼈다.

조상호는 아무 대답도 하지 않았다. 그냥 씽긋 웃고만 말았다. 매번 회원들의 중지를 모아서 주제를 정해온 '맥'이다. 그런데 이번에 곽 회장은 아무에게도 묻지 않았고, 상호에게만 의견을 물었고, 상호가 정한 '어머니'란 주제에 아무도 저항하지 않았다. 어머니란 절대적인 존재, 즉 세상에 나온 어느 것에게나 존재하는 절대자, 어머니. 그도 어머니를 쓰는 것에 별 이견이 없었기에 침묵으로 동의할 수밖에 없었다. 저항하지 않은 이유는 또 있다. 혼자서 주제를 정한 상호가 이번엔 처음으로 작품을 낼 것이라고 생각했고, 그는 기실 상호의 처녀작이 몹시 궁금했던 것이다. 그걸 보고 나서, 저항해도 늦지 않으리.

좌우의 아부와 유일한 여성인 그녀의 애교에 녹아서 조상호는 다른 회원들보다 두 배 넘은 술을 마셨다. 곽 회장은

술 한 모금에 가장 비싼 안주 두 줌씩을 축내고 있었다. '맥'
의 창시자이며, 영롱한 지도자인 곽 회장은 이미 자신의 자
리를 조상호에게 내주었고, 이를 전혀 개의치 않았다. 오히
려 당연한 것으로 여기고 있는 듯했다. 그는 기회를 엿봤다.
'맥'이 이렇게 무너져가는 걸, 보고만 있을 순 없었다. 마침
내 기회가 왔다. 곽 회장이 슬그머니 일어나서 화장실 쪽으
로 걸어갔다. 아무도 눈치 채지 못하게, 그도 따라 일어났다.
'맥'의 창시자를 다시 일으켜 세울 것이다. 그는 비범한 책임
감으로 무장한 채, 곽 회장의 뒤를 밟았다. 그는 공용 화장
실 앞에 서서 곽 회장을 기다렸다. 그는 속으로 따질 목록들
을 하나하나 챙겼다.

"무에?"

지퍼를 올리면서 나온 곽 회장이 그를 보고 안경을 내려
넘겨봤다.

"할 말이 있어서 기다리고 있었습니다."

"무에? 할 말? 해봐요."

곽 회장이 다시 안경을 고쳐 썼다.

"저는 처음부터 이해할 수 없었습니다."

"뭘 말입니까?"

분위기를 감지한 곽 회장이 말투를 정중하게 고쳤다.

"회장님이 만든 룰을 다 깨면서까지 조상호를 회원으로
받아들인 거. 합평회 때 작품을 한 번도 내지 않은 조상
호에게 아무 경고도 하지 않은 것. 또 이번에 주제를 정할

때 아무에게도 묻지 않고 조상호에게만 정하게 한 점. 그리고……."

"그리고?"

그는 혀에 힘을 줬다. 지금까지 이야긴 엄연한 팩트지만, 지금부터 할 얘긴 그의 느낌이기 때문이다. 게다가 듣기에 따라선 곽 회장을 모욕하는 말일 수도 있다.

"회장이 조상호로 바뀐 느낌입니다."

듣고, 곽 회장이 복도가 울리도록 소리 나게 웃었다. 그는 똑바로 서서 곽 회장을 노려봤다. 웃음으로 무마하려는 시도를 차단할 의도였다. 곽 회장은 곧 웃음을 그쳤다.

"방금 느낌이라고 했나요? 느낌이라, 느낌. 역시 소설가의 느낌은 다르군요. 다들 그렇게 느끼고 있겠지요?"

그는 어안이 벙벙했다. 화들짝 뛰면서 아니라고, 억울해 죽겠다면서, 우길 거란 예상이 보기 좋게 빗나간 때문이었다. 그는 갑자기 재미가 없어졌다. 투쟁력이 급속도로 하락했다.

"이번 동인지 주제가 어머니야."

곽 회장은 화제를 엉뚱한 데로 끌고 가면서 물을 흐려놓았다.

"그게 이것과 무슨 상관이 있습니까, 회장님?"

그는 들으라는 듯 '회장님'에다가 방점을 꽉 찍었다. 당신이 회장이니까, 휘둘리지 말고 정신 똑바로 차리라고! 알았어?

"조 사장이랑 단둘이 술 마셔본 적이 있나?"

곽 회장이 갑자기 말을 확 낮췄다. 주도권을 잡기 위한 전술이다. 곽 회장의 엉뚱한 말은 계속됐다. 그는 고개를 흔들면서도 눈만은 초점을 제대로 지켰다.

"난 많이 마셔봤지. 마셔보면 알아. 오늘, 마셔보게. 난 이만 집에 가야겠어. 잘 말해주게. 하긴, 내가 들고 난 걸 누가 알기나 하려고."

곽 회장은 말릴 틈도 없이 쌩 빠져나가서 도로변에 정차해 있던 택시에 냉큼 올라탔다. 회장이 사라졌다. 그가 다시 술자리로 돌아왔을 때, 조상호와 그녀를 뺀 3인의 동인은 떠나고 없었다. 동인이 사라졌다. 그가 나타난 걸 확인하고, 그녀는 비칠거리면서 일어나더니 이별을 고했다. 너무 술이 취해서 더 이상 마실 수 없다는 이유를 횡성수설 댔다. 96학번, 그녀가 사라졌다. 그와 조상호만 폐허가 된 술자리에 흔적처럼 남았다. 그는 곽 회장이 미리 짜놓은 시나리오가 아닌가, 의심했다.

"더 하시겠소?"

조상호가 고개를 바짝 들고 그에게 물었다. 그는 곽 회장이 한 말을 떠올라서 고개를 끄덕였다.

"나갑시다."

조상호가 벌떡 일어나서 그의 어깨를 툭, 제치고 가더니 계산을 끝내고 그에게 손짓을 했다. 그는 마리오네트가 된 것처럼 조상호의 손짓을 따라갔다.

조상호가 양주를 따랐다. 그는 받았다. 이런 날씨엔 소주
가 최고죠, 라는 유행어를 만든 조상호가 때깔 나는 양주
를 마시자고 했다.

"이런 날씨엔……."

"소주가 최고라면서?"

그는 반말로 상호의 유행어에 대구를 넣어줬다.

"형님도 반말할 줄 아네?"

상호는 그보다 세 살이 아래지만, 그는 그동안 한 번도 반
말을 하지 않았다. 상호는 그걸 굉장히 섭섭하게 받아들였
다. 자기에 대한 경계를 풀지 않는 증거라고 생각하는 듯했
다. 사실, 틀린 말은 아니다. 그에게 처음으로 반말을 들은
상호는 기분이 좋아져서, 비싼 안주와 레벨이 가장 높은 양
주를 더 주문했다. 그는 이렇게 된 바에 화장실 앞에서 곽
회장과 나눈 대화를 솔직하게 털어놨다. 다 듣고 나서, 조
상호는 최고급 양주를 글라스에 넘치도록 딴 다음에 훌쩍
비워버렸다.

"그러니까 회장님이 나랑 단둘이 술을 마셔보라고 하셨
단 말씀이오?"

그는 고개를 끄덕였다. 조상호는 붉은 얼굴로 웃더니만 금
세 슬픈 표정을 지었다.

"형님! 난 말이오. 한글을 겨우 뗐소. 이런 놈이 소설을 쓰
다니, 그게 어디 가당치나 한 말이오. 근데, 우리 시장에 단
골로 드나들던 회장님이 어느 날, 그러니까 딱 작년 이맘때

네. 나한테 앞뒤 다 자르고 자네 소설 써보겠나? 하더니 나를 무작정 끌고 간 게, 바로 거기요. 맥. 이것 보오, 형님."

조상호가 주머니를 여기저기 뒤적거리더니, 명함 하나를 찾아내서 꺼냈다. '소설동인 맥. 소설가 조상호.' 그는 헛웃음이 새어 나오려는 걸 겨우 참아냈다. 그러나 눈치 잽싼 상호가 호흡하듯이 말을 이었다.

"우습겠지. 당연히 우습고 같잖겠지. 나라도 그랬을 걸, 뭐. 근데, 형님."

그는 정색을 하고 조상호의 면전을 뜯어봤다. 자세히 보니, 나이에 비해서 주름이 자글자글했다. 실지렁이 같은 주름들이 조상호란 남자의 굴곡진 삶을 그대로 생중계해주고 있었다. 그는 괜히 숙연해지려는 마음을 들킬까봐 얼른 잔을 들어 비워버렸다. 투명한 잔, 너머로 일그러지는 얼굴이 온갖 풍상을 만들어내고 지웠다. 그는 상호의 주름들을 마냥 무시할 수 없었다. 오히려 주눅이 든 건 그였다. 그는 나이에 비해서 동안이란 말을 자주 듣는다. 뿌듯한 자부심이던 팽팽한 낯짝이 쭈글쭈글한 주름 앞에서 야코가 팍 죽었다. 그건 단순한 시간의 쌓임이 아니라, 켜켜이 쌓인 삶의 무게 같은 거였다.

"형님한텐 소설가 이게 우습고 같잖아 보이겠지만, 나한텐 보물이오."

조상호는 명함을 다시 주머니에 찔러 넣었다. 내게 술을 따르려는 상호를 제지하고, 그가 상호의 빈 잔을 채워주었다. 그렇게라도 해야, 맘이 편해질 것 같아서였다. 저 굴곡진 삶을 내심 비웃어온 천한 자만심에 대한 면죄부이기도 했다.

"이 명함을 꼭 보여주고 싶은 사람이 있소."

그는 조상호의 말에 귀를 세웠다.

"형님, 내가 말이오. 세상에 태어나서 처음 본 게 뭔지 아오?"

그가 대답을 못하자, 조상호가 자답했다.

"하늘! 달도 별도 없는 시커먼 하늘이오. 냉동실에 며칠을 굴러다니다가 발견된 검은 비닐봉투 같은 차고 시커먼 하늘 말이오."

그가 이해를 못한 얼굴을 하자, 조상호가 주사처럼 설명을 주렁주렁 늘어놓았다.

"무슨 소설가란 양반이 이렇게 둔해 빠졌어. 버려졌단 뜻이오. 어라, 아직도 모르는 눈칠세. 고아원 원장이 그럽디다. 바로 코앞도 분간 못할 정도로 시커멓게 어두운 밤에 애 우는 소리에 나가봤더니, 내가, 후, 글쎄 강보도 아니고, 무슨 사과상자에 들어있었답디다. 지랄, 무슨 뇌물도 아니고……"

이어지는 포목상 조상호의 일대기는 간단하게 이랬다. 고아원에서 온갖 구박과 학대를 견디지 못하고 10살 땐가 쯤에 야반도주를 했다. 10살짜리 고아소년에게 바깥세상은 고아원만큼이나 혹독했다. 먹고 살려니까, 나쁜 짓에 손을 댔고, 소년원을 제집처럼 드나들었다. 그러던 나날들 중에, 루시아가 나타났단다.

"루시아?"

그는 새로운 인물의 등장에 긴장을 타면서 되물었다.

"루시아는 아주 고운 천사였소."

소년 조상호는 폐부부터 가래침을 끌어 모아서 소년원 담벼락에다가 갈겼다. 두부 하나 갖다 줄 사람 없는 처지에 다신 오지 않겠단 홀로 하는 다짐이며, 복수다. 상호가 골목을 막 돌아 나오려고 할 때였다. 텅 빈 골목길에 오싹한 기척이 느껴졌다.

"누구야?"

상호는 즉각 전투태세를 갖추고서 가는 눈으로 사방을 경계했다. 세상에 대한 인지가 싹튼 순간부터, 상호는 경계하고 의심하는 습관이 붙었다. 그게 고아로서 세상을 살아가는 방식이란 걸 본능적으로 터득했던 것이다. 그러나 보이지 않는 상대는 쉽게 경계의 둘레 안으로 들어오지 않았다.

누구……. 상호는 골목을 지배하고 있던 한기가 차츰 따뜻해지고 있음을 느꼈다. 이건 뭐지? 태어나서 처음 느낀 생소한 온도에 상호는 당황했다. 졸렸다. 상호는 내려앉는 눈꺼풀에 힘을 억지로 넣으면서 버텼다. 누구에게든지 허를 내줘선 안 돼. 상호는 여전히 합을 풀지 않고 있었다.

"아가."

그러나 상호는 너무나 부드럽고 따뜻한 한 마디에 그만 허를 찔리고 말았다. 아가…… 아가, 아가, 내 아가, 내 똥강아지…… 태어나서 처음 듣는 단어가 혼란스러웠지만, 더 듣고 싶어서 속은 안달이 났다. 골목에 안개가 꽃처럼 피어나기 시작했다. 저 멀리, 그러나 차츰차츰 상호에게 다가오는 누군가는 안개를 탄 듯했다. 상호는 경계를 풀었다.

분명히 2미터는 넘는 날개를 달고 있었다. 것도 번쩍번쩍 빛나는 황금날개였다. 코앞으로 다가오자, 안개가 걷히면서 형상이 또렷해졌다. 생기발랄한 얼굴을 한 젊은 처자는 놀랍게도 천사였다. 자신을 천사라고 또박또박 소개하기까지 했으니까, 틀림없다. 상호가 골목에서 우연히 만난 천사는 그 후, 자주 나타났다. 어쩔 땐, 하루에 두세 번도 넘게 짠, 하고 나타났다. 영화에서처럼 천사는 상호의 눈에만 보였다. 상호는 살아남으려고 한 나쁜 짓을 단박에 끊었다. 천사를 옆에 두고 할 수 있는 일이 있고, 해서는 안 되는 짓이 있으니까. 제일 두려운 건, 아무래도 천사는 소년원엔 나타나지 않을 것 같은 거였다.

상호는 재래시장의 점포에서 꼬마둥이로 취직을 해서 숙식을 해결하고, 얼마 안 되는 월급을 꼬박꼬박 모았다. 몸이 부서져라 일하면서도, 상호는 웃음을 잃지 않았다. 시장에서 상호의 별명이 스마일꼬마가 된 이유다. 쟨 뭐가 저렇게 좋아서 맨날 싱글벙글이래. 나 같으면 저 처지에 눈물만 나겠구먼. 혹시 어디가 모자란 놈 아니여? 그러나 아무도 몰랐다. 상호의 옆에 세상에서 가장 아름다운 천사가 있다는 걸.

"형님, 내 말 믿소?"

그가 대답을 하지 못하자, 상호는 혼자 씩 웃고 나더니 말을 이었다.

"안 믿어도 좋고, 못 믿어도 할 수 없고. 암튼, 난 그 예쁜 천사 덕분에 한눈 한 번 안 팔고 몸이 부서져라 일해서 이리쯤 된 거요. 이래 뵈도 내가 빌딩이 몇 채는 되오, 형님."

"그러니까, 그게 다 그 천사 덕분이다?"

그의 질문에 상호가 자신 있게 고개를 끄덕였다. 그는 어이가 반 풀어치도 없었지만, 더 이상 반박하지 못했다. 조상호의 표정이 너무나 진지했기 때문이다. 마치 신성불가침의 그 무엇이 존재하는 것처럼.

"그럼 여기도 그 천사가 와있나?"

그는 농담을 실어서 은근슬쩍 물었다. 조상호가 갑자기 시무룩해졌다. 최고급 양주를 들어 나발을 불더니, 길고 깊은 한숨을 내쉬었다. 그는 농담을 한 걸 후회했다. 조상호의 얼굴에서, 그는 불안한 상실감과 가을바람 같은 황량함을 읽었기 때문이다.

"아뇨. 없어요."

상호가 단호하게 말했다. 그는 왜? 라고 묻지 않을 수 없었다. 마지막 출소부터 지금의 조상호 사장을 있게 해준 황금날개를 가진 천사가 여기엔 없다고 단칼에 벤 이유가 궁금했다. 조 사장은 다시 한숨을 내쉬고 나서, 겨우 입을 열었다.

"꽤 오래 전에 떠났소."

"어디로?"

그는 저도 모르게 진지해졌다. 이런 말도 안 되는 이야기에 현혹되다니, 그는 스스로에게 참 어이가 없었다.

"형님도 참 둔한 질문을 하네. 천사가 가면 어딜 갔겠소?"

그가 머리를 굴리는 사이에, 조상호가 답을 말했다.

"천국."

아, 그렇지. 그는 속으로 둔한 걸 들킨 자신을 책망했다. 그리고 또 궁금했다. 왜 떠났을까?

"내가 결혼을 했거든."

조상호의 말을 듣고, 그는 망치로 머리를 한 대 얻어맞은 느낌이었다. 내내 곁을 지켜주던 천사가 결혼을 했기 때문에 떠났다니, 이 무슨 해괴한 일인가. 그의 머릿속엔 삼각관계, 치정, 질투, 시기 등등의 남녀 사이에서 일어날 수 있는 온갖 망측한 단어들이 뱅뱅 돌아다녔다. 동화 속 판타지가 남녀상열지사로 뒤바뀌었다. 하긴, 천사 이야길 처음부터 믿은 그가 더 이상했다.

"더 이상 날 보호해주지 않아도 되니까, 천산 다시 천국으로 돌아간 거지. 하지만, 지금도 기억나. 엄마……."

그는 조상호가 마지막에 뱉은 단어 하나를 놓치지 않았다. 엄마? 천사 이야길 내내 하다가 왜 느닷없이 엄마로 엔

딩을 한 걸까? 그는 테이블에 엎어진 조상호의 어깨를 마구 흔들었지만, 아무런 반응이 없었다. 한 시간 넘게 시름하다가, 그는 포기하기로 했다. 그는 웨이터의 도움을 받아서 술에 젖어 불어터진 조상호를 업고 바를 나왔다. 낙엽 뒹구는 어둔 거리를 술에 취한 사내를 업고 가는 사내 하나, 하나가 둘이 된 기묘한 합체. 뭘까? 조상호가 만난 천산 실재하는 걸까? 마지막에 뱉은 엄마는 고아로 태어나 자란 조상호의 콤플렉스가 빚어낸 단어에 불과한 걸까?

"형님……."

등 뒤의 남자가 그를 불렀다. 그는 미끄러져 내린 상호를 추스르는 것으로 대답을 대신했다.

"나도 나중에 알았소. 나를 악의 소굴에서 끄집어내려고 나타난 그 예쁜 천사가 내 엄마라는 걸. 루시아 천사라고 했지만, 내 엄마의 진짜 이름은 복례, 추복례라오. 루시안 엄마가 죽어서 얻은 천사의 이름이랍디다. 참 예쁜 이름 아니오? 것도 그렇지만, 난 복례란 이름도 싫진 않았소. 천산 늙지 않는다고 했으니까 울 엄만 날 낳고 그 어린 나이에 죽은 거라오."

그는 여전히 믿을 수 없지만, 믿어보고 싶었다. 등이 잠잠해졌다. 그는 손가락에 깍지를 끼고 안정된 자세로 조상호를 업고 마냥 걸었다. 81, 88, 96으로 나이를 세는 세상에 아무 학번도 없이, 아버지 뭐 하시노? 라고 묻는 사회에 부모도 없이 자란 이 사내에게 판타지 하나 정돈 있어도 괜찮겠다 싶었다. 어둔 거리, 저 멀리에 불빛 하나가 유혹한다. 사내 하나를 업은 또 다른 사내는 그 불빛을 등대 삼아 걷고 걷는다. 유랑이라고 해도 좋다.

"형님, 참 우습다."

등 뒤의 남자가 다시 말을 붙였다.

"뭐가?"

"뭐긴 뭐요. 세상이지."

업힌 남자는 참 우스운 세상에 대해서 업은 남자에게 말하기 시작했다. 상호가 말하는 우스운 세상엔 아마 그도 끼어있을 것이다. 그는 궁금해졌다. 상호는 그를 어떤 우스운 세상으로 여기고 있을까? 조상호의 자격을 시비삼아 정의를 외치고, 그러면서도 기름진 안주와 소주는 얻어먹고 마시고, 취하기 전엔 다시 정의를 외치다가, 취하면 도로아미타불이 되는 도돌이표 사내, 나이가 세 살이나 많으면서도 하대를 절대 하지 않는 신사인 척 하는 돌쌍놈으로 봤을까. 그는 갑자기 동안인 낯짝이 후끈했다.

"처음에, 작년 이맘때, 내가 맥에 첨 왔던 날 기억나오?"

"기억나지. 곽 회장이 웬 양아치 하날 어디서 데리고 왔나, 했지."

"사실 양아치가 맞지, 뭐요. 암튼 그날 날 보는 눈들이 다영 별로입디다."

"그랬지."

"특히 거 반말만 하는 고 싸가지 없는 가시나가 젤 날 싫어했잖소, 형님?"

"그랬지. 고 담이 나고."

"근데 형님, 고거 알아? 고런 가시나가 젤 약한 게 뭔지?"

"뭔데?"

그는 최대한 조상호에게 맞춰주려고 애를 썼다. 상호도 그런 그의 노력을 알아주는 듯했다.

"우습게도 돈입디다. 예술 한답시고 날 조롱하고 도도하게 굴던 고년이 글쎄, 돈 앞에선 훌훌 벗읍디다. 빤쓰까지 싹 벗읍디다. 후, 거기다가 겨우 만 원짜리 한 장 얹어주니까, 내 좆을 쪽쪽 빨아주기까지 하더라니까. 우습지, 형님?"

그는 웃어야 할지, 울어야 할지 몰라서, 그냥 앞만 보고 걷기만 했다. 그가 궁금한 건, 반말만 하다가 빤스 벗고 좆 빨아준 가시나가 아니라 천사였다. 그는 불빛이 코앞에 닿자, 다시 잠이 든 조상호를 흔들어 깨웠다. 조상호가 잠투정을 하면서 깼다. 불빛에 부셔 눈을 가늘게 뜨고 물었다.

"왜? 여기가 어디요, 형님?"

"엄마, 아니 천사에 대해서 더 말해봐."

"어라, 이 이야기 이렇게 끝까지 진지하게 들어준 사람, 형님이 처음이오. 다들 나 보고 뺑치지 말라고만 하던데. 역시 소설간 달라도 뭔가가 다르네."

"흰소리 까지 말고 말해봐."

"넵."

조상호가 신이 나서 업힌 채로 떠들었다. 술도, 잠도 다 깬 것 같았지만 그는 아무 내색도 하지 않고 계속 업고 걸었다. 오늘 밤만큼은 질리도록 업어주고 싶었다.

"내가 예쁜 천사님을 사랑하게 됐어. 딱 고백을 하려고 하니까, 그때서야 천사님이 사실을 다 말해주는 거 있지?"

"내가 네 애미다, 이렇게?"

"형님도 참. 아무리 천사가 그렇게 시시껄렁하게 말했겠소. 엄마한테 고백하는 아들도 있다더냐? 이렇게 말했어. 난 당연히 믿지 않았지. 이렇게 젊고 예쁜 천사가 어떻게 내 엄마냐고, 눈에 불을 켜고 막 따졌지. 차라리 인간과 천사는 이루어질 수 없는 운명이라고 하는 편이 낫다고도 막 대들었지. 구질구질하게 핑계 댈 게 없어서 엄마가 뭐냐고."

그는 조상호의 판타지에 점점 말려 들어가는 자신을 발견했다.

"그러니까 이러더군. 애야, 천산 늙지 않는단다."

이렇게 말해놓고 조상호는 그에게 업혀서 훌쩍훌쩍 눈물을 찍어 발랐다. 이건 또 뭐하는 시추에이션이람.

"엄만 날 낳자마자 내 얼굴도 못 보고 죽었던 거야. 그길로 천국에 가서 천사가 됐고, 열아홉 살 그대로였던 거라더군. 천사가 돼서도 늘 보고 싶었대, 내가. 그래서 날 보살펴주려고 내려온 거랬어. 근데 아들인 내가 프러포즈 하려고 했으니, 얼마나 황당했겠어. 그치, 형님? 그 뒤로 우린 딱 일 년을 모자로 지냈지. 내가 참한 아가씨를 데리고 온 날, 엄만, 아니 루시아 천사님은 천국으로 돌아갔어. 나보고 잘 살다

68

가 오라고, 기다리겠다는 말을 남기고······."

코에 닿았던 길잡이 불빛이 갑자기 사라졌다. 사위가 어둠에 완전히 묻혔다. 어둠 속에서 등을 타고 조상호의 목소리가 들려왔다.

"그래도 가끔 통화는 한다, 뭐."

그러더니, 코 고는 소리가 등뼈를 흔들었다. 그는 자신이 대견했다. 어림없는 이야기를 끝까지 다 들어준 인내심은 칭찬받아 마땅할 것이다. 굴곡진 삶을 살아온 한 사내의 반평생을 뭔가가 지켜주긴 했을 것이다. 그것이 돈이든, 예술이든, 혹은 천사든지 간에. 어떤 어둠이라도 이렇게 타박타박 걷다 보면 언젠가는 걷힐 것이다. 그때······.

처음엔 코 고는 소린 줄 알았다가, 나중에야 휴대폰의 진동 소리인 것을 알았다. 그는 조상호를 추슬러서 어찌어찌하여 겨우 주머니에서 휴대폰을 꺼낼 수 있었다. 휴대폰의 폴더를 여는 순간, 어둠을 살라먹는 글자가 발현했다. '천사 루시아.' 가끔 통화도 한다, 뭐. 마지막으로 잠들기 전에 조상호가 한 말이 떠올랐다. 진짜 천국에서 온 전활까? 그는 심장이 요동치는 걸 느끼고, 자신이 참 우스웠지만 기대를 버리지는 않았다.

"여보세요?"

그러나 대답이 없다. 그는 용기를 내서 말했다.

"이건 조상호 씨 핸드폰입니다. 누구시죠?"

짧은 호흡. 입이 바싹 말랐는지 혀를 다시는 소리. 곧이어 침 넘기는 소리. 그리고 잠잠. 길게 이어지는 신호음. 그는 막 소릴 질렀다.

"루시아 천사님! 루시아 천사님! 상혼 지금 잘 지내요……. 지금 내 등에 업혀서 잘 자고 있으니까, 아무 걱정 마세요. 돈도 많이 벌고, 술도 많이 마시고, 안주도 잘 먹고, 잠도 잘 잔답니다. 참, 상호가 작년에 소설가가 됐어요."

그는 휴대폰을 다시 상호의 주머니에 넣어주었다. 그 틈에 명함 하나가 뚝 떨어진 걸 누구도 눈치 채지 못했다. 명함 하나 남기고 업힌 자와 업은 자는 어둠을 뚫고 사라졌다. '소설동인 맥. 소설가 조상호.' 그 빛나는 명함을 어둠이 살라먹었다.

그는 나중에 깨달았다. 소설이란 게 이야길 창조하는 게 아니라, 다른 사람의 삶을 읽어주는 작업이란 걸. 누구에게나 존재했을 엄마가 어떤 이에겐 아픔일 수도 있고, 치명적인 판타지일 수도 있다는 거. 판타지라고 비웃지 말 것. 그는 조상호를 집에 무사히 데려다주고 나서, 작업실에 틀어박혔다. 엄마라는 판타지를, 쓰기 위해서.

없는 여자

나는 서랍에 고이 넣어둔 하얀 손이
10년 전에 내게 주었던 쪽지를 꺼내 펼쳐보았다.
그러나 종이는 텅 비어있었다.
그녀는 없었다. 내 사전에는.
나는 정말 꿈을 꾼 걸까?

더 이상 그녀와 대화를 나눌 수 없다는 것은 절망이다. 나는 컴퓨터를 내리기로 결심했다. 서재를 아예 없애거나, 차라리 집을 몽땅 불살라버리고 싶다고, 나는 서재를 나오면서 생각했다. 그녀와 대화를 나누지 못하게 된 바엔 차라리 나만의 공간이 없어지는 게 낫다는 판단이다.

"웬일이야? 서재에서 평생 썩어 문드러질 줄 알았는데. 나중에 시체나 치우러 들어갈까 했는데, 그런 수고는 안 해도 되겠네. 고마워."

생소한 얼굴을 한 아내가 우아한 와인 잔을 입술에 살짝 갖다 댔다 떼면서, 최대한 비아냥거렸다. 그러나 와인 잔엔 찰랑찰랑 소주가 담겨있었다. 아내는 소주 외의 술은 입에도 대지 않는다. 아내의 고귀한 신분을 감안하면, 의외의 설정이다.

나의 조강지처가 언제부터 저렇게 낯설어졌을까. 하긴 아내도 나를 낯설어할 게 뻔하다. 낯설음이 설렘이던 시절도 있었다. 불우한 유년기와 덧난 세월만큼 더 불행해진 청소년기를 겪으면서 차곡차곡 쌓인 나의 불온한 신념과는 너무나 다른 세계에 살고 있는 여자에게 처음엔 약간의 적의를 느껐었다. 적의가 호기심으로, 그리고 오기라는 무기를 장착한 불타는 정복욕을 거쳐, 약간의 호의로까지 발전했고, 사랑이라는 이름으로 결실을 맺었다. 물론, '눈에 흙이 들어가기 전에는'이라는 전통 멜로드라마식의 반대를 무릅쓴 지고지순한 결실이었다. 그때는 진심으로 그랬다.

나는 아내의 곁을 무심히 지나치기로 결심하고, 무사히 실행에 옮겼다. 술 취한 아내의 입이 쏟아내는 욕을 바가지로 들으면서도, 나의 뒤통수는 그저 먹먹할 뿐이다. 내성이 덕지덕지 붙은 내 뒤통수는 잘 참아내고 있다. 기특하게도.

내가 그녀의 부음을 확인한 것은 당연히 메일을 통해서다. 지금부터 딱 1시간 전이었다. '메일이 도착했습니다.'라는 쪽지가 뜨자마자, 나는 화살표 커서를 손가락으로 만들어서 꾹 눌렀다. 1주일째 소식이 없던 차라서, 궁금증이 목구멍까지 차올라있었다.

내용은 이랬다. '내가 죽었어요. 삼가 고인의 명복을 빌어주겠죠?' 그녀는 '웃는 비'라는 아이디를 사용한다. 그런데 자신의 휘음을 전하는 마지막 메일에는 '우는 비'라고 바꿨다. 아마도 죽음과 궁합을 맞추기 위한 배려일 것이다.

나는 고인의 명복을 빌지 않기로 정하고, 컴퓨터를 내렸다. 컴퓨터를 내렸다는 것은 일회성으로 전원을 오프 한 게 아니라, 앞으로 다시는 컴퓨터를 온 하지 않겠다는 강렬한 의지의 표현이다. 일주일 내내 서재에 틀어박혀서 얻어낸 단

하나의 대사가 그녀가 보낸 그녀의 부음이라니. 의술과 문명의 발달이 인류의 생명을 턱없이 늘려놓았으니, 나는 앞으로 그녀 없이 30년은 더 살아야 한다. 대책 없이 남은 노후가 원망스럽다 못해 저주스러웠다. 나는 그녀가 나의 노후를 책임질 것이라고 10년 동안 굳게 믿고 있었던 것이다.

나에게 1시간 전에 자신의 부음을 메일로 전한 그녀를 지금부터 딱 10년 전에 만났다. 만난 곳이 어딘가 하면, 지금은 사라진 종로의 어느 유서 깊은 골목이다. 미혹되지 말라는 나이에, 그날 나는 그녀에게 혹하고 말았다. 어두운 골목 중에서도 가장 어두운 모퉁이에서 하얀 손이 불쑥 나타났다. 그날 나는 죽도록 술을 마시고 싶어서 쓰러진 소주병의 수를 헤아릴 수 없을 정도로 마셨지만 정신이 너무나 맑아서, 게다가 점점 맑아지고 있어서, 몹시 화가 나있는 상태였다. 술값도 못하는 건강한 내가 싫었다.

이게 뭔가 하고 가까이 다가가보니, 어둠을 뚫고 나온 하얀 손은 구겨진 종이 한 장을 달랑 들고 있었다. 나에게 손은 자꾸만 재촉을 했다. 어서 이 종이를 받으라고. 어서, 어서, 빨리, 빨리, 손모가지 끊어진다고……. 나는 무엇인가에 쫓기고 있는 것 같은 그 손의 재촉을 견디지 못하고 종이를 덥석 받고 말았다. 그러자 손은 할 일을 다 했다는 듯이 너무나 빠른 속도를 타고 어둠 속으로 귀환해버렸다.

"고마워요. 딱 10년만."

여자의 목소리였다. 어둠에 묻힌 그 목소리만이 내가 알고 있는 그녀에 대한 유일한 단서였다. 고마워요. 딱 10년만. 이게 뭘까?

10년이 지난 일, 게다가 정신이 말똥말똥했다고는 하지만 셀 수 없을 정도로 많은 술을 마신 날이었기 때문에 기억이 가물 하다. 내가 하얀 손이 준 종이를 주머니에 구겨 넣고 가장 진한 어둠을 그냥 지나쳐왔는지, 어둠 안으로 얼굴을 디밀고 하얀 손의 얼굴을 확인했는지 기억이 나지 않는다. 아무리 마셔대도 취하지 않는 자신에게 분노한 마흔의 남자라면, 아무래도 그냥 지나쳐서 어디 포장마차라도 찾았을 거라고 10년 동안 내내 나는 추측해왔다. 어쩌면 다시 되돌아와서 어둠을 헤집어봤지만, 그녀를 품고 있던 어둠이 그녀를 데리고 이미 사라진 뒤였는지도 모른다. 아무튼 10년 전의 그날, 나는 그녀를 하얀 손과 두드러지지 않은 매우 평범한 목소리로만 만났다.

그날 이후 일주일이 지나서야, 나는 어둠 속의 손이 준 종이를 발견했다. 일주일 전에 입었던 외투를 세탁소에 보내기 위해서 속을 뒤지다가 바스락거리는 소리에 안주머니에 손을 쑥 넣었다가 얻어걸린 것이다. 구체적으로 어떤 기대를 했는지 역시 기억이 나진 않지만, 아무튼 기대를 걸고 펼쳐본 종이에는 메일주소 달랑 하나와 그 밑에 '웃는 비'라는 글자가 따박따박 적혀있었다. 1퍼센트만큼 실망한 나는 애초에 뭘 기대했니? 라고 내게 묻지 않을 수 없었다. 메일과 같은 간접화법보단 전화번호라는 직접화법을 원했던 걸까. 화려한 외도를 꿈꿨던 걸까? 획이 반듯반듯한 것으로 볼 때, 어둠 속에서 마구잡이로 쓴 것이 아니라 어느 불빛 아래서 계획적으로 쓴 것임을 알 수 있었다.

웃는 비의 메모를 보자, 일주일 전으로 기억의 회로가 돌아갔다. 어둠을 뚫고 나타난 하얀 손과 존재하지 않는 종로의 유서 깊은 거리. 아, 딱 거기까지였으면 참으로 좋았으련만. 야속하게도 기억의 회로는 그날로부터 일주일을 더 지나갔다. 사건과 시간의 연속성으로 본다면, 극히 자연스러운 현상이긴 하다. 그리하여 나는 원하지 않는 어느 과거에 발을 디뎌놓고 말았다.

아내는 들키지 말았어야 한다. 적어도 들키지 않으려고 애는 썼어야 한다. 애쓰는 척이라도 했어야 한다. 일부러 들키려고 했을지도 모른다는 의구심이 들자, 나는 미칠 것만 같았다. 아내는 여러 개의 복선을 깔아두고서 내가 그 복선들을 하나하나 찾아내도록 유도했다. 아내의 의도를 미리 눈치 챘더라면, 처음부터 복선 찾기는 시작도 하지 않았을 것이다. 그러나 복선의 첫 패를 까본 이상, 멈출 수 없는 게임이 되고 말았다.

킹 앤 미 호텔의 전용특실 엘리자베스가 아내가 깔아놓은 마지막 복선이었다. 호텔 '왕과 나'는 장인이 내 명의로 남겨준 티끌만 한 유산이다. 그리고 아내와 내가 '눈에 흙이 들어가기 전에는'의 반대를 깨부술 묘책으로 선택한 곳이 바로 킹 앤 미 호텔의 전용특실 엘리자베스였다. 나는 아내의 자궁에 씨를 뿌리기 위해서 전용특실 엘리자베스에서 그때까지 살아오면서 흘린 것보다 많은 땀을 하룻밤 사이에 흘렸다. 땀은 배반하지 않았다. 나는 배가 부른 아내의 허리를 부축하고 나타나서 장인의 눈에 보기 좋게 흙을 뿌렸다. 엘리자베스는 나와 아내의 사랑에 결실을 맺게 해준 비옥하고도 황홀한 옥토였다.

그런 엘리자베스를 택한 아내는 나에게 너무나 잔인했다. 왔어? 엘리자베스의 문을 열고 들어선 나에게 아내가 던진 첫 마디였다. 아내는 일부러 엘리자베스의 문을 잠그지 않고 내가 오기를 기다렸을 것이다. 벌거벗은 아내의 몸을 타고 놀던 덩치 좋은 사내가 기척을 채자마자, 기다렸다는 듯이 아내의 몸에서 내려왔다. 마치 놀이기구를 끝내고 내려오는 무심한 탑승객처럼. 사내는 대강 옷을 꿰찬 다음에 내 어깨를 살짝 밀치고 나갔다. 번드르르한 비웃음도 덤으로 줬던 것 같다. 사내도 아내가 깔아놓은 많은 복선 중의 하나일 것이다.

아내는 땀으로 범벅이 된 나체를 가릴 생각도 하지 않고 무릎을 세운 채로 누워서 나를 똑바로 쳐다봤다. 아내의 눈동자가 무릎과 무릎 사에서 빛났다. 나는 흥건히 젖어있는 아내의 음부에서 시커먼 음모를 읽었다. 나는 분노하기로 결심했다. 그건 순전히 아내를 위한 분노였다. 적확히 표현하면, 아내의 음모를 위한 축제의 분노였다.

화가 나니? 화라도 내니까, 이제야 네가 좀 사람 같다. 아내는 고흐처럼 일그러지는 나의 얼굴을 찬찬히 살피면서 만족해 했다. 그래? 그렇다면 좀 더 사람답게 해볼까? 나는 탁자 위에 놓여있는 소주를 담고 있는 두 개의 불쌍한 와인 잔을 손등으로 거칠게 쓸어버렸다. 와인 잔은 쏜살같이 날아서 벽에 부딪쳐 산산조각이 났다. 애초부터 어울리지 않는 액체를 사랑한 용기의 운명이다.

지금은 네가 정말 내 남편 같다. 이 바보야……. 아내는 울음을 터뜨리고 말았다. 눈물도 복선이었을까. 아내는 벌거벗은 채로, 무릎 속에 얼굴을 묻고 흐느꼈다. 아내는 어쩌면 음모에 묻은 정액 냄새를 맡고 있는 건지도 몰랐다. 아내의 하얀 등이 올라갔다 내려갔다 리듬을 탔다. 나는 멍하니 서서 속으로 리듬을 함께 맞췄다.

그러니? 이제야 내가 네 남편 같니? 고맙다. 나는 울고 있는 아내를 침대에 남겨두고 전용특실 엘리자베스를 빠져 나와서, 정처 없이 걷고 걷다가 아무 데나 보이는 곳에서 자다가, 깼다가 그랬다. 아내의 외도를 목격한 남자는 순순히 집에 들어가면 안 된다. 몇 날을 방황하다가, 적어도 수척하고 까칠해진 얼굴로 기어들어가는 게 바람을 핀 아내에 대한 최소한의 예의다. 그러다가 문득 술이 생각났다. 와인 잔이 아닌 본연의 소주잔에다가 본연의 술을 부어서 마시면 취할 수도 있을 것 같았다. 아주 옛날에 그랬던 것처럼, 처음처럼……. 그리고 보니, 결혼을 한 후에 단 한 번도 취한 적이 없다. 내내 그건 잔 때문일 거라고, 생각했었다. 그러나 기대와는 달리 본연의 잔도 소용없었다. 소주를 마시면 마실수록, 비례해서 정신만 맑아졌다. 이 이해할 수 없는 현상을 이해하기 위해서, 또 소주에 대한 추억을 되찾기 위해서, 나는 옛날에 있었던 종로의 한 유서 깊은 골목을 찾아갔던 것이다.

아내의 외도에 대한 체면치레로 난 일주일 만에 돌아왔고, 아내는 그런 나를 데면데면하게 대해 주었다. 묻지도 따지지도 않아 주어서 천만다행이었다. 그리하여 나는 하얀 손에 대해서 아내에게 말하지 않아도 되었다. 아내는 전용특실 엘리자베스에서 목격한 정부에 대해서 내가 물어봐 주기를 원했을까. 그러나 나는 입을 굳게 다물었다. 아내는 아마 그것이 나의 복수라고 착각했을 것이다. 나는 남편다운 복수로 가장하기 위해서 침대를 떠나, 서재에서 생활하기 시작했다. 아내는 서재를 제외한 나머지 공간을 다 차지했다. 사실 내가 서재에 빌붙어 있단 표현이 옳다. 애초에 내가 소유한 건 하나도 없었으니까.

집으로 돌아와서 웃는 비에게 첫 메일을 보내기까지 딱 15일이 걸렸다. 자정이 넘은 시각에 누군가와 야하고 질펀한 농담을 주고받는 아내의 목소리가 두런두런 들리자, 나의 뇌는 갑자기 분노할 준비를 갖추었다. 마치 분노센서를 달고 있는 것처럼 나의 분노 감지기는 컴퓨터의 전원을 자동으로 온 했다. 나도 할 건 다 해.

기억나십니까? 종로에서 당신의 쪽지를 받은 사람입니다. 기억이 난다면 답장을 보내주십시오.

쪽지가 바람같이 날아왔다.

맞아요. 어둠 속에서 똑똑히 봤어요. 내가 내민 쪽지를 받은 당신의 얼굴을. 어둠이 짙으면 짙을수록 어둠 밖은 잘 보이니까요. 잃어버린 줄 알았는데, 용케도 갖고 있었군요.

나는 키보드 위에 손가락을 몽땅 얹어놓고 한동안 망설였다. 나는 그녀를 못 봤지만, 그녀가 나의 얼굴을 정확하게 알고 있다는 부담감이 싸늘했다. 졸지에 캐스팅을 당한 지망생의 심정이 이럴까. 나는 싸늘한 부담감이 완화될 때까지 기다렸다가 손가락을 천천히 움직였다.

좋아요. 나는 당신을 모르는 채로, 당신은 내 얼굴을 똑바로 알고 있는 채로, 이렇게 우리 갑시다.

메일이 무사히 전송되었다는 문장을 읽고 나서, 나는 급격히 후회했다. 세상에……. 우리 이렇게 갑시다, 라니. 내가 봐도 역한 중년 남자의 씨구려 프러포즈의 냄새가 풀풀 풍겼다. 그녀도 분명히 냄새를 맡았을 것이다. 그리고 후회할 것이다. 사람을 잘못 봤어. 그러나 예상을 비웃으면서, 답장이 곧장 날아왔다.

네. 나는 당신의 얼굴을 아는 채로, 당신은 내 목소리를 알고 있는 대로, 우리 이렇게 가기로 해요. 이제 잘래요.

나는 그녀의 답장을 받고 나서 안심했다. 그녀가 냄새를 못 맡았거나, 나의 구차하기 짝이 없는 프러포즈를 받아주었거나! 나도 그녀에게 잠자리 인사를 남기고 컴퓨터를 껐다. 그녀와 나의 첫 데이트였다.

첫 메일을 주고받은 날로부터 계절 하나가 지나가는 동안에, 그녀와 나는 평균 하루에 3통이 넘는 메일을 주고받았다. 그러면서도 전화번호를 묻거나, 오프라인에서 만나자는 제안을 아무도 하지 않았다. 나도 마찬가지지만, 그녀도 이렇게 쭉 가는 것에 대해서 만족해하는 것 같았다. 그렇지만 나는 그녀에 관해서 몇 가지 사실을 알게 되었다. 그녀가 유지해온 세월, 하는 일, 가족에 관한, 그리고 좋아하는 색깔, 몇 가지 습관과 어울리는 음악, 하루에 몇 번 식사를 하는지 등등.

우미관 뒷골목에서 처음 소주를 마셨어요. 술집 이름이 뭐더라. 밀물과 썰물이었나? 첫술이 꼭 마약 같았어요. 마약……

난 아무 일도 안 해요. 그걸 백수라고 하나요? 우습죠? 아무것도 안 하면서 하루에 다섯 끼를 꼬박꼬박 챙겨 먹는 여자를 상상해보세요. 끔찍하지 않나요? 그치만 전 제 몸무게를 몰라요. 겁이 나서 모르는 건 아니에요. 무의미하기 때문에 모르려고 하는 거예요. 세상의 숫자란 참 덧없죠.

전 카를라 브루니의 노래를 좋아해요. 그대는?

비가 내리는 날은 한 올도 걸치지 않고 벌거벗은 채로 집에서 지내요. 이럴 땐 가족이 없다는 게 쓸쓸함이 아니라, 편안한 축복이란 생각이 들어요. 벌거벗고 밥을 먹고, 음악을 듣고, 이렇게 당신에게 메일을 보내고……. 지금도 비가 내리네요.

우미관 뒷골목에 깊숙이 숨어있던 밀물과 썰물에서 처음 소주를 마셨다면, 그녀의 청춘은 나와 동시대를 관통하였을 것이다. 카를라 브루니의 노래는 가사 속에 비라는 단어가 나오지 않음에도 불구하고 언제나 비를 연상시킨다. 비가 추적추적 내리는 날, 커피 한잔과 딱 어울리는 음악이 바로 카를라 브루니이다. 웃는 비라는 네이밍과 어울리는 음악이다. 나는 그녀가 갈색을 좋아할 것이라고 혼자 결정해 버렸다. 나는 그녀의 벗은 몸을 상상해봤다. 진한 어둠을 뚫고 불쑥 튀어나왔던 하얀 손을 미루어보아, 나는 새하얀 육체를 가진 여자를 상상하였다. 그러나 하루에 다섯 끼를 꼬박꼬박 챙겨 먹는 여자의 몸은 도저히 그림으로 그려낼 수가 없어서, 아예 그만두었다. 세상의 숫자가 다 덧없다는 그녀, 그러나 나는 숫자에 집착한다.

나는 서재에 틀어박혀서 웃는 비와 매일 메일을 주고받았고, 아내는 거실에서 전화로 누군가와 음담패설을 들으라는 듯이 큰 소리로 나누었다. 와인 잔에 든 소주가 비워지면, 아내는 과거에 나와 나누었던 섹스를 일일이 보고하는 저렴함을 과시했다. 전화의 상대가 전용특실 엘리자베스에서 내 어깨를 툭 치고 나갔던 아내의 정부인지, 새로 사귄 말동무인지는 알 수 없었다. 상관없이 그럴 때마다 나는 내가 참별 볼 일 없는 남자라는 것을 자각해야만 했다. 아내의 목소리가 벽을 타고 들려 왔다.

"있잖아, 쪼그만 것이 어찌나 빠른지. 난 들어온 지도 몰랐다니까. 까르르르르. 것도 사내라고 서긴 또 서요."

당신은 섹스를 하나요?

나는 그만 그녀에게 보내선 안 될 메일을 보내고 말았다. 나의 분노센서가 알아서 한 짓일 뿐이다. 섹스중독증에 걸린 아내를 고발하는 심정으로, 내가 못난 것이 아니라 과도한 것을 요구하는 아내에게 잘못이 있다는 것을, 그녀에게라도 알리고 싶은 열망이 만들어낸 치졸한 고자질이다. 그러면서도 이를 사람이 생긴 나는 오랜만에 행복했다. 그녀는 '당신은 섹스를 하나요?'라는 나의 질문에 대한 답을 이렇게 보내왔다. '한 것 같아요. 하고 있는 것도 같고요.' 과거와 현재진행형을 버무려서.

그녀는 내가 첫 메일을 보낸 날짜를 정확하게 기억하고 있었다. 1주년이라면서 향기 없는 꽃다발을 보내왔다. 오랜만에 서재의 커튼을 열어젖히니, 초가을이 그림처럼 박혀있었다. 아, 사라진 유서 깊은 골목에서 내가 하얀 손을 만났을 때가, 이랬구나. 가로수 잎마다에는 단풍이 번져있었구나. 내 분노처럼 붉디붉은 엽. 나는 꽃다발을 생성하는 방법을 몰랐기 때문에 '우리의 1년, 아득하지만 눈앞에 있는 것처럼 밝소.'라고 구한말 지식인의 문체를 흉내 내었다. 시인 백석이 애인 나타샤에게 보낸 시처럼 말하고 싶어졌다.

그녀와 메일을 주고받은 지 1년이 넘은 어느 겨울날이었다. 그녀가 내게 동침을 요구해왔다. 나는 당혹스러웠지만, 야릇한 호기심이 발동하여 일단 승낙하였다. 동침은 섹스인가? 아니면 섹스의 교집합인가? 온라인으로도 성교가 가능한가? 숱한 의문 속에서도 나의 성기는 발기했다. 것도 사내라고 서긴 섰다.

당신을 초대합니다. 나의 방으로. 오늘 밤을 나와 함께 보내요. 나의 방은 너무나 작아서 싱글침대 하나로도 가득 찹니다. 침대에서 당신을 기다리고 있을게요. ─웃는 비

　동침을 승낙하고 나서, 나는 깊은 시름에 잠겼다. 막상 초대에 응하긴 했지만, 그녀를 만날 방도를 몰랐다. 그녀의 싱글침대로 갈 방법이 없었다. 나는 그녀가 처방을 내려주길 기다리는 수밖에 없다는 걸 깨닫고 절망했다. 온라인에서도 나는 무능한 남자였다.

　당신이 내게로 와주었다.

　단 하나의 문장이 나를 그녀의 침대로 이끌었다. 내가 잠시 잊고 있었군. 우린 문장을 통해서 만나는 사이였지, 라는 자각이 돌아와 주었다. 세상에 말로 못하는 게 뭐가 있겠나.

　와줬군요, 당신. 우리가 보낼 밤을 위해서 많은 것을 준비했어요. 남성용 목욕 가운, 스킨과 로션, 세이브 거품, 면도기, 그리고 안전한 콘돔…….

　그녀는 열거한 용품들의 사진을 일일이 발송해주는 매우 특별한 이벤트까지 펼쳤다. 콘돔은 끝부분에 수많은 돌기가 솟아있어서, 사진으로 보기에는 매우 흉물스러웠다. 마치

우주에서 온 괴생명체 같았다. 나는 그 수많은 돌기들이 그녀를 위해서 어떤 역할을 할 것인지가 매우 궁금하였다. 만약에 그 돌기들이 그녀를 흥분시킨다면, 그건 나의 경쟁력인가, 아닌가? 나는 내 발기한 성기를 주물렀다.

먼저 샤워를 하세요. 저는 샤워를 하면서 동시에 면도를 하는 남자가 멋있어요. 멀티를 할 수 있는 남자는 흔하지 않거든요. 그리고 대강만 말리고 나오세요. 샤워를 마친 남자가 뽀송뽀송한 얼굴로 나타나면 왠지 배반당한 느낌이에요. 여자처럼 남자도 물기에 젖어있을 때가 섹시하거든요. 아무 것도 입지 말고 가운만 걸친 채로 오세요. 나의 침대로.

나는 그녀가 시킨 대로 실행에 옮겼다. 나는 가운만 걸친 채로 컴퓨터 앞에 우두커니 앉아서 그녀를 기다려야만 했다. 이마로 쏠린 머리카락에선 물방울이 뚝뚝 떨어졌다. 난 과연 섹시한가. 누군가가 나의 이런 모습을 봤다면, 손가락을 머리에 대고 빙빙 맴을 돌렸을 것이다.

제가 가운을 벗겨드릴게요.

그녀의 차가운 손이 불쑥 나타나서, 내 육체에 걸쳐있는 유일한 문명의 흔적을 걷어내었다. 사라진 유서 깊은 골목길에서 만났던 바로 그 손이다. 난데없이 뜨거운 소낙비가 내리기 시작했다. 그녀의 손이 나의 중심을 잡고 흔들었다. 흔들리면서 나는 전용특실 엘리자베스를 생각했다. 그리고 전용이란 단어에 꽂혔다. 누구의 전용이란 건가, 뭐 하는 전용이라는 걸까? 아내의 몸을 타고 놀던 사내. 그 짓을 하면서도 내가 들어오는 걸 노려보던 아내의 눈빛. 아내의 무릎과 무릎 사이에서 번득이던 저열한 음모들. 엘리자베스는 아내의 섹스를 위한 전용특실이었다.

나는 웃는 비에게 몸을 맡김으로써 아내에게 멋지게 복수를 했다고 믿었다. 하, 하, 하. 나는 통쾌하게 울었다. 나의 성기는 것도 사내라고 서긴 섰다.

이제부터 당신을 나에게 맡겨요.

나는 나의 과거, 현재, 혹 있다면 미래까지 그녀에게 맡길 의향이 분명히 있었다. 아내와 나는 처음부터 맞지 않았다. 그 낯선 불협화음을 우리는 운명이라고 착각했고, 운명을 거스른 사랑을 하자며 죽기 살기로 덤벼들었던 것이다. 장인은 나를 볼 때마다 했던 대사인 '눈에 흙에 들어가기 전에는'을 결국 실천했다. 장인이 죽고 나서 너무 늦게 깨달았지만, 다행히 아내와 나는 동시에 제 갈 길을 찾아가기 시작했다. 것도 운명이다.

내가 신음을 토막토막 뱉어내자, 체온을 빼앗긴 그녀의 손이 나에게 돌기가 오돌오돌 돋아난 콘돔을 정성스럽게 씌워주었다. 나의 성기는 기특하게도 내내 발기를 유지해주었다. 생각해보면, 콘돔을 입혀준 그녀의 그 손도 메일로 날아왔던 것이다. 우리는 여전히 온, 이라는 라인을 밟고 서 있었다. 오프라는 거리가 너무나 두려운 사람들. 어쩌면 옛날 그 골목을 지배한 어둠도 실은 온라인의 또 다른 이름일지도 모른다.

안아줘요.

드디어 나는 그녀를 안았다. 내 품속에서 그녀는 거미줄에 걸린 한 마리 나비처럼 버둥거리다가도, 갑자기 돌변하여 나를 타고 놀다가, 혹은 나란히 누워 도란도란 이야기를 나누다가, 문득 차디찬 키스를 하고, 마른 등을 보이며 돌아눕기도 했다.
나는 그녀를 사랑하게 되었다.

사랑해.

나는 그만 세상에서 가장 쪽팔린 대사를 날리고 말았다. 그러나 더 쪽팔리게도 대답은 날아오지 않았다. 나는 그녀가 읽기 전에 발송취소를 누르려고 손가락을 서둘렀지만, 딱 1초 전에 읽음이 떴다. 그녀는 나의 사랑해, 를 보고 뭐라고 생각했을까? 이 남자 정말 웃겨. 지린다. 나는 제발 내가 웃기지만 말았으면, 하고 바랐다.

그녀와 내가 동침을 한 그 겨울밤 이후부터, 우리는 일주일에 한 번씩은 성교를 나누는 사이가 되었다. 방식은 언제나 똑같았다. 그녀가 불쑥 초대장을 날리면, 내가 그녀의 침대를 향해서 달려가고, 그녀는 나를 위한 용품들을 준비해두었다. 언제지……. 아하, 맞아. 100번째 섹스를 기념하기 위해서 그녀가 케이크 위에다가 100개의 콘돔을 꽂아둔 날, 나는 섹스를 하는 중에 담배를 피우는 과감한 설정을 실행에 옮겼다. 그건 도발이고 발칙한 상상이고, 꿈이었다. 난 예전에도 같은 상상을 했었다. 꽁초를 아내의 배꼽에다가 문질러 끄는 상상. 아내가 기겁을 하며 비명을 지르는 상상. 남은 불씨가 아내의 무성한 음모에 옮겨 붙어 타는 상상. 적나라하게 드러난 아내의 생식기를 보고 웃는 상상.

그래 우린 처음부터 너무 다른 세계의 사람이야. 그걸 왜 이제야 알았지? 당신의 음모가 다 타고 그곳이 다 드러나니까, 이제야 보이네. 내게 어울리는 구멍이 아니었어. 거기다가 맞추려고 고생한 걸 생각하면, 정말 기가 막혀. 이제 보여…….

난, 지금 담배를 피우고 있어요.

알아요. 담배 향기가 나네요.

그녀는 담배에다가 향기라는 고급단어를 붙여주었다. 아내는 내가 피우는 담배 뒤에다가 냄새라는 단어도 모자라서 지긋지긋한, 이라는 수식어까지 첨가했었다. 기억해보니, 나중에는 끔찍한, 이란 형용사도 등장했던 것 같다. 내가 피우는 담배가 아내에겐 그토록 끔찍한 것이었을까. 그때, 떠오르지 말았어야 할 장면 하나가 문득 등장했다. 전용특실 엘리자베스에서 내 어깨를 툭, 치고 나갔던 번드르르한 사내의 입에서도 담배 냄새가 역하게 났었다. 이건 분명하다.

당신과 섹스를 하고 나서부터 끼니가 하나 더 늘었어요. 새벽에 깨면 속이 출출한 거예요. 식은 밥과 남은 반찬을 몽땅 섞어서 마구 비볐더니, 글쎄 아름다운 색깔이 나오잖아요. 그때부터 전 새벽마다 비빔밥을 먹어요. 하루에 여섯 끼를 먹는 여자, 어떻게 생각해요?

난 기준을 잘 모르거나, 믿지 않는 남자이니, 하루에 여섯 끼를 먹는 여자는 안심해도 좋소.

허세다. 그녀와 메일을 주고받은 지 3년이 넘어가도록, 나는 여전히 구한말 지식인의 문체를 흉내 내고 있었다. 백석 시인처럼……. 그녀는 백석이 사랑했던 나타샤의 환이었다.

적어도 그 시절 나에게는 그랬다. 그 시절, 나는 솔직히 그녀를 데리고 100년 전, 시인이 사랑했던 그 시절로 타임 백을 하고 싶었다. 생각나. 내가 그녀에게 100년 전으로 가보겠냐고 제안을 하기도 했었어. 나의 프러포즈에 그녀는 이렇게 대답했었지.

좋아요. 그런데 100년 전으로 가면, 아무래도 전 그 시인을 사랑하게 될 것 같아요. 당신을 과감하게 버리고⋯⋯.

그럼 나는 나타샤를 사랑할 거요. 왜냐하면 당신을 두고 난 백석과 연적이 되고 싶지 않기 때문이오.

그녀와 나는 한 계절 동안 백석과 나타샤에 관해서 이야기를 주고받았다. 그녀는 나에게 흰 당나귀를 소개시켜주었다. 그리고 보니, 우리에게 흰 당나귀는 바로 @였다. 골뱅이. 100년 전에는 흰 당나귀였던 골뱅이. 그렇다면 아내는 무엇으로 사랑을 싣고 나르고 있을까. 휴대폰.

아내가 휴대폰에 비밀번호를 설정했다는 것을 우연히 알고, 우리의 결혼날짜를 입력하자, 단박에 열렸다. 눈은 푹푹 내리고, 어디선가 당나귀 우는 소리가 들리던 밤이었다. 나는 후회했다. 아내의 휴대폰을 연 것을, 애초에 만진 것을. 나의 어리석음은 통탄할 지경이다. 세상에 남편이 단박에 알아낼 수 있는 아내의 비밀번호라는 게 있기는 있는 걸까. 아내는 주고받은 문자들을 전혀 삭제하지 않았다. 참 친절한 여자. 그때부터 나는 아내를 추적하기 시작했고, 셜록 홈즈도 울고 갈 추리력을 발휘해서, 딱 열흘 만에 호텔 킹 앤 미의 전용특실 엘리자베스의 문을 열었다. 제기랄. 난 아내에게 속았다.

시인과 나타샤 놀이에 싫증이 날 때쯤이었다. 그녀는 그리스의 어느 해변으로 여름휴가를 떠난다는 말을 남겼다. 오랜만에 서재의 커튼을 열었다. 낙엽이 팔랑팔랑 떨어지고 있었다. 여름휴가라……. 나는 그녀가 계절을 착각하고 있다는 것을 알았다. 곧이어 낙엽도 착각하고 있다는 것을 깨달았다. 낙엽이 팔랑팔랑, 이라니……. 지나가던 개가 웃을 일이다.

거기는 많이 덥죠? 여름이니까. 여긴 따뜻해요. 부드러운 날씨예요. 올리브나무 밑에서 두드리고 있어요. 더위에 지친 당신의 모습을 상상하면서.

그녀는 착각하고 있는 게 아니라, 오기를 부리고 있다는 느낌이 퍼뜩 들었다. 가을을 여름이라고 우긴 그녀는 한 달이 넘는 여름휴가를 끝내고 겨울이 초입에 들어선 어느 날 귀국하였다.

그녀가 돌아오자, 이번엔 아내가 떠났다. 아내는 새로 생긴 정부와 함께 알프스의 융프라우에서 겨울을 보내겠다는 말을 남겼다. 굳이 남기지 않아도 될 말을 남긴 아내는 융프라우에서 무려 세 개의 계절을 견뎠다.

　나는 그녀에게 지중해에 관한 이야기를 세 개의 계절 동안 들어야만 했다. 모진 세월이었다. 그녀는 나에게 돌기가 있는 콘돔을 씌워주면서도 지중해를 이야기했다. 나와 섹스를 하면서 딱 하룻밤을 함께 보낸 그리스 남자의 정력을 혀가 꼬이도록 칭찬했다. 그리스 남자에겐 콘돔을 씌워주지 않았다는 말도 했다. 알아서 질외사정을 잘 하더라며 역시 그리스야, 라고 감탄했다. 과부하가 걸려서 메일 전송이 일시 정지될 정도였다.

　아내는 하이디처럼 말간 얼굴로 돌아왔다. 내가 서재에 처박혀있는 것을 확인하자마자, 정부에게 큰 소리로 전화를 걸었다. 방금 도착했어. 즐거웠어. 그 인간? 바퀴벌레처럼 살고 있지. 그거 알아? 바퀴벌레가 지구에서 제일 오래된 벌레라는 거. 지긋지긋해. 그러면서도 너무 오래되어서 어떻게 할 수 없는 거 있잖아? 그 인간이 그래. 나는 속으로 말했다. 고맙고 고맙다. 그래도 인간이라고 말해줘서.

　오늘부턴 세 끼를 먹어요.

왜?

그리스 남자를 만나고부터에요. 내가 너무 뚱뚱하단 생각을 했어요. 섹스를 마치고 그가 그러는 거예요. 당신 몸은 꼭 물풍선 같아. 세 끼가 아니라, 한 끼도 많단 느낌이에요. 그동안 내가 너무 많이 먹었나 봐요.

나는 그녀가 내가 아닌, 그리스 남자 때문에 유구한 식습관을 바꿨다는 메일을 받고 열이 정수리까지 차올라서 견딜 수가 없었다. 얼음물을 벌컥벌컥 들이켜도 화가 식지 않았다. 질투심으로 활활 타는 내 몸뚱어리를 목격할 수 있었다. 아내의 말처럼 내가 사람다웠다. 아주 오랜만에. 그녀에겐 남자답기를 기원했다. 그래서 메일을 보냈다.

다섯 끼를 먹어요. 당신답게. 비빔밥까지 여섯 끼도 좋고.

그럴까요? 그치만 이미 결심했는걸요. 내년엔 날씬한 몸매로 그리스를 갈 거예요. 꼭.

나는 오랜만의 질투심이 먹히지 않은데 절망했다. 그리고 그녀는 원하는 몸매가 되어서 다음 해에 그리스로 여름휴가를 떠났다. 첫눈이 펄펄 내리던 날이었다. 이상한 일이었다. 그녀가 휴가를 마치고 돌아오면, 기다렸다는 듯이 아내가 떠났다. 나는 빈 잔 같다는 생각을 했다. 비우면 채워지고, 채우면 비워야 하는……. 빈 잔의 축제!

그녀와 메일을 주고받으면서, 나는 점점 늙어가고 있었다. 미혹되지 말아야 할 나이에 그녀에게 혹해서 쪽지를 받은 나는 상수를 지나고 있었다. 머지않아 하늘의 뜻을 알게 되면, 나의 귀는 점점 순해질 것이다. 비슷한 시기에 청춘을 관통했을 그녀도 나와 다르지 않을 것이다.

아내와 나, 역시 세월을 타고 흘러갈 것이다. 내 삶의 끝에 아내가 있을지, 그녀가 있을지, 아니면 또 다른 그녀가 있을지는 모를 일이다.

아무튼,

그녀의 마지막 메일은 이랬다.

내가 죽었어요. 삼가 고인의 명복을 빌어주겠죠? 딱 10년이 됐네요. −우는 비

사랑은 그런 것이라고, 정의를 내릴 수 있는 사람이 만약에 있다면…….

나는 '눈에 흙이 들어가기 전에는'을 이겨낸 위대한 사랑을 했고, 믿었고, 배신당했고, 어느 유서 깊은 골목에서 만난 하얀 손과 10년을 사랑했고, 섹스를 하고, 헤어졌다.

나는 서랍에 고이 넣어둔 하얀 손이 10년 전에 내게 주었

던 쪽지를 꺼내 펼쳐보았다. 그러나 종이는 텅 비어있었다. 그녀는 없었다. 내 사전에는. 나는 정말 꿈을 꾼 걸까?

인류학적인 김씨

이제 이 섬을 떠나야 할 날짜다.
김씨는 전씨가 남겨놓고 간
고마운 보트에 몸을 싣는다.
아내는, 김씨의 부인은, 동굴의 여왕이 되어
마담 슈라는 러시아산 스파이와 함께
동굴을 꾸려나갈 것이다.
인류학적 개념으로.

이 스토리의 주인공은 김 씨(40)다.

그의 아내는 김 씨 부인(44)이다.

그가 순전히 인류학적 책임감 때문에 바람을 피우는 상대는 마담 슈(36)다.

첫 번째 편지를 받았을 때, 김 씨 부인은 남편에게 가지 말자고 애원을 했었고, 그게 통했다.

두 번째, 세 번째, 네 번째, 다섯 번째까지 그랬다. 부부는 신종 사기극이 틀림없다는 데 동의했다.

그러나 여섯 번째 편지를 은밀하게 받고 난 김 씨는 아내의 애원을 위대하게 거부했다. '은밀하게 받다.'는 표현은 여섯 번째 편지는 아내에게 보여주지 않았다는 의미이다. '위대하게 거부했다.'는 표현은 그가 인류학적인 해석을 드디어 하게 되었다는 뜻이다.

김 씨와 김 씨 부인이 함께 읽은 첫 번째 편지부터 다섯 번째 편지의 내용은 다음과 같다.

친애하고 존경하는 김 씨와 김 씨 부인에게

우리는 귀하를 인류학적 위기의 시대를 극복하기 위한 프로젝트에 모시고자 합니다.

본 프로젝트는 6개월 동안 실시됩니다.

무작위로 선정한 귀하와 귀하의 배우자를 포함해서 다섯 쌍의 커플, 총 10명이 본 프로젝트에 초대되었습니다.

본 프로젝트는 지도상에는 존재하지 않는 매우 은밀한 무인도에서 실시될 계획입니다.

본 프로젝트에서 살아남는 단 한 커플은 '인류생존실험을 위한 노아의 방주 운영 캠프'에 대한민국 대표로 참여하게 됩니다.

'인류생존실험을 위한 노아의 방주 운영 캠프'는 미국 나사와 러시아 항공우주국이 공동주관하는 이른바 대 우주적인 행사입니다.

프랑스, 영국, 중국은 스폰서로 참여합니다.

만약에 '인류생존실험을 위한 노아의 방주 운영 캠프'에 대한민국 대표로 뽑히게 된다면, 귀하의 위대한 DNA는 제2의 인류탄생에 소중하게 쓰이게 될 것입니다.

프로젝트 참가 여부를 결정해주시기 바랍니다.

대한민국 항공우주센터 소장
전 씨(55) 올림

그러나 김 씨가 아내 몰래 은밀하게 받은 여섯 번째 편지의 내용은 다음과 같다.

여섯 번째 편지의 수취인은 앞선 다섯 통의 편지가 김 씨와 김 씨 부인 두 사람으로 되어 있었던 것과는 달리 김 씨한 사람이었다. 그러니까, 엄밀히 따지면 은밀하게 받았다는 것은 억울한 측면이 있다.

친애하고 존경하는 김 씨에게

귀하에게 이렇게 여섯 번째 통지를 하게 된 것을 매우 유감스럽게 생각합니다.

이 여섯 번째 통지가 아마 마지막이 될 것입니다.

만약에 귀하가 이번에도 거부 의사를 밝힌다면, 우리는 부득불 다른 김 씨를 찾아야만 합니다. 발에 차이는 게 김 씨니까요…….

귀하의 위대한 DNA를 전수받을 여인의 사진과 프로필을 동봉합니다.

아무쪼록 긍정적인 답변을 기대합니다.

대한민국 항공우주센터 소장
전 씨 올림

추신: 본 프로젝트는 동부인을 원칙으로 합니다.

물론 여섯 번째 편지에는 마담 슈(36)의 사진 여섯 장과 짧은 프로필이 들어있었다.

마담 슈의 여섯 장의 사진은 다음과 같다.

- 금발의 매우 고혹적인, 그러나 단정한 제복 차림의 여권용 사진
- 하늘을 응시하고 있는 신비스러운 왼쪽 옆모습
- 전통적인 하의실종 패션—예를 들면, 남자들이 가장 뻑 간다는 흰 와이셔츠에 하의 실종
- 샤워를 하고 있는 뒷모습, 그러나 아쉽게도 흐릿한
- 샤워를 하고 있는 전면, 다행히 또렷한
- 사진을 보는 사람을 유혹하는 마릴린 몬로 식 표정

마담 슈의 짧은 프로필은 다음과 같다.

성명: Female
국적: Russia
나이: 36
학력: Moscow University
직업: Spy

김 씨가 마담 슈의 여섯 장의 사진을 보고 한눈에 반한건지, 짧은 프로필에 매혹됐는지는 알 수 없지만, 그동안 함

께 다섯 번째 편지까지 읽어온 조강지처의 의견을 무시하고 위대한 프로젝트에 참가하기로 결심을 굳힌 것은 의외였다.

"이건 인류학적인 문제야."

여행용 가방을 꾸리면서, 김 씨가 하는 말을 듣고 있는 김 씨 부인은 어이가 없을뿐더러, 돌변한 남편을 이해할 수도 없었다.

가정적인 문제에는 콧방귀도 안 뀌던 남편이 갑자기 인류학적인 문제를 운운하고, 극심한 책임감에 휩싸여있는 모습이 김 씨 부인의 눈에는 가당치도 않게 보였다. 게다가 딱 일주일 전만 해도 이런 사기극에 놀아날 한심한 인간이 누가 있겠느냐며, 특유의 빈정거림으로 일관한 남편이었다.

반면, 김 씨가 이해할 수 없는 게 하나 있었다. DNA 전수라는 게 굉장히 은밀하게 이루어져야 하는 임무일 텐데, 동부인을 원칙으로 한다는 게 말이 되나? 무슨 동창회모임도 아니고······.

아무튼 김 씨 부부는 우여곡절 끝에, 대한민국 항공우주센터의 전 씨 소장(55)이 전격 제공한 요원, 경비, 경로, 기획(곳곳에 그런대로 봐줄 만한 실수까지 포함)에 의해서 '인류생존 실험을 위한 노아의 방주 운영 캠프' 대한민국 예선전을 치를 지도상에 존재하지 않는 무인도에 무사히 도착했다. 출발부터 도착까지의 과정을 소소히 설명하는 건 아무래도 시간 낭비일 것이다.

오는 내내 열두 자는 나와서 불평이 끊이지 않던 김 씨 부인의 입은 이번엔 상상할 수도 없는 그야말로 판타지 자체인 섬의 풍광에 감탄사를 쏟아내는 일에 몰두해야만 했다. 오기를 정말 잘했다는 말을 거짓말 조금 보태서 백번은 했다.

"여자란……."

혀를 차면서도, 김 씨 역시 죽여주는 풍경에 넋이 홀랑 빠져나가는 걸 붙들 여력이 사라졌다.

동양과 서양, 과거와 현재, 미래를 짬뽕해놓은 듯한 초자연적인 풍경이 펼쳐졌다. 김 씨는 대통령의 비밀휴양지일 거라고 추측했다. 지도에도 없는 섬이라니, 더욱 그랬다.

"건 그렇고 누가 마중이라도 나와 있어야 하는 거 아니야?"

두 사람만 덩그러니 부려놓고 떠난 보트의 물거품만 남아 있는 바다를 쳐다보면서 김 씨가 불평을 늘어놓았다.

그런데, 갑자기 날씨가 찌는 듯이 더워졌다. 마치 드라마처럼 한 계절을 훌쩍 건너뛴 것 같았다. 김 씨는 재빨리 날짜를 짚어봤다. 4월 19일……. 장대 같은 비가 쏟아졌다. 몹시 더운 비였다. 4월 19일……. 김 씨는 아내를 데리고 일단 4월 19일과는 전혀 어울리지 않는 뜨거운 비를 피하기로 했다. 마침 가까운 곳에 동굴이 보였다. 김 씨는 아내의 손을 잡고 달리기 시작했다. 김 씨도, 아내도 속으로 10년 만에 잡아보는 손이 매우 쑥스러웠다.

동굴 입구는 무성한 잡초들로 둘러싸여 있어서, 안을 자세히 들여다볼 수 없었다. 미지에 대한 공포로 떨고 있는 아내를 이끌고 갈 사람은 김 씨밖에 없었다. 김 씨는 결심을 굳히고 아내의 손을 다시 잡았다. 아내의 손이 가늘게 떨렸다. 처녀애의 순결처럼…….

석회동굴이었다.

"포스토이나 동굴이군."

김 씨가 동굴의 위아래를 훑어보고 단박에 말했다.

김 씨 부인은 평생 전당포를 하면서, 돈 벌고 세는 일에만 머리가 굴러가는 남편의 입에서 포스…… 뭐라는 꼬부랑말이 나오자 놀랐지만, 무안해할까 봐 내색을 하지 않았다. 10년 만에 손을 잡아준 남편에 대한 애틋한 배려였다.

"그렇다면 여기가 슬로베니아란 말인가? 이건 말도 안 돼!"

여기서 김 씨가 '말도 안 돼!'라고 한 것은 슬로베니아 때문이 아니라, 뇌를 거치지 않고 제멋대로 지껄이는 자기 주둥이의 신비 때문이었다.

"여보, 방금 내가 뭐라고 했소?"

김 씨는 벙 찐 아내에게 오히려 물었다.

김 씨 부인이 대답을 못하고 있는 사이에, 이 포스토이나 동굴은 2만 미터가 넘는 동굴로 올름이라는 양서류가 서식하고 있다는 정보가 곧바로 김 씨의 입을 통해서 벌레처럼 쏟아져 나왔다.

"여보……."

김 씨는 벌벌 떨고 있었다. 좆 찬 남자랍시고 늘 큰소리는 빵빵 쳐대지만, 4살 연하인 남편은 원체 겁이 많았다. 김 씨 부인은 뇌와 주둥이가 따로 놀고 있는 남편을 보듬어주었다. 안긴 채로도, 그는 고대동굴에 관한 수도 없는 정보를 마구 쏟아냈다. 제어되지 않는 김 씨의 입을 통해서 나온 자음과 모음들이 벌 떼처럼 동굴 안을 뱅뱅 날아다녔다. 텅 빈 뇌와 꽉 찬 입의 불협화음. 김 씨는 오늘이 4월 19일이라는 엄연한 사실을 기억하려고 무진 애를 썼다. 날짜는 그에게 남아 있는 유일한 현실이었다.

비가 그칠 때쯤 되자, 김 씨의 입도 자동으로 그쳤다.
땀으로 범벅이 된 두 사람은 자웅동체의 고대 생물처럼 찰싹 달라붙어 있었다. 김 씨도, 김 씨 부인도 '2002년 월드컵 스페인전이 끝나고, 참으로 알 수 없는 흥분과 열기에 휩싸여서 격정적인 밤을 보낸 이후 11년 만에 깊은 포옹을 하고 있는 것이라고 동시에 생각했다. 찰나에, 김 씨는 승부차기의 마지막 키커였던 홍명보를 떠올렸다. 이게 과연 적당한 추억일까? 불현듯 떠오른 홍명보 때문에 김 씨는 4살 연상인 아내의 끈적끈적한 몸뚱어리를 밀어냈다. 그들은 다시 자웅이체가 되었다. 날씨도, 습도도, 동굴 주변의 풍광도 대한민국과는 전혀 어울리지 않았다. 그렇다면 전 씨가 초대장에서 말한 지도에 존재하지 않는 무인도란 대한민국의 영토가 아니란 말인가. 김 씨는 두려움과 후회가 동시에 밀려왔지만, 아내에겐 내색하지 않았다. 신기한 것은 밤이 또 드라마처럼 찾아온 것이다. 김 씨와 김 씨 부인은 지문에 충실한 배우처럼 잠이 소낙비처럼 쏟아졌고, 평상시처럼 등을 맞대고 잠이 들었다. 20년을 살아온 부부답게…….

김 씨가 바로 옆에 또 하나의 동굴이 있다는 것을 알아챈 것은 새벽녘, 오줌이 마려워서 동굴 밖으로 기어 나왔을 때였다. 아내는 피곤했는지, 시체처럼 잠들어 있었다.

태초의 하늘이 파랗게 피어오르고 있었다. 안개처럼 하늘이 피어오르는 장면은 그야말로 장관을 연출했다. 무슨 계시를 받았는지, 김 씨는 갑자기 옷을 훌훌 벗어 던졌다. 문명의 싸구려 껍데기가 왠지 이 감격적인 장관 앞에선 어울리지 않는다는 생각이 들었던 것이다. 아니면, 신이 쓴 시나리오의 지문대로 했거나…….

문명의 마지막 흔적을 벗어 내던지고서, 김 씨는 자신이 발견한 제2의 동굴에다 좆을 대고 오줌을 갈겼다. 탱탱 불었던 생식기가 점점 줄어들면서, 긴장이 사르르 녹아내렸다. 땅을 파내는 오줌 소리를 듣는 남자는 뿌듯하고 행복하다.

"또 내리나? 뜨거운 비가…….”

동굴에서 기어 나온 사람은 다름 아닌 마담 슈였다. 김 씨를 이 미지의 땅으로 부른 키는 바로 마담 슈다. 마담 슈의 사진이 여섯 번째 편지에 동봉되어있지 않았다면, 김 씨는 절대로 인류학적인 선택을 하지 않았을 것이다.

그녀는 김 씨가 사진에서 본 그대로 마리아 사라포바였다. 36살의 러시아산 여성 스파이 마담 슈. 그녀는 분명히 러시아 말을 했고, 평생 전당포에서 잔뼈가 굵은 김 씨는 그녀가 하는 러시아말을 제대로 알아듣고 있었다. 모스크바 방언이었다.

음, 이 여잔 지독한 슬라브어파의 고전어를 사용하는군.

김 씨는 속으로 이렇게 되뇌었다. 이게 말이 되나?

"당신이었어요?"

마담 슈는 뜨거운 비가 김 씨의 오줌이라는 것을 알아채고 약간 얼굴을 찡그리긴 했지만, 딱히 불쾌한 표정은 아니었다. 오히려 타고난 섹시미에다가 귀여움을 더해주었다. 그녀는 그를 잘 알고 있는 것처럼 굴었다. 하긴, 자신의 몸속에다가 위대한 DNA를 심어줄 남자에 대한 정보쯤은 미리 챙겼겠지. 이 여자 러시아 스파이가 아닌가.

동굴에서 기어 나온 그녀도 김 씨처럼 알몸이었다. 슬라브 민족답게 그녀의 몸에는 짧고 가는 털이 보슬보슬 일어나있었다. 둔부까지 흘러넘치는 금발 머리, 중력의 법칙을 무시하고 탱탱하게 살아서 솟은 가슴과 장인의 솜씨로 만들어진 활처럼 기가 막히게 빠진 허리와 둔부 사이의 애틋한 굴곡, 금색의 거웃으로 둘러싸인 물기를 머금은 원초의 본거지, 생명의 보금자리······. 태초의 여성, 이브가 이보다 아름다웠을까. 이브 가설에 의하면 20만 년 전에 아프리카에서 태초의 여성 이브가 탄생했다고 하니, 김 씨는 매우 반 인류학적인 상상을 하고 있었다. 심하게 말하면, 김 씨는 인종차별주의자이다.

"이리 들어와요."

마담 슈가 무릎을 활짝 열고 김 씨를 노골적으로 유혹했다. 김 씨는 약간 당황했다. 아무리 DNA 전수를 목적으로 만난 사이긴 하지만, 어떤 전희도 없이 들어오라는 건 좀 그렇다.

근데 어디로 들어오란 말인가?

김 씨는 무릎과 무릎 사이의 작은 동굴과 커다란 동굴 중에서 잠깐 헷갈렸다가, 동굴로 먼저 들어가면서 마담 슈에게 따라 들어오라는 신호를 보냈다. 마담 슈는 뻘쭘한 표정으로 벌린 다리를 오므리고 동굴로 따라 들어갔다. 피어오른 새벽과 동굴, 그리고 한국 남자와 러시아 여자의 섹스. 김 씨는 10년 동안 아내에겐 고이고이 아껴두었던 좆을 무려 3번이나 일으켜 세우는 공훈을 세웠다.

김 씨가 마담 슈의 동굴을 떠나서 태초의 동굴로 돌아왔을 때, 김 씨 부인은 채집으로 확보한 각종 과실과 약초를 땅에 파묻고 있었다. 그녀 역시 알몸이었다. 새벽녘에 그녀에게도 어떤 암시가 내렸을 것이다. 땅을 파내느라고 그녀는 다리를 벌리고 있었지만, 3번이나 발기와 수축을 거듭한 김 씨의 성기는 더 이상의 팽창을 거부했다.

"미안하오."

김 씨가 뜬금없이 부인에게 말했다.

"괜찮아요. 먹을 건 충분해요."

김 씨 부인이 대꾸했다.

빈손으로 돌아온 사냥꾼에게 먹을 게 충분하니, 괜찮다고 말하는 여인. 이런 여인에게서 어떻게 성욕을 느낄 수 있단 말인가, 라고 김 씨는 자위했다. 순간, 부끄럽게도 김 씨의 배에서 쪼르륵 소리가 났다. 허기를 들키고 말았다. 그것은 권력의 이동을 의미한다. 보라. 김 씨 부인이 풍만한 가슴을 열고 김 씨를 맞아들였다. 김 씨는 오직 허기를 채우기 위해서 44살 먹은 여인의 검은 젖꼭지를 야무지게 빨았다. 김 씨 부인이 남편의 뒷덜미를 받쳐주면서 백제의 미소처럼 웃었다. 어떤 동요도, 성애도 없는 가족 같은 미소.

아내의 젖으로 허기를 채우면서, 김 씨는 미안해 죽는다. 또 다른 동굴에서 김 씨는 허기를 채우기 위해서가 아닌, 별을 보기 위해서 이국 여인의 젖꼭지를 빨았었다. 거기선 미소 대신에 음탕한 신음이 지배했었다. 그리고 다른 여인에게 빠져나간 것을 보충하려고 조강지처의 젖을 빨고 있는 자신이 위대했다!

이건 프로젝트니까…….

인류를 위한 희생이니까…….

모성에서 예술이 나올 순 없는 거니까…….

인류학적으로 볼 때, 수컷은 또 다른 동굴을 찾아 떠나는 유목민인 거야…….

대한민국 항공우주센터 소장인 전 씨가 김 씨에게 은밀하게 보낸 메시지의 일부였다.

김 씨 부인은 채집으로 하루를 시작하고, 저장으로 하루를 마감했다. 그러나 사냥을 하러 간다며 나간 김 씨는 돌아올 때마다 빈손이었다. 김 씨 부인은 미안해하는 남편이 안쓰러워서 언제나 젖을 물려주었다. 매일 김 씨는 아내에게 미안해했다. 그러나 인류학적으로 의미 있는 일을 하고 있다는 자부심으로 버텼다.

그러던 어느 날이었다. 섬에 헬리콥터가 착륙했다. 김 씨는 재빨리 날짜를 꼽아보았다. 28일이 지난 5월 16일이었다. 그러나 날씨는 변하지 않았다. 밤낮으로 피어오르는 습기가 대지와 대기를 지배했다.

헬리콥터의 프로펠러가 멈추고, 문이 열렸다. 김 씨 부부는 알몸인 채로 나란히 서서 주시했다. 4쌍, 8명의 남녀가 그들을 향해서 다가오고 있었다. 먼지를 일으키면서, 황야의 무법자처럼……. 김 씨와 김 씨 부인은 경계를 풀지 않았다. 눈이 아팠지만, 한시도 감을 수가 없었다.

정장 차림의 노부부, 007가방을 든 검은 정장 차림의 남자와 본드걸을 연상시키는 미모의 여성, 10대로 보이는 노랑머리 남녀, 그 뒤를 2마리의 개새끼가 따르고 있었다. 김 씨는 개새끼 역시 자웅일 거라고 판단했다.

"마담 슈는 어디에 있습니까?"

노부부 중 남편(80) 되는 작자가 아내가 알아듣지 못하도록 주둥이를 김 씨의 귀에 바짝 대고 속삭였다. 007(35), 노랑머리 소년(18), 수컷(11) 순으로 김 씨에게 똑같은 것을 물었다. 그들도 김 씨와 같은 편지를 받았을 것이다. 위대한 DNA를 마담 슈에게 전수해주기 위해서 부리나케 섬으로 날아왔을 것이다.

"뭐라고 해요?"

4살 연상인 아내가 김 씨(40)에게 모기만 한 목소리로 물었다. 김 씨의 아내는 결혼 전부터 남편에게 꼬박꼬박 존댓말을 썼다. 배려일까? 아니다. 김 씨는 존재의 확인이라고 결론을 내렸다. 연하인 김 씨가 '~하오.'체를 즐겨 쓰는 것도 마찬가지다. 존재를 확인해야, 사람은 살 수 있다.

"이 개새낀 뭐야!"

김 씨는 수컷이 꼬리를 바짝 올리고 아내의 알몸을 훑어 보는 것이 기분 나빠서 소릴 질렀다. 노인, 007, 노랑머리 소년은 오직 마담 슈의 행방에만 관심이 있었다. 그들도 김 씨와 마찬가지로 마담 슈의 사진과 프로필을 받고 나서 서둘러 떠날 준비를 했을 것이다.

"들어와요."

호스티스답게 김 씨 부인이 여자 손님들에게 말했다. 여자들은 김 씨 부인을 따라서 김 씨의 동굴로 들어갔다.

남자들만 남게 되자, 유일한 화제는 당연히 마담 슈의 행방이었다. 노신사(80)는 장유유서를 들먹이며 찬물도 위아래가 있다는 말을 주문처럼 외웠다. 007은 자기소개를 늘어놓았다. 스탠포드대학교 무기제조학과를 우수한 성적으로 졸업한 엘리트의 DNA를 자랑했다. 노랑머리 소년(18)은 마담 슈에게 자신의 젊은 정액을 쏟아 넣어야만 건강한 아이가 태어나서 인류의 미래를 책임질 수 있다고 맹랑한 주장을 펼쳤다. 마지막으로 개새끼는 침묵했다.

김 씨는 난감했다. 졸지에 신의 지위를 확보하게 된 것이 황당했다. 그러나 적어도 순서를 정해주지 않으면 전쟁이 벌어질 것이다. 이 미지의 섬에서 전쟁은 곧 공멸의 길이 될 것이다. 그것은 인류를 위해서 결코 바람직한 일이 아니다. 김 씨는 이제 마담 슈는 공유해야 할 가치라는 것을 깨달았다. 공유만이 살길이다.

공유…….

확실히 지고지순한 가치임에는 틀림없다.

"갑시다!"

김 씨가 앞장을 섰다.

"네, 대장님!"

누군가가 김 씨를 그렇게 불렀고, 아무도 토를 달지 않았다. 심지어는 노인도 김 씨의 뒤를 잠자코 따랐다. 김 씨는 섬에서 남자들의 대장이 되었다. 김 씨 부인은 동굴의 여왕이 될 것이다.

"대장, 마담 슈는 어떻던가요?"

007이 김 씨에게 바싹 붙으면서 물었다.

김 씨는 생각했다. 마담 슈는 어떠냐고? 외모, 학벌, 몸매, 성격을 궁금해하는 걸까? 남자들은 전 씨가 보낸 편지에서

처럼 오직 '인류생존실험을 위한 노아의 방주 운영 캠프'의 예선전을 치를 목적뿐인가? 예선을 통과해서 대한민국의 대표가 된 다음엔 어떤 여자의 동굴에 위대한 DNA를 전수시키러 섬을 떠나 또 다른 섬으로 갈 것인가? 김 씨는 프로젝트의 주관자인 전 씨가 아직 등장하지 않는 이유를 추려보았지만, 알 수 없었다.

김 씨는 남자들을 잡초가 우거진 마담 슈의 동굴 앞으로 이끌고 갔다.

"여깁니까?"

입구를 요모조모 살피면서, 노인이 물었다.

김 씨는 고개를 끄덕였다. 그리고 노인에게 먼저 들어갈 것을 허락하였다. 노인의 검버섯이 꽃이 되었다. 김 씨는 불평을 하는 007과 노랑머리 소년, 그리고 꼬리를 다시 바짝 세운 수컷에게 노인을 먼저 들여보내는 것이 인류학적으로 맞는 것이라고 설명해주었다.

"내가 장담하는데 노인은 아무것도 못 하고 마담 슈의 배 위에서 죽을 겁니다. 마담 슈를 감당하기엔 그는 너무 늙었거든요. 그리고⋯⋯."

"그리고?"

007이 추임새를 넣었다.

"그는 아내와 너무 오래 살았잖아요. 그것만으로도 마담 슈를 가장 먼저 차지할 자격이 충분합니다."

007은 고개를 끄덕였지만, 소년과 개는 아내와 너무 오래

산 것을 이유로 인정할 수 없다고 불평을 늘어놓았다.

아아악…….

동굴에서 들리는 처참한 울림. 김 씨의 호언장담대로 노인은 세상에서 가장 행복한 죽음을 맞이하였다. 김 씨가 동굴로 들어가서 쾌락의 상징이 되어버린 늙은 시체 한 구를 수습해왔다.

"다음은……."

"다음은?"

역시 007이 추임을 했다.

"너!"

노랑머리가 환희에 젖은 얼굴로 펄쩍펄쩍 뛰었다. 당장이라도 옷을 벗고 뛰어 들어갈 기세였다. 007의 항의가 이어진 것은 당연했다.

"그렇죠. 나이로만 따진다면 당신 차례가 맞아요. 그러나 마담 슈는 노인의 늙은 기를 북돋아 주느라고 몹시 지쳐있어요. 이럴 땐 신선한 혈기가 필요합니다. 이해할 수 있죠? 이게 다 인류학적인 입장에서 드리는 말씀입니다."

007이 물러섰다. 인류학적이라는데……. 게다가 김 씨는 권위라는 모자를 이미 쓰고 있었다.

한참이 지나서 노랑머리가 동굴에서 나왔다. 007과 수캐가 노랑머리에게로 몰렸다.

"정말 끝내줬어요!"

노랑머리는 벌거벗은 채로 숲을 향해서 미친놈처럼 달려
갔다.

"다음은 나, 맞지?"

007이 김 씨에게 물었다.

"개와 함께 들어가시오."

007과 개가 동시에 발작을 일으켰다. 그럴 만도 하다. 그
러나 아까도 말했다시피, 김 씨는 권위라는 모자를 드높이
쓰고 있었다. 007과 수캐가 동굴로 동시에 들어갔다. 개자
식⋯⋯. 그러나 007과 수캐는 영영 동굴 밖으로 나오지 못
했다. 007이 수캐를 총으로 쏘는 동시에 수캐가 007의 심
장을 물어뜯었다. 마담 슈는 동굴 밖으로 기어 나와서, 동굴
의 여왕에게로 이동했다.

동굴의 여왕이 운영하는 동굴에는 6명의 여인이 채집으
로 하루를 시작하고, 저장으로 하루를 마감한다. 그러는 사
이에, 김 씨는 실종된 노랑머리를 찾으러 숲을 헤매다가, 결
국 머리통만 찾았다나, 뭐라나⋯⋯.

김 씨는 해변에 서서 보트가 나타나기만을 기다렸다. '인
류생존실험을 위한 노아의 방주 운영 캠프' 대한민국 지부
장 겸 대한민국 항공우주센터 소장 전 씨가 메시지를 보내
왔던 것이다.

해변에서 기다려라!

드디어 해안선 너머에 한 점이 나타났다. 그 점은 빠른 속도로 김 씨가 서 있는 해변을 향해서 질주해온다.

클로즈업.

거친 바닷바람에 전 씨의 가발이 날아간다. 가발을 기가 막히게 낚아채는 갈매기!

김 씨는 전 씨가 최대한 클로즈업되기를 기다린다. 김 씨는 수캐의 좆 뼈로 만든 새총으로 전 씨의 이마를 겨눈다.

딱!

전 씨가 보트에서 튕겨 나간다. 빈 보트만 덩그러니 남아서, 소용돌이친다. 역사처럼……

김 씨는 날짜를 짚어본다. 6월 10일……. 이제 이 섬을 떠나야 할 날짜다. 김 씨는 전 씨가 남겨놓고 간 고마운 보트에 몸을 싣는다. 아내는, 김 씨의 부인은, 동굴의 여왕이 되어 마담 슈라는 러시아산 스파이와 함께 동굴을 꾸려나갈 것이다. 인류학적 개념으로.

그녀의 입술

칠성이가 골목에다 대고 선심 쓰듯 소리치고 나서,
미스 코피와 다시 한 번 진한 키스를 나눴다.
칠성이 목에 매달린 미스 코피는 좋아서 죽는다.
키스를 끝낸 칠성이가 구경꾼들을 보고 씩 웃더니
흘러내린 미스 코피를 불끈 추슬러 안고는
한쪽 다리를 질질 끌면서 사라졌다.

진하고 달달한 커피 향이 먼저 날아오고, 그녀의 향기가 뒤따라온다. 재래시장의 상인들은 너도나도 한결같이 주머니에서 구깃구깃한 천 원짜리 지폐를 꺼내서 다림질하듯이 판판하게 만든다. 다음엔 무관심한 표정으로, 그러나 심장은 쫄깃쫄깃 콩당콩당 뛰지만, 숨기고서 시장 골목을 이리저리 어슬렁거린다. 정오가 조금 넘은 수원 팔달 재래시장의 소묘다. 좌판이든 가게든, 재래시장의 상인들은 웬만한 일이 아니면 좀처럼 영업장을 벗어나지 않는 것이 불문의 법이다. 식사도 손님이 뜸한 시간을 틈타서 영업장에서 게눈 감추듯이 후다닥 해결하는 게 일상이다. 똥오줌이 마려워도 참고 견디다가 한꺼번에 해결하는 게 그들의 오랜 습관이다. 그러기 때문에 팔달 시장의 상인들이 영업장을 벗어나서, 것도 집단으로 골목을 어슬렁거리는 장면은 낯설다기보단 한 마디로 기괴했다. 더 묘한 것은 어슬렁거리고 있는 이들이 모두 좆 달린 사내라는 것이다. 마치 남자들만 집단최면에 걸린 것처럼 말이다. 거참, 희한타.

　"또 시작이여, 또 시작. 우리 시장에 불알 찬 것들은 젊으나 늙으나 죄다 나와서 저 지랄이여, 지랄은."

좌판에다가 각종 나물을 널어놓고 파는 과수댁 심 씨가 잔뜩 부어오른 심술보를 양쪽 볼에 달고서 욕지거리를 터뜨렸다. 심 씨는 팔달 시장에서 제법 젊은 축에 낀다.

그년이 오고부터야.

심 씨는 애먼 삶은 고사리를 패대기쳤다. 실은 그랬다. 팔달 시장에서 젊은 과수댁 심 씨는 남자들의 인기를 한 몸에 받던 슈퍼스타였다. 생김생김도 오밀조밀 봐줄 만한 심 씨에게 수시로 찡긋찡긋 윙크가 날아왔고, 시장이 저물 무렵엔 술 한잔 하자는 프러포즈가 끊이질 않았었다. 그럴 때마다 심 씨는 도도한 몸짓으로 거절하기 일쑤였다. 그런데 그년이 나타나고부터 심 씨의 전성시대는 막을 내렸다.

"코피, 고년이 여시여, 여시."

짜잔! 여우가 나타났다. 갑자기 우중충한 재래시장이 환해졌다. 남자들의 시선이 그녀를 향해서 몰려들었다. 여기저기서 지랄한단 여자들의 푸념이 나방처럼 날아다녔지만, 그녀는 오직 빛났다.

"아가, 아가, 요기 코피 한 잔 주거라, 이."

"아따, 성님도. 지가 몬저라니께유."

"다들 비키소. 나가 아까부터 여기 딱 서서 지키고 있었소."

"겨오 코피 한 잔 갖고 누구 코에 붙이려고요. 미스 코피야, 이 골목에 한 집도 빼지 말고 코피 한 잔 씩 쫙 돌려라. 코피 값은 알지? 우리 가게 와서 받아가거라."

팔달 시장의 소문난 알부자 건어물 오 씨의 대찬 씀씀이에 다들 야코가 콱 죽어서 꼬리를 늘어뜨리고 뿔뿔이 흩어졌다. 누구보다 자본의 생리를 잘 아는 그들이다. 더 베팅할 깡이 없으면, 조용히 찌그러지는 게 상책인 것을 안다. 시장에서 미스 코피라고 불리는 그녀는 오 씨에게 윙크를 서비스로 날려주고 부리나케 시장 골목을 휩쓴다. 오 씨 덕분에 그녀의 하루치 장사가 싱겁게 끝나버렸다. 그녀는 뒤도 곁도 주지 않고 상큼상큼 걸어서 오 씨네 건어물 가게로 쏙 들어가 버렸다. 그녀의 향기와 모습을 볼 수 없게 된 남자들은 코를 길게 빠뜨리고 자괴감에 빠졌다. 내가 이러려고 이 험한 시장에서 장사를 30년을 했나? 반면에 여자들은 그녀가 보이지 않자 속이 다 후련하다면서 콧노래까지 싱얼싱얼 불렀다. 팔달 시장에서 그녀는 여자들에겐 꼬리 아홉 개 달린 여시며 웬수였고, 남자들의 눈에는 하늘에서 내려온 여신이었다.

오 씨네 건어물 가게의 문이 철통같이 닫혔다. 그녀와 커피값 계산이 끝날 때까지 오 씨네 건어물은 임시휴업상태일 것이다. 커피 한 잔 값×사람 수=? 하면 손쉽게 끝날 계산이 1시간이 넘는 경우가 허다했다. 여자들은 건어물이랑 코피랑 뭔 지랄을 하든지 눈에 안 보이니 속이 다 시원했지만, 남자들끼리는 둘이 속궁합까지 맞췄네, 아니네 하면서 설왕설래했다. 특히, 쌀가게 조 씨의 분노는 하늘을 찔렀다. 재산으로 말할 것 같으면 건어물 오 씨에게 손톱만치도 뒤지지 않는 알부자인 그는, 그러나 엄처시하에서 바들바들 떨면서 하루하루를 연명해가는 공처가 중의 상 공처가였다. 거기다가 가게에 떡 버티고 앉아서 호랑이 눈깔로 감시를 하는 부인 엄 씨 때문에 옴짝달싹도 할 수 없는 처지에 미스 코피를 꼬신다는 건 언감생심 꿈도 못 꿀 일이었다. 이럴 땐 일찍이 상처한 건어물 오 씨가 한없이 부러웠다. 생쌀을 우두둑 우두둑 씹는 엄 씨는 건강해도 너무나 건강해 보였다. 조 씨는 아내의 건강에 절망한다.

드르륵.

건어물 가게의 문이 열렸다. 미스 코피가 들어간 지 딱 1시간 15분 만이다. 남자들뿐만 아니라, 여자들의 눈도 미스 코피에게 쏠렸다. 그녀는 자신에게 쏠린 눈들에게 가볍게 인사를 하고 나비처럼 날아서 시장을 빠져나갔다. 그녀가 사라진 시장 골목은 본래의 우중충한 빛깔로 되돌아갔다.

"뭔 지랄을 한 시간 넘게 한디야?"

"년놈이 같이 붙어서 할 일이 뭐가 있겠어. 아랫도리나 맞췄겠지."

"시상에나 그 짓을 한 시간이나 한디야? 우리 서방은 눈 한번 깜빡허믄 끝인디라. 오메, 부러분 거."

"암튼 저 여시 때문에 시장 남정네들 눈 돌아간 것 좀 봐봐."

"좆 달린 것들은 죄다 혼이 빠졌구먼. 쌍년 면상을 확 갈아엎어야 직성이 풀리지."

과수댁 심 씨가 속에 있는 가래침을 다 긁어모아서 시장 바닥에다 뱉어내면서 쌍욕을 해댔다.

"말이 좀 심하네. 내가 심 씨 그렇게 안 봤는데, 입이 여간 거칠지 않구먼."

건어물 오 씨였다. 오 씨는 이쑤시개로 이빨을 쑤시면서 거들먹거렸다. 커피 말고 도대체 뭘 처먹었다고 생니를 쑤시는지, 참. 그런 오 씨 앞에서 심 씨는 거친 입을 다물고 얼굴을 발갛게 붉혔다. 오 씨가 심 씨의 코앞에다가 쌩 하고 찬바람을 일으키며 지나갈 때도 심 씨는 갓 시집온 새색시마냥 얌전했다.

"나물! 아무리 그래 봐야 이젠 건너간 한강수요, 떠난 님이라네. 젊고 예쁜 코피 년한테 푹 빠진 샛서방이 돌아올리 있겠는가."

"하믄 하믄. 사내란 것들이 말이시. 젊은 년 구녕 맛 한번 보믄 말이시. 늙은 년 구녕은 다신 안 찾는당께. 그러니께 나물! 오 씨 가죽 맛은 이제 잊지그려."

"뭔 해괴한 소릴 해대요? 내가 언제 오 씨 가죽 맛을 봤다고, 남사스럽게 그래요?"

심 씨가 처음엔 발끈했다가, 혼자 사는 과수라고 함부로 이 혀 저 혀에 올려놓고 희롱해도 되는 거냐며 결국 울음을 터뜨렸다. 그 바람에 희롱하던 혀들이 쏙 들어가고 시장은 본래의 일상으로 돌아갔다.

시장 사람들은 그를 칠성이라고 불렀다. 정확한 이름과 나이는 모른다. 어림잡아 서른 안팎으로 보인다. 그는 시장의 모든 허드렛일을 도맡아 한다. 출퇴근 시간이 따로 없는 칠성이가 나타나면 시장 상인들은 미뤄 논 허드렛일부터 가까운 거리의 배달까지 온갖 잡일을 다 시켰다. 칠성아! 하고 부르기만 하면, 절뚝거리는 한쪽 다리를 질질 끌고 나타난다. 시킨 일을 끝내면, 상인들은 개개가 알아서 심부름 값을 지불한다. 현금박치기도 있고, 파는 물건을 내놓기도 하고, 말로 때우는 축도 있긴 하다. 칠성이는 어떤 걸 내놓아도 군말 없이 받고 사라진다. 하긴, 팔달 시장에서 칠성이의 목소리를 들어본 사람은 단 한 명도 없다. 벙어리라는 소문이 도는 이유였다. 며칠을 안 감았는지 떡 진 머리 위로 냄새를 맡은 파리 떼를 몰고 다녔다. 얼굴에는 얼기설기 곰보가 내려앉았고 이목구비 또한 넉넉지 못하여 겨우 괴물을 면한 꼴이었다. 자기 꼴과 처지를 알고 그러는지, 칠성이는 미스 코피에게 아예 관심을 보이지 않았다.

"저거 저거 다리만 병신인 게 아니라 거시기도 병신 아니어? 좆 달린 사내가 어떻게 저렇게 예쁜 미스 코피를 보고도 아무렇지도 않느냐 말이어. 난 지금도 꼴려 죽겠구먼."

"거참, 부처님 가운데 토막도 아니고. 암튼 저것이 병신 중에 상병신이여."

그런 칠성이를 두고, 팔달 시장의 사내들은 한마디씩 보탰다. 그러나 정작 본인은 미스 코피가 아무리 궁둥이를 살랑

살랑 흔들고 다녀도 도둑 먼 달 바라보듯이 무심했다. 장난
기가 발동한 치들이 칠성이에게 오천 원짜리 지폐를 주면서
미스 코피의 젖무덤에 꽂아보라고 하면, 칠성이는 무표정한
얼굴로 오천 원을 받아서 유유히 미스 코피를 지나쳐서 골
목 끝으로 사라지곤 했다. 그는 팔달 시장에 없어서는 안 될
인물이면서도 익명의 섬처럼 따로 떠다녔다.

  그녀는 태어나서 처음 본 것이 서울의 달이었다고 한다.
부모의 얼굴도 모르고 서울의 달 아래 싸질러진 그녀는 고
아원에서 자랐다. 14살이 되던 해에 그녀는 자신의 몸뚱어
리가 돈이 될 수 있다는 걸 처음 알았다. 그해 겨울 달도 숨
어버린 어둠을 틈타서 그녀는 고아원을 탈출했다. 세상 밖
으로 나와 처음 흘러 들어간 곳이 서울 변두리 동네의 사창
가 골목이었다. 그녀가 팔달 시장에서 커피를 팔게 된 사연
은 아무도 모른다. 소설책 한 권쯤은 채울 우여곡절이 있었
을 거라고 짐작만 할 뿐이다. 팔달 시장에서도 그녀는 몸뚱
어리의 값어치를 최대한 이용했다. 그녀가 한 잔에 1,000원
하는 커피만 팔아서 생계를 꾸려나가리라고 생각하는 사람
은 한 명도 없었다. 오 씨네 건어물 가게에서 오직 커피값을
계산하느라고 1시간을 넘게 머물렀다고 누가 생각하겠는가.
미스 코피가 커피는 그저 생색내기용이고, 실제로는 몸을
판다는 소문은 팔달 시장의 공공연한 사실이었다.
  "근데 말이여……."

미스 코피에게 괴이한 소문이 하나 돌고 있었다.

"말도 안 되지."

미스 코피에게 그러니까 말도 안 되는 소문이 나돌고 있었다.

"몸은 되고 거긴 안 되고, 그게 말이여, 막걸리여?"

미스 코피에게 말인지 막걸린지 하는 풍문이 낙엽처럼 뒹굴고 있었다.

"그러니께 건어물 오 씨도 고긴 건들지도 못했단 거여, 뭐여? 고참, 얄궂네, 그려."

미스 코피에게 팔달 시장의 알부자 오 씨도 건들지 못한 얄궂은 소문이 바람을 타고 있었다.

"그래서 오 씨가 미스 코피 고것하고 그 짓 하고 나오면 이빨을 쑤셔대는 갑네. 허전해부러서."

"참 고것이 뭐라고 신주단지처럼 아낀다냐. 지 몸은 다 줌심롱."

남자들과 실컷 몸을 섞고 난 미스 코피가 이렇게 말했단다. 전 말이에요. 다른 건 다 줘도 요 입술만큼은 아무한테도 절대 못 줘요. 그러니까 입맛 다시지 마세요, 알았죠? 그래서 팔달 시장의 어떤 남자도 미스 코피의 입술만큼은 건드리지 못했다는 괴이한 소문.

"야! 눈깔을 어따 두고 다니는 거야!"

쌀가게 조 씨가 집채만 한 쓰레기더미를 지고 가다가 어깨

부딪힘을 한 칠성이의 뒤통수에다 대고 버럭 소리를 내질렀다. 귀를 처먹었는지 아무 대꾸도 하지 않고 지나치는 칠성이에게 조 씨는 필요 이상으로 성을 냈다.

"병신 육갑도 분수가 있어야지. 좆같은 새끼!"

아무래도 엄처시하에서 겪는 스트레스가 이만저만이 아닌 듯하다. 조강지처 엄 씨만 없으면 미스 코피와 뜨거운 운우지정을 나눌 수 있는데, 두 눈깔 시퍼렇게 뜨고 지키고 있는 암호랑이를 어쩌랴.

쓰레기더미를 처리하고 온 칠성이는 한 짬도 쉬지 않고 불러주는 대로 허드렛일을 하기 시작했다. 마치 일을 하기 위해서 만들어진 기계 같았다. 시장 사람들은 칠성이가 다른 데다 한눈을 파는 것도, 쉬는 것도, 심지어는 밥을 먹는 것도 본 적이 없었다. 그는 오직 일만 했다.

"저거 저거 오줌이랑 똥은 싸는 거여, 뭐여?"

"잠도 안 자는 거 아니여?"

그러고 보니 칠성이를 화장실에서 본 사람도, 잠시 잠깐 꾸벅 조는 모습도 본 사람이 없었다. 혼은 죄다 빠져나가고 육체만 덜렁 남은 꼭두각시 같았다.

그날도, 크리스마스이브를 일주일 남겨둔 헛헛한 추위가 팔달 시장의 곳곳에 은근슬쩍 침투하던, 그날도 미스 코피는 팔랑팔랑 요망하게 엉덩이를 흔들면서 나타났고 남자들은 침을 질질 흘리고 여자들, 특히 나물을 파는 심 씨는 입에 담기 힘든 욕을 해댔고, 칠성이는 어디선가 허드렛일을 묵묵히 하고 있었다. 그날도 팔달 시장은 여느 때와 마찬가지로 돌아가고 있었다.

건어물 오 씨가 남은 커피를 몽땅 팔아주고 커피 값을 계산한다는 명목으로 미스 코피를 가게 안으로 불러들인 게 오후 2시 경이니까, 팔달 시장은 일상처럼 흐르고 있었다. 건어물 가게의 셔터가 내려가자, 쌀가게 조 씨가 팔뚝으로 감자를 먹었다. 엄처 심 씨가 목덜미를 잡아끌고 가지 않았다면, 조 씨는 가게에다 대고 팔팔한 육두문자를 날렸을 것이다.

그날도 1시간이 조금 넘어서야 건어물 가게의 셔터가 열렸다. 미스 코피는 홍조를 띤 얼굴로 살랑살랑 날아갔고, 오 씨는 이쑤시개로 이빨을 쑤시면서 어슬렁어슬렁 시장 골목을 헤집고 다녔다. 일상처럼 반복되는 일이었다.

"뭘 먹었다고 저 지랄이야."

"뭘 먹긴! 육 고길 먹었으니까 이빨 쑤시는 건 당연지사지, 안 그래?"

"고기래두 어디 보통 고길 먹었는가. 시상에서 젤로 삼삼한 고길 먹었는걸. 고년 참 싹 벗겨놓고 보믄 아찔할 기여."

"너 같은 약골은 복상사하기 딱 맞춤이제."

"근데 그 소문이 맞는가 몰라."

"뭐시?"

"미스 코피 고년이 딴 건 다 줘도 고시기, 입술은 절대 안

준다는 게 맞는 소문인가?"

"그기 말이 되나? 어떤 가시나가 아랫도린 벌리고 입술은 다물고 그러나. 여자란 자고로 아랫구멍 벌리믄사 모든 구멍 다 여는 법인 기라."

"그게 맞다, 맞아."

"그 뭐시기 건어물 오 씨가 미스 코피 고년하구 딴 짓은 다 해봤어도 뽀뽀만 못 해봤다 안 카나."

"그럼 그 짓 실컷 하고 나서 오 사장이 똥 씹은 얼굴로 이빨 쑤시는 것도 다 이유가 있구먼."

미스 코피의 입술에 관한 소문은 팔달 시장을 휩쓸고 지나갔다. 말도 안 된다면서도 대개는 그 소문을 믿는 눈치들이었다. 그렇게 믿게 된 데에는 오 씨에 대한 질투심도 한몫했을 것이다. 지가 아무리 돈 갖고 잘난 체해도 결국 미스 코피 고년 입술도 못 따먹은 거 아니냐, 뭐 이런 류의……. 좋아, 나가 반드시 미스 코피 고년의 입술을 따먹고 말 테니께, 뭐 이런 희망 같은…….

이 소문으로 팔달 시장 남자들은 새로운 희망을 품게 됐고, 한결같이 입맛을 쩍쩍 다시면서 돌아다녔다. 암암리에 경쟁이 붙었다. 미스 코피의 입술을 훔치는 남자야말로 팔달 시장의 슈퍼스타가 되는 것이다. 아무리 밑구녕을 수십 번 쑤셔도 입술 한 번엔 어림도 못 미쳤다. 이제 더 이상 건어물 오 씨는 부러움의 대상도, 질투의 상대도 아니었다. 오히려 병신 취급을 당했다.

"건어물 오 씨 말이여. 시상에 그런 상병신도 있을까? 있는 돈 없는 돈 다 대가면서 미스 코피 고년 입술의 이응자도 못 건드렸다네."

"헛지랄했구먼."

"싸다, 싸. 돈 많다고 돈 자랑하더니 싸다, 싸."

"나가 상금으로 100만 원 걸 거구먼."

엄처가 잠시 가게를 비운 사이에 쏜살같이 나타난 쌀가게 조 씨가 두둑한 배포를 자랑했다.

"뭔 상금?"

어둔한 이가 자다가 봉창을 두드렸다.

"미스 코피랑 첨으로 키스혀는 놈헌티 나가 상금 100을 건다니께."

조 씨가 어깨를 쫙 펴면서 장담하자, 팔달 시장에 난데없는 박수와 함성이 터졌다. 회색 하늘에선 금방이라도 눈이 쏟아질 것만 같았다. 거기 모인 사내들은 상금의 주인공이 다들 자신인 것마냥 혀로 입술을 적셨다.

그날, 크리스마스이브를 일주일 남긴, 그날 미스 코피 입술 쟁탈대회가 공식적으로 선포되었다. 마감을 크리스마스이브 자정까지로 정했다. 쟁탈대회 소식은 빠르게 퍼져나갔다. 팔달 시장의 남자들은 저마다 입술을 다시면서 달떴다. 이 묘한 광기에서 벗어나서 마치 섬처럼 고립된 사내가 있었으니, 바로 칠성이였다. 칠성이는 다들 달뜬 분위기 속에서도 오래된 흑백사진처럼 따로 놀았다. 불협화음, 난센스,

부조리의 극치를 보여주는 듯했다. 아무튼 칼날처럼 차가운 바람을 싣고서 시간이 야금야금 흘렀다.

"뭐여? 한 놈도 못 했단 거여?"
"내일이면 끝이네!"
"참말로 고년 입술 볼수록 탐스럽네."
건어물 오 씨가 1시간 넘게 미스 코피와 온갖 자세로 교접을 했어도, 입술만은 아예 곁을 주지 않았다는 언빌리버블한 소문이 사실로 드러났고, 엄처가 친정 행사 때문에 딱 하루 집을 비운 사이에 쌀가게 조 씨가 꼬깃꼬깃 모은 비상금을 탈탈 털어서 미스 코피와 하룻밤을 보냈는데, 그 짓을 여섯 번이나 하는 기염을 토했지만 결국 입술만은 처녀로 남았다나 뭐라나. 건너편 시장 골목의 대부호인 가구 가게 최 씨 역시 화대만 뺏기고 실패했다고 토로했다. 돈 없는 치들은 미스 코피가 팔랑팔랑 걸어가는 길목을 내내 지켰다가 불시에 달려들었지만, 미스 코피는 입술만은 끝끝내 지켜냈다. 이러다 보니, 조 씨가 야심차게 내건 상금 100만 원은 그대로 화석이 될 조짐이 농후해졌다. 미스 코피의 입술은 더욱 빛났지만, 그 빛남만큼 넘을 수 없는 산이 되어서 팔달 시장 남자들을 절망의 늪으로 빠뜨렸다.
징글벨이 징그럽게 많이도 울려대는 크리스마스이브를 하루 남겨둔 그날의 저녁은 눈이 쏟아질 듯 말 듯 희뿌연 하늘과 아예 추운 게 나을 정도로 뼛속을 빠각빠각 파고드는 을

씨년스러운 날씨였다. 퇴근을 하고 다들 일찍 집으로 들어갔거나, 젊음의 열기가 넘쳐나는 홍대로 몰려갔거나 간에, 암튼 팔달 시장은 날씨만큼이나 소스라치게 인적이 드물었다.

"불이야!"

건너편 시장 골목의 가장 높은 건물에서 시뻘건 불심이 타오르고 그 위로 회색 연기가 머리를 풀어헤치고 하늘로 용솟음쳤다. 오가는 발길이 거의 끊어져서 폐장 분위기에 있던 팔달 시장의 상인들은 남녀를 가리지 않고 불구경을 하기 위해서 뛰쳐나갔다. 시장이 텅 비었다.

3층 당구장에서 시작된 불은 4, 5, 6층으로 빠르게 번졌다. 창문 곳곳에서 미처 빠져나오지 못한 사람들이 살려달라고 아우성을 쳤다. 그러나 소방도로를 확보하지 못한 시장 골목으로 소방차가 제대로 진입할 수 있을지도 의심스러웠다. 몰려든 구경꾼들은 목을 길게 빼고서 함성과 탄식을 번갈아 쏟아냈다. 아는 얼굴이 나타나면, 고래고래 소리를 지르면서 이름을 불렀다. 구경꾼들 틈에 건어물 오 씨, 쌀가게 조 씨, 나물 심 씨, 가구 가게 최 씨, 조 씨의 엄처 엄 씨도 끼어있었다. 다들 발만 동동 구를 뿐, 나서서 할 수 있는 일은 하나도 없었다.

그때, 검은 연기 사이로 빛나는 얼굴이 나타났다 사라졌다. 눈 깜빡할 사이였지만, 그 얼굴은 화마를 능가할 만큼 빛났다.

"저거 저거 미스 코피 아니여!"

누군가가 당구장 창문을 가리키면서 소리를 질렀다. 건어
물 오 씨가 새파랗게 질린 얼굴로 두어 발자국 다가가다가
멈췄다. 딱 거기까지다. 살려달라고 아우성을 치는 사람들
틈으로 그녀의 얼굴이 조물조물 보였다 말았다 했지만, 누
구나 그녀가 미스 코피라는 걸 알아봤다. 전대미문의 미모
가 시뻘건 불길 속으로 영영 사라질 판이었다. 팔달 시장의
사내들은 우우, 늑대처럼 울었다. 그러나 울기만 할 뿐이었
다. 와중에 나물 심 씨는 아무도 몰래 미소를 지었다가 감췄
다. 엄처가 인생에서 딱 하룻밤을 비운 새에 미스 코피와 여
섯 번을 한 조 씨의 심장은 밖으로 튀어나올 뻔했다. 그러나
그마저도 엄 씨가 눈 한번 흘기자, 쪼그라들었다. 미스 코피
의 모습은 더 이상 보이지 않았다. 이것으로 미스 코피 입술
쟁탈대회는 막을 내리고 미스 코피의 입술은 영원히 불가침
의 성역으로 남을 것이다. 아울러 쌀가게 조 씨의 100만 원
은 굳을 것이다. 이제 미스 코피라는 전대미문의 미모를 가
진 여신은 팔달 시장의 전설로만 남을 것이다.

"저건 또 뭐여!"
"저 새끼 저거 미친 거 아니여!"
"병신 육갑허네."
"병신이 뒈지려고 환장혔네."
구경꾼들을 밀치고 화마의 현장으로 달려가는, 그는 바로

칠성이었다. 칠성이는 온전치 못한 한쪽 다리를 질질 끌면서도, 멈추지 않고 끈기 있게, 앞으로 앞으로 걸어 나갔다. 말릴 틈도, 말리려는 어떤 누구도 없었다. 워워, 하는 사이에 칠성이의 모습은 불길 속으로 완전히 사라졌다. 누군가가 저 병신새끼가 알아서 죽은 거라고 했고, 구경꾼들은 칠성이가 자살을 했다고 결론을 내렸다. 저렇게 병신 꼴로 살아서 뭐하게, 잘 죽었지. 구경꾼들은 칠성이가 잘 죽었다는 결론도 내려줬다. 참 친절한 사람들!

6층부터 무너지기 시작했다. 사람들은 우우 함성을 지르면서 뒤로 물러났다. 불씨들이 바람에 날려 마치 불꽃놀이를 보는 것 같았다. 불이 눈처럼 내렸다. 성탄을 앞둔 어느 겨울날의 소묘. 이제 더 이상의 스케치는 필요 없는 걸까? 그러나!

"저건 또 뭐여!"

"사람 아니여?"

"같기도 혀고, 아닌 것도 같고……"

흉측하게 일그러진 낡은 건물을 휩싼 시뻘건 불길과 시커먼 연기를 배경으로 천천히 다가오는 묘한 그림자가 보였다. 그 그림자는 빠르지도 느리지도 않은 속도로 구경꾼들을 향해서 다가왔다. 사람들의 눈이 한곳으로 모아졌다. 그 검은 형체는 다가올수록 어둠을 한 조각 한 조각 떨쳐냈다. 떨쳐내면서 형체가 서서히 밝혀졌다. 불에 그슬린 머리카락은 얼굴을 반쯤 덮고 있었다. 입술은 잔뜩 부풀어 올라서, 보기

조차 끔찍했다. 한 발짝 걸을 때마다 몸에 묻은 연기가 풀 풀 날아서 마치 온몸에 구멍이 숭숭 뚫린 것 같았다. 한쪽 다리는 저만치 뒤에 처져서 한 몸뚱어리라고 여겨지지 않았 다. 칠성이였다. 앞뒤 안 가리고 불구덩이 속으로 돌진했던 바로 그가 살아서 돌아온 것이다. 병신 꼴로 살아서 뭐하냐 며 잘 죽었다고 결론이 났던 바로 그 칠성이.

"근디 자가 안고 있는 저건 뭐여?"

"사람이여?"

칠성이가 품에 소중하게 안고 있는 검은 물체도 덮고 있 던 화마의 흔적을 한 조각씩 떨구기 시작하면서 서서히 모 습을 드러냈다.

"가만, 가만 저것이 미스 코피, 맞아?"

"미스 코피다!"

어떤 덮개도 신이 내린 미모를 감출 수 없었다. 숯 검댕이 속에서도 그녀는 빛났다. 세상에서 가장 진한 흑발이 된 머 리카락은 묘한 빛깔로 오히려 윤이 났다. 새카만 얼굴에서 유독 반짝반짝 빛나는 두 눈동자는 별보다 아름답고 겨울 비보다 구슬펐다. 비록 온통 재를 뒤집어썼지만 육감적인 몸 매는 찬란하게 드러났다. 미스 코피는 칠성이의 목을 감싼 채로 세상에서 가장 포근한 자세로 안겨있었다. 칠성이가 보 란 듯이 미스 코피를 번쩍 들어 추스르자, 그들을 감싸고 있 던 재가 풀풀 날아갔다. 마치 콰지모도가 에스메랄다를 안 고 있는 모습이었다.

팔달 시장의 남자들이 칠성이와 미스 코피에게로 몰렸다.

"아따, 미스 코피. 뭐 하는 거여, 지금? 싸게 내려오지 못하구서."

건어물 오 씨가 얼굴을 찌푸리면서 미스 코피에게 지청구를 넣었다.

"그러게 말이여. 저 병신 새끼……."

쌀가게 조 씨가 엄처 몰래 조심스럽게 말을 꺼냈지만, 싹둑 잘리고 말았다. 조 씨의 말뿐만 아니라, 그 한 장면 때문에 시간도 싹둑 잘려나가 그대로 멈춰버렸다. 시뻘겋게 타오르던 불길의 기세도, 하늘을 덮은 회색 연기도, 찔끔찔끔 내리던 눈발도, 오가던 몇 사람의 발걸음도, 파란 지붕의 빨간 십자가의 깜빡거림도, 모두 멈췄다. 세상을 멈추게 한 그 한 장면!

칠성이에게서 당장 떨어지라는 시장 남자들의 불같은 성화를 잠자코 듣던 미스 코피가 갑자기 몸을 홱 돌렸다. 회색 재들이 리듬을 타면서 마치 낙엽처럼 우수수 떨어졌다. 미스 코피의 가늘고 긴 팔이 칠성이의 목을 휘감았다. 그녀는 흘러내린 머리를 보란 듯이 뒤로 넘기는 동시에 칠성이의 불어터진 입술에 자신의 입술을 살포시 포갰다. 칠성이는 그대로 돌이 되었다. 미스 코피는 아예 칠성이의 상체를 올라타듯이 하고서 혀를 칠성의 입안에 불쑥 집어넣었다. 구경꾼들은 그저 마른침만 꿀꺼덩 꿀꺼덩 삼킬 뿐이었다. 미스 코피의 키스가 깊어지자, 칠성이의 팔이 느리게 움직여서 그녀의 허리를 휘감았다. 드디어 완벽한 키스신이 탄생했다. 어떤 야유도, 질투 어린 멘트도 나오지 않았다. 다들 황홀한 눈빛으로 세상에서 가장 완벽한 키스를 구경하고 있었다.

뭐지?

모두의 마음에 의문부호 하나가 찍혔다. 극과 극의 처절한 불협화음이 만들어낸 완벽한 하모니에 팔달 시장 사람들은 혼을 빼앗겼다.

저런 게 저렇게 아름다울 수 있구나.

칠성이의 불어터진 입술이 그녀의 상쾌한 입술을 완전히 먹었다. 오귀스트 로댕이 빚은 걸작처럼 두 사람은 하나가 돼서야 더욱 빛났다.

"눈이다!"

누군가가 소리쳤다. 멈췄던 세상이 다시 돌기 시작했다. 불길이 다시 일어나더니, 금세 시들해졌다. 시커먼 연기도 하늘이 몽땅 흡수해버렸다. 십자가가 다시 반짝반짝 빛났다. 귀가를 서두르는 사람들의 발길이 다시 바빠졌고, 어디선가 캐럴이 울려 퍼졌다.

"자요."

검게 탄 손이 불쑥 앞으로 나왔다. 쌀가게 조 씨는 불시에 나타난 검은 손을 코앞에 두고 적이 당황했다. 엄처 엄 씨를 비롯한 모두의 눈이 검은 손과 조 씨에게로 쏠렸다.

"주셔요."

팔달 시장의 사람들은 그날 처음으로 칠성이의 목소리를 들었다. 조 씨가 무슨 말이냐, 는 투로 주위를 두리번거리자 칠성이가 목소리를 키웠다.

"상금 100만 원 주셔요. 아저씨가 건 상금 100만 원이유."

엄처 엄 씨만 영문을 모르고, 다들 안다는 눈치로 칠성이 편을 들고 나섰다.

"당연히 줘야지. 어이 조 사장, 뭐혀? 후딱 칠성이한테 100만 원 줘야지."

"칠성이 계 탔네, 계 탔어. 미스 코피랑 뽀뽀도 했제, 돈도 벌제."

돌아가는 꼴이 요상한 걸 눈치 챈 엄 씨가 지 남편의 귀를 잡아끌고 골목으로 들어갔다. 곧 이어서 조 씨 죽어가는 소리가 골목을 쩌렁쩌렁 울렸다.

"관둬요, 까짓 100만 원!"

칠성이가 골목에다 대고 선심 쓰듯 소리치고 나서, 미스 코피와 다시 한 번 진한 키스를 나눴다. 칠성이 목에 매달린 미스 코피는 좋아서 죽는다. 키스를 끝낸 칠성이가 구경꾼들을 보고 씩 웃더니 흘러내린 미스 코피를 불끈 추슬러 안고는 한쪽 다리를 질질 끌면서 사라졌다. 팔달 시장의 미스 코피 입술 쟁탈대회는 마감을 넘기지 않고 우승자가 가려졌다. 그날 이후로 칠성이와 미스 코피의 모습은 팔달 시장에서 보이지 않았다고 한다. 과수댁 나물 심 씨는 다시 팔달 시장의 슈퍼스타가 됐다.

아버지와 두부

"철민아, 고맙다."
버스의 불빛을 본 아버지가 서둘러 말했다.
나는 여전히 침묵을 지켰다.
길고도 짧은 시간이 무사히 지나가고 버스가 도착했다.
아버지는 버스에 오르면서
고개를 돌려 나를 쳐다보았다.
빛바랜 낡은 흑백사진 같은 얼굴.
아버지를 태운 버스는 저쪽 어둠 속으로 돌진했다.

두부 파는 아줌마들의 목소리가 늦가을 흐린 하늘을 흔들어댔다. 두부가 든 검은 비닐봉지를 코앞까지 들이밀면서 호객에 전념하는 모습이 슬프다. 노랗게 익은 낙엽들이 차도며, 인도며 가릴 것 없이 온통 범벅이 되어 구른다. 흡사 함성 같다.

그는 낙엽을 지근지근 밟으며 아줌마들을 뚫고 걸었다. 구둣발에 밟힌 낙엽들이 아삭아삭 통곡했지만, 그는 개의치 않는다. 이들도 한때는 푸르디푸른 빛깔을 자랑스러워했으리라. 시간은 이렇게 모든 만물을 몰락으로 몰고 가는 악귀다. 그 악귀와 더불어 살면서도 정체를 깨닫지 못하고 끝내 벼랑으로 낙하하는 게 생명 가진 모든 것의 운명이리라. 하긴 그걸 깨닫는다고 별 뾰족한 수가 있는 것도 아니지만.

"총각, 두부 좀 사 주슈."

겉만 봐선 아줌만지, 할머닌지 구분할 수 없는 한 아낙이 그의 팔을 낚아챘다. 야윈 몰골에 비해 손아귀의 힘은 앙칼졌다. 어깨를 돌려 뿌리치려고 시도했지만, 여인은 그를 놓치지 않았다. 네게 두부를 팔지 못하면 지옥까지라도 따라가겠다는 오기가 움푹 파인 양 볼 만큼이나 깊어 보였다. 그는 아낙의 패인 볼 속에서 지렁이 같은 주름들을 보았다. 그는 그녀를 있는 힘껏 밀쳐냈다. 처음의 의기와는 달리 그녀는 너무나 쉽게 무너졌다. 엉덩방아를 찧은 그녀가 그를 쏘아보았다. 눈가에도 실지렁이들이 수없이 살고 있었다. 하늘을 닮은 회색 눈동자에는 저주가 줄줄 흘렀다.

"지옥에나 떨어져라, 이 못된 자식아!"

그러나 그는 상관치 않고 낙엽을 밟으며 다시 걷기 시작했다. 낙엽이 끝나는 곳을 향해 일정한 속도로 보폭을 조절하며 걸었다. 상당히 절제된 걸음이었다. 낙엽이 드문드문해지더니, 깨끗하게 빗질된 작은 공터가 나타났다. 금방 쓸었는지 빗자루 자국이 선했다.

옛날에, 옛날에도 이랬었지. 그곳에서 멈춘 그는 담배를 물었다. 담배에 불이 붙자 힘껏 빨았다. 회색 하늘과 잘 어울리는 파란색 연기가 허공으로 날아가다가, 꼬리를 숨기며 사르르 사라졌다. 그는 공터 끝에 있는 높은 담장의 큰집을 향해 정면으로 서서 담배를 꼬나물었다.

담배가 반쯤 끝나갈 때, 요란한 소리와 함께 하늘만큼 높은 대문이 힘겹게 열렸다. 문을 통해서 얇고 작은 몸집의 누추하고 을씨년스러운 한 사내가 바람에 실려 나오고 있었다. 아버지. 몸이 뱅글뱅글 돌 정도로 어이없게 큰 점퍼에다가 가슴엔 낡은 가방 하나를 안은 나이보다 10년은 더 늙어 보이는 사내가 바로 그의 아버지다. 흐린 하늘조차 눈에 담기가 거북했는지 실눈을 갸름하게 뜨고 두리번거리더니, 겨우 그를 발견하고는 느린 걸음으로 다가왔다. 요즘 같이 빨리 돌아가는 세상을 살아가기엔 전혀 어울리지 않는 퇴화된 걸음. 그는 여전히 담배를 물고 정지한 채로 서서 아버지가 다가오기를 기다렸다. 아버지가 코끝에 왔다. 아버지의 품 안엔 카키색 낡은 가방이 보물처럼 숨어있었다. 그가 세상의 물건을 인지할 수 있게 된 때부터 봤던 물건이다. 그 가방은 아버지의 인생역정을 함께 한 동지였다.

그는 아버지가 무슨 말인가를 하려고 입을 떼는 순간 휙 바람 가르는 소리를 내면서 돌아섰다. 그는 왔던 길을 되짚어 걸었다. 길가에 뿌려진 낙엽 덕분에 아버지가 따라오는 소리가 들렸다.

"철민아, 나 배고프다."

낙엽 밟는 소리가 뚝 그쳤다. 아버지의 거친 숨소리가 등뼈를 타고 올라왔다. 그의 젊은 걸음을 따라붙기 버거웠을 것이다. 그는 고개를 돌려 야멸찬 눈빛으로 아버지를 쏘아봤다. 주눅이 든 아버지는 눈을 땅에 박으면서도 어눌한 말투로 배고프다고 계속 중얼거렸다.

이 동네의 특성상 주로 두부 요리를 하는 식당들이 많았다. 원조 손 두부, 새 출발 두부, 대포 왕 두부, 할머니 순두부 등등. 그는 식당 앞을 기웃거리는 아버지를 뒤에다가 붙이고, 그 많은 두부 집들을 일별도 하지 않고 지나쳤다. 지옥에나 가라! 낙엽 위로 힘없이 쓰러지던 늙은 여인의 모습이 아른거렸다. 그 위로 또 한 여인과 사내아이의 모습이 오버랩되었다. 제기랄!

그는 결국 국밥을 말아 파는 식당으로 들어갔다. 때가 지난 터라 손님이 한 명도 없었다. 빨간 휘장을 친 주방에서 도마 소리만 요란하게 들렸다. 그가 앉자, 기다렸다는 듯이 아버지도 따라 앉았다. 가방은 여전히 아버지의 품 안에서 고요했다. 그는 제발 가방 좀 내려놓으라고 쌍심지를 켰다.

"그래, 그래. 내려놓으마."

아버지는 가방을 옆 의자에 조심스럽게 앉혔다.

그는 주방을 향해 큰 소리로 국밥 두 그릇을 주문했다. 도마 소리가 잠깐 멈추더니, 1분도 되지 않아서 산만한 아줌마가 손바닥만 한 깍두기와 국밥 두 그릇을 들고 휘장을 걷고 나왔다.

"맛있게들 드시우."

퉁명스럽게 인사를 차리고 사라진다.

그가 두어 숟가락 뜨는 동안에도, 내내 배고파 죽겠다던 아버지는 수저도 잡지 않고 기다렸다. 아버지는 낡은 흑백사진처럼 박혀있었다. 그는 아버지의 그런 동작을 잘 알고 있다. 입술만 달싹달싹거리며, 마른침을 삼킬 뿐이다. 뭔가 요구할 게 있을 때 상대의 관심을 집중시키기 위한 아버지 나름의 처세다. 결국 오만가지 신경이 거슬린 그가 숟가락을 국밥에 처박고 얼굴을 들자, 눈이 마주친 아버지가 모기만 한 음성으로 말했다.

"철민아, 나 술 마셔야겠다."

그는 아버지의 청을 무시하고 다시 국밥에 몰두했다. 그가 국밥을 거의 다 먹을 때까지 배고파 죽겠다던 아버지는 요지부동이었다. 아버지의 국밥은 하얗게 식어갔다. 아버진 요구가 받아들여질 때까지 농성을 풀지 않을 것이다. 그는 결국 자신이 아버지에게 굴복할 것을 안다.

"철민아."

그는 아버지의 입을 막기 위해서 하는 수없이 소주를 시켰다. 그의 예상이 적중했다. 빈대보다 낮은 콧구멍을 벌름거리면서 썩은 미소를 짓는 아버지의 얼굴을 보다가, 그는 좌절하고 만다. 그러나 이것도 운명이라면 어쩔 수 없을 것이다. 주방 아줌마가 무슨 소주냐고 묻자, 그는 아무거나 가져오라고 신경질을 냈다. 선택해야 할 게 너무나 많아진 세상. 그는 그냥 소주요 하면 됐던 시절이 문득 그리워졌다. 소주보단 아버지를 맘대로 선택할 수 있었으면 좋았을 텐데.

소주 한 병과 두 개의 잔이 놓였다. 그러나 아버지는 움직이지 않았다. 석상처럼 앉아있었다. 울화가 머리끝까지 치민 그가 소주를 따르려고 하자, 아버지가 이를 가볍게 제지했다. 놀라운 일이다. 남을 제지한다는 것은 아버지에겐 전혀 입력되어있지 않은 행동이다. 아버진 자신만의 수동적인 세계를 구축해놓고 그 속에서 자유롭게 피동적인 삶을 누려왔다.

"철민아, 나 막걸리가 마시고 싶다."

그는 기가 막혔다. 지금 상황에 이 술 저 술 따지는 것도 분통이 터지지만, 주문하기 전에 미리 말하지 않은 이유는 뭔가? 그는 맘대로 하라고 아버지에게 호통을 쳤다.

"네가 시켜줘라. 난 무섭다."

당신이, 당신이 내 아버지란 게 더 무서워. 그는 하나 남은 돼지비계를 건져서 입안에 넣고 아버지 대신 질겅질겅 씹었다. 하필 돼지 털이 이빨에 끼었다. 그는 울고 싶을 정도로 슬펐다. 그는 슬픔을 견디고 소주를 막걸리로 바꿨다.

"철민아, 한잔 따라줘라. 막걸린 혼자 따라 마시면 제 맛이 안 난다."

아버지…… 그는 결국 아버지에게 지기로 했다. 질 것 같으면서도 늘 이기는 쪽은 아버지였다. 어눌한 한 마디를 화두처럼 던져놓고 나서 자신의 뜻이 관철될 때까지 침묵시위를 하면, 막판엔 성질 급한 놈이 두 손 들고 마는 것이다. 그게 아버지가 혼탁한 세상에서 이나마 살아갈 수 있는 유일한 처세다.

아버지는 막걸리 한 통을 다 비우고 나서, 국밥 속에서 콩나물 한 줄을 찾아내 먹고 깍두기 한 점을 입가심으로 식사를 마쳤다. 배고파 죽겠다던 아버지의 국밥은 차갑게 죽어있었다.

그가 먼저 일어나 계산을 하고 식당을 나왔다. 첩년 젖가슴 안듯 가방을 품에 안은 아버지는 아들을 놓칠까 봐 바싹 붙었다. 아버지의 거친 숨결이 그의 뒷덜미에 열기를 끼얹었다. 그는 손바닥으로 뒷덜미를 훔쳐내고 버스정류장을 향해 절제된 걸음을 옮겼다.

아버지와 아들은 처음으로 나란히 서서 버스를 기다렸다. 벌거벗은 가로수가 계절의 끝을 여실히 보여주었다. 아버지는 계절 탓에 더욱 왜소해 보였다. 드디어 버스가 도착했다. 아들 뒤에 작은 아버지가 부록처럼 매달려서 버스를 탔다.

그는 창밖을 내다보았다. 하늘뿐 아니라 거리도 온통 회색빛으로 물들었다. 앙상한 가로수들이 해골처럼 서서 손을 흔들었다. 마치 지옥행 버스를 탄 느낌이었다. 뒤에서 마른 기침 소리가 울렸다. 그의 등을 콕콕 찌르는 마른 손가락이 징그러웠다. 그는 대응하지 않고 차창 밖에만 눈길을 박았다. 아버지의 마른 음성이 들렸다.

"철민아, 나 네 엄마가 보고 싶다."

엄마? 지금 엄마라고 했나? 아버진 엄마를, 당신의 아내를 보고 싶어 할 자격이, 아니 입 밖으로도 내뱉을 자격이 없는 사람이야, 알아? 그러나 아버진 포기하지 않았다. 포기할 리가 없었다. 단념은 해도, 포기는 절대 하지 않는 인간이니까.

"철민아, 날 네 엄마에게 데려다 다오. 부탁이다."

그는 아예 눈을 감아버렸다. 갑자기 메뚜기 떼처럼 잠이 몰려왔다. 부탁이다, 부탁이다…… 아버지의 목소리가 점점 멀어지더니, 결국 사라졌다.

모처럼 엄마는 들떠있었다. 분도 바르고 머리도 손질하고, 몸뻬 대신 하늘하늘한 치마를 입었다. 거울 앞에서 요리조리 모양을 내는 엄마가 소년은 보기에 참 좋았다. 소년은 엄마가 백설공주 같다고 생각했다. 치장을 마친 엄마가 이번엔 소년에게 때때옷을 입혀주고 머리에 반듯한 가르마도 만들어주었다. 엄마는 소년을 거울 앞에 세워주었다. 소년은 자신이 소공자 같다고 생각했다.

백설공주와 소공자는 나비처럼 봄볕 속을 날아갔다. 소년은 지나가는 사람들이 힐긋힐긋 예쁜 엄마를 엿보는 것이 자랑스러웠다. 그러다가 문득 뭔가가 생각나서 걸음을 멈추고 엄마에게 물었다.

"엄마. 두부 팔 거 안 갖고 왔잖아."

엄마도 걸음을 멈추고 소년과 키를 맞춰 무릎을 꺾었다. 엄마의 눈에 잠시 맺힌 눈물을 소년은 보았지만, 그 눈물의 의미를 알 수는 없었다. 하늘이 참 부시다, 그치? 하며 엄마는 손등으로 눈가를 훔쳤다. 엄마의 눈자위에 검은 마스카라가 꽃처럼 번졌다. 소년은 작은 손을 뻗어 닦아주었다. 엄마는 그래, 그래 봄이라 눈이 많이 부시다면서 눈물을 머금었다.

"철민아, 잘 들어. 오늘은 엄마 두부 팔러 가는 거 아냐."

"그럼?"

소년은 놀랐다. 두부 파는 일을 한 번도 쉰 적이 없는 엄마였다. 친구들이 형형색색 유니폼을 입고 유치원에 갈 때, 소년은 두부 광주리를 머리에 인 엄마의 뒤를 개미처럼 졸졸 따라가야 했었다. 그래서 늘 외톨이로 지냈던 소년.

"오늘 아빠 만나러 가는 거야, 우리."

"아빠?"

소년은 더욱 놀랐다. 기억에조차 없는 아빠, 미국에 갔다던 아빠, 엄마가 팔다 남은 두부에다 막걸리를 마시고 취한 날은 죽었다던 아빠. 비가 내리는 어느 날 밤 문턱에 홀로 앉아서 엄마가 이 인간 몸은 성할까 걱정할 때 소년은 잠자는 척 듣고는 아빠가 어디엔가 살아있긴 있구나 하며 휑했던 가슴속이 충만해졌던 기억이 떠올랐다.

엄마는 아빠에 대해서 더 이상 말하지 않고 무릎을 세워 일어섰다. 소년도 입을 다물기로 했다. 그래야 할 것 같았다. 엄마는 두부 팔러 갈 때 타는 버스를 탔다. 아빠와 두부? 궁금했지만, 소년은 묻지 않았다. 물어보면…… 왠지 엄마의 눈이 또 검게 흐려질까 봐. 버스에서 뉴스가 나왔다. 갑자기 엄마가 기사 아저씨에게 라디오의 볼륨을 높여달라고 소리를 질렀다. 평소의 엄마와는 다른 모습이었다. 멘트가 짱짱하게 흘러나왔다.

오늘 삼일절을 맞아 정부는 예정대로 천 이백 칠십 이 명의 모범수를 석방합니다. 이는 건국 이래 두 번째로 큰 규모입니다. 경제사범이 칠백이십구 명으로 가장 많고, 다음으로는 정치범, 형량이 비교적 가벼운 일반 사범 순인 걸로 알려졌습니다. 다음 소식은…….

햇볕이 유난한 봄날이었다.

"오늘이 바로 그날이구먼. 축하해."

"서방 만난다고 꽃단장했네. 너도 아빠 본다고 멋 냈구나. 철민이도 알고 보니 한 인물 나네, 그려."

"오늘밤 봉천동 산자락이 꿈쩍꿈쩍하겠구만. 목욕재계는 했는가?"

"그려, 그려. 자식 열 있어봤자, 서방 하나만 못하지."

"그럼, 그럼. 서방 품에 딱 안겨봐. 세상에 부러울 게 뭐 있나?"

두부를 파는 아줌마들이 몰려와서 엄마와 소년을 에워싸고 난데없는 호들갑을 떨었다. 소년은 엄마의 볼이 발그레해지는 것을 보았다. 흰 분과 어울려 엄마의 얼굴은 더욱 아름다웠다. 그때서야 소년은 아빠의 존재가 서서히 실감나기 시작했다. 곧 아빠를 만나게 될 것이다. 아빠가 실제의 거리로 다가오기 시작하자 소년은 기대감으로 심장이 두근댔다. 소년에게 아빠는 신기루였다. 두부 장수 엄마를 어여쁜 백설 공주로 변신하게 한 아빠는 얼마나 멋진 왕자님일까? 소년은 인자하고 멋진 모습의 신사를 상상했다.

시간이 다 됐다는 귀띔에 엄마는 소년의 작고 여린 손을 꽉 쥐었다. 엄마의 손바닥은 땀으로 흥건히 젖어있었다. 모자를 에워쌌던 아줌마들이 약속이나 한 듯 길을 열어주었다. 소년은 정말 주인공이 된 기분이었다. 아니, 주인공이었다. 모두들 좋겠다, 축하한다며 어서 가보라고 엄마의 등을 떠밀었다. 엄마는 싫지 않은 표정으로 그들에게 등을 떠밀렸다.

"참, 두부 갖고 가야지, 두부!"

누군가가 엄마에게 두부가 담긴 검은 비닐봉지를 쥐어주었다. 소년은 두부 냄새를 싫어한다. 두부 자체가 싫었다. 봉지 속에서 두부가 출렁거렸다. 아빠와 두부?

"그려, 그려. 두부 많이 좀 먹이고, 다시는 큰집 출입 삼가게 하라고. 알았제?"

엄마는 알았다고 고개만 연신 끄덕거리며 소년의 손을 끌고 뛰듯이 걸었다. 엄마에게 끌려가면서 소년은 알아챘다. 곧 만나게 될 아빠가 분명히 두부와 관계가 있고, 왕자님과는 전혀 상관이 없는 사람이란 것을. 소년의 눈에서 찔끔 눈물이 지렸다. 봄볕이 너무 따갑기 때문이야, 소년은 속으로 말했다.

소년은 엄마의 손에 이끌려 빗질이 잘된 작은 공터에 도착했다. 엄마는 공터 끝에 있는 담 높은 집의 하늘만큼 높은 철 대문을 넋을 잃고 바라봤다. 아빠와 두부? 그러나 소년은 이번에도 물어보지 않기로 했다.

태양이 하늘 한가운데 걸렸다. 대문 안쪽에서 인기척이 들렸다. 엄마의 목울대가 일렁였다. 소년은 눈을 땅에 박고 제 그림자만 찾았다. 그림자의 눈에도 뭔가가 맺혀서 반짝했다. 소년의 가르마는 이미 흩어졌다. 엄마의 머리도 불꽃처럼 일어섰다. 숱한 인기척이 끝나더니, 잠시 침묵이 흘렀다. 엄마가 마른입을 축이느라 혀를 날름거렸다. 소년은 여전히 자기 그림자를 동무 삼아 놀았다. 침묵이 끝나더니, 바쁜 술렁거림이 대문 밖으로 타고 넘어왔다.

높은 담장, 큰집의 대문이 우르릉 쾅, 천둥소리를 쏟아내면서 힘겹게 끌렸다. 태양이 정수리 위에 떠서 따가웠다. 누가 누군지 구분하기 힘들 정도로 똑같은 모습을 한 사람들이 소 떼처럼 우르르 몰려나왔다. 엄마는 그 많은 소 떼 중에서 한 사람을 발견하고는 그를 향해서 잰걸음을 했다. 드디어 엄마가 아빠를 만났다.

소년은 도망치고 싶었다. 아예 사라지게 해달라고 기도했다. 엄마보다 한 뼘은 작은 키에 해골 같은 얼굴, 근육이라고는 한 점도 없는 볼품없는 몸집, 작고 흐려서 눈이라고도 할 수 없는 작고 가는 눈, 이마보다 낮은 코에 생쥐 같은 입. 태어나서 처음 본 아빠의 몽타주였다. 소년은 저런 아빠라면, 차라리 엄마가 비 오는 날 밤 막걸리에 취해 중얼거렸듯이 죽은 것이 낫다 싶었다. 백설공주가 거지를 만난 격이었다. 소년과 달리 엄마는 이마 밑에 밖에 오지 않는 난쟁이 사내의 손을 두 손으로 감싸 쥐고 한없이, 한없이 눈물을 흘렸다. 그에 반해서, 사내는 무표정한 얼굴로 사방을 살피는데 여념이 없었다. 그때, 소년은 그만 그 퇴화된 눈동자를 보고야 말았다. 고개를 저으며 두어 걸음 물러서려는데, 엄마가 손짓을 했다.

"철민아, 이리 와서 인사드려야지. 아빠야."

소년은 몸을 홱 돌려 뺐다. 그리고 뛰기 시작했다. 엄마의 갈라진 음성을 귓바퀴에 달고서 들리지 않는 울음을 울며 무작정 왔던 길을 되짚어 뛰었다. 눈부신 잎들을 거느린 가로수들은 그날따라 찬란했다. 가로수의 수만큼 늘어선 두부 아줌마들을 지나, 가로수가 끝난 평범한 거리를 뛰어서 마침내 버스정류장에 도착했다. 소년은 가쁜 숨을 겨우 고르고 차도를 보았다. 아스팔트 위로 아지랑이가 뭉게뭉게 피어올랐다. 차와 사람들이 굴절되어 흐트러졌다. 눈이 시리고 아팠다. 명치끝에 통증이 아스라이 자리 잡았다. 소년은 꿈이길 간절히 기도했다. 그러나 꿈이라고 하기엔 너무나 확연한 아픔과 따가운 햇볕을 내리쬐는 아름다운 봄날이었다. 나비 같은 하루였다. 소년의 머리엔 가르마의 흔적조차 남아 있지 않았다.

버스가 그들을 내려놓은 곳은 서울의 초라한 변두리 동네였다. 버스가 지나간 자리에 그들은 생애 두 번째로 나란히 섰다. 땅에 붙은 거나 마찬가지인 아버지는 가을바람이 버거운지 흔들렸다.

"나 네 엄마가 보고 싶다. 데려다주렴."

아버지는 나를 쳐다보지도 않고 말했다. 나는 목석처럼 아버지 옆에 서 있기만 했다. 아버지도 더 이상 보채지 않고 돌이 되었다. 돌이 된 두 사람은 그저 나란히만 서 있었다. 엄마가 보고 싶다는 아버지. 나는 아버지 옆에 그냥저냥 서 있었다.

네 아버지가 보고 싶구나. 아버질 모셔오너라. 모레가 네 아버지 나오시는 날이다. 두부 잡숫게 하는 거 잊지 말고. 내가 직접 가서 모셔 와야 하는 건데, 내 몸이 이리 성치 않으니 어쩌겠니? 우리 이리로 이사한 거 모르실 테니, 부탁한다, 철민아.

나는 초라한 동네 속으로 몸을 돌렸다. 아버지와 나는 서울 변두리 초라한 동네 속으로 스며들었다. 숨기에 참 좋은 동네였다. 아버지의 헉헉거리는 숨소리가 등뼈 마디마디로 스며들어왔다. 동네를 마치고 산길로 접어들었다. 산비탈이 급해질수록 아버지의 숨소리도 높아졌다. 회색빛 하늘에 붉은 가루가 뿌려졌다.

3일 전에도 이렇게 노을이 번졌었다. 그 노을 속으로 엄마는 나비가 되어 날아갔다. 엄마를 날려 보내면서, 나는 맹세했다. 다시는, 다시는 아버지를 찾지 않겠다고. 엄마를 매개로 맺어진 이승의 악연을 끊겠노라고. 두부 집이 유난히 많은 버스정류장과 잠깐 동안의 평범한 거리와 아름다운 가로수 길을 가득 메운 사나운 두부 아줌마들과 그 길이 끝난 빗질 잘 된 작은 공터에서의 무수한 기다림들. 하늘을 찌를 것 같은 높은 대문의 천둥 같은 열림과 구분하기 벅찬 똑같은 모습의 사람들. 그리고 카키색 늙은 가방 하나. 나는 3일

전만 해도 이 모든 걸 내 기억에서 지울 결심이었다.

산을 내려와 몇 개 되지도 않는 엄마의 유품을 정리하다가, 나는 그만 버스를 타고 말았다. 연을 끊겠노라고 무릎 꿇어 맹세한 그곳을 향해서 버스에 몸을 싣고 말았다.

아버진 내 뒤를 군말 없이 따라왔다. 결국, 그곳에 다시 섰다. 이번엔 아버지와 함께. 3일 전과 똑같은 하늘 풍경이 펼쳐졌다.

"철민아!"

아버지라고는 믿어지지 않는 단호하고 절제된 목소리였다. 목소리를 따라서 뒤를 돌아본 나는 또 놀랐다. 맑고 젖은 눈은 분명히 아버지의 눈이 아니었다. 아버지는 완전히 딴사람이 되어있었다. 나는 아버지 앞에 얼어붙은 듯 정지했다. 여태껏 정지는 아버지의 몫이었다. 생애 첫 대면 이후, 아버지는 내게 무시와 증오의 대상일 뿐이었다. 그런 아버지 앞에 잔뜩 주눅 든 채 정지되어있는 건, 바로 나다.

"철민아, 엄마 어디니?"

아버진, 다 알고 있었나? 자신의 아내가 나비가 되어 흐린 가을 노을 속으로 훨훨 날아간 걸 어떻게 알았을까? 늘 자신의 세계 속에 갇혀서 주검처럼 바깥을 차단하고 살아왔던 사람. 아버진 도대체 어떤 경로를 통해서 엄마의 죽음을 알았을까. 무거운 철 대문을 사이에 두고 두 사람은 어떤 대화를 주고받았을까? 나는 아버지에게 이끌리기 시작했다. 생애 처음이었다.

나는 아버지를 엄마가 날아간 곳에 데려갔다. 아버지의 작은 몸뚱어리가 노을을 받아 붉게, 붉게 채색되었다. 나는 그의 등 뒤에 붙어있었다. 생애 첫 만남 이후, 내가 아버지의 뒤에 있는 건 처음이다. 아버진 늘 부록 같은 존재였다. 이제 내가 그의 부록이 되었다. 그런데 이 반전이 전혀 어색하지 않았다. 오히려 그동안 잃어버렸던 제자리를 찾은 것 같은 느낌이었다.

철민아, 아무래도 안 되겠구나. 네 아버질 못 보고 갈 것 같다. 나 없어도 아버지 꼭 모시러 가야 한다. 세상에서 가장 외롭고 쓸쓸한 분이시다. 그래도 네가 있어서 다행이구나. 철민아, 그리고 두부……

엄마는 이승에서의 마지막 말을 두부로 끝맺었다.

"철민아, 담배 한 대 붙여다오."

나는 아버지에게 담배를 붙여주었다. 이마보다 낮은 콧구멍으로 연기가 올라왔다. 붉은 아버지가 하얀 담배 연기를 뿜었다. 비처럼 노을을 맞고 있는 아버지의 실루엣은 멋있었다.

"이곳이니? 네 엄마 떠나보낸 자리?"

아버지는 대답도 듣지 않고 무릎을 꿇었다. 나는 처음으로 아버지의 확신을 목격했다. 아버지는 가방의 지퍼를 열더니 뭔가를 주섬주섬 꺼냈다. 정성과 진심이 가득 담긴 동작이었다. 나는 아버지에게 다가갔다. 우리는 생애 세 번째로 나란히 섰다. 가을 노을이 붉게 펼쳐진 곳, 나비가 날기에 더없이 좋다.

"봐라!"

아버지의 얼굴은 자랑스러움이 그득했다. 엄마를 위한 제상이 차려져 있었다. 막걸리 한 통, 손바닥만 한 깍두기 네 개, 얼어붙은 순대 여덟 개.

"네 엄마를 위해⋯⋯."

아버지는 끝내 말을 잇지 못했다. 우리는 생애 처음으로 노을 앞에 나란히 섰다. 우리 앞을 노란 나비가 훨훨 날아갔다.

"네 엄말 위해⋯⋯ 마련한 거다. 맹세하마. 이번이 정말 마지막이다."

나는 이번이 마지막이길 간절히 바랐다. 아버지의 거짓 맹세에 한 평생을 속았던 엄마, 그러나 이번만큼은 믿을 수 있을 것 같았다. 처음 보는 아버지의 젖은 눈과 꽉 다문 입은 내게 확신을 주고도 남았다.

아버지는 붉게 펼쳐진 노을을 향해 절을 올렸다. 가을이 점점 깊어갔다. 붉었던 노을도 제빛을 잃어갔다. 밤이 많이 길어졌다. 그만큼 낮은 짧아졌으리라. 잃으면 얻어지고, 비워지면 그만큼 채워지는 것이 인생의 법칙이다. 3일 전, 엄마는 홀연히 떠났다. 엄마의 몸에서는 진한 두부 냄새가 났었다.

"앉자."

나는 아버지를 마주하고 앉았다. 해골 같은 얼굴에 짙은 어둠이 내렸다. 아버지는 다시 어눌하고 느린, 남의 속을 박박 긁는 어투로 말을 꺼냈다. 길고 긴, 깊고 깊은 넋두리였다. 생애 처음으로 들어보는 아버지의 넋두리.

그녀의 아버지는 도둑이었다. 도둑의 딸은 엄마와 함께 두부를 들고 아버지를 만나러 가곤 했다. 그녀는 두부 냄새가 징그럽게 싫었다. 두부 자체가 싫었다. 빗질 잘 된 작은 공터에서 엄마가 철 대문이 열리길 기다리는 동안, 그녀는 신에게 도둑 아버지가 철문 안에서 죽기를 간절히 빌었다. 그러나 그녀의 기도는 항상 물만 먹었다. 더 기가 막힌 것은 그녀의 신이 화살을 잘못 겨눈 것이다. 엄마는 겨우 철이 들까 말까한 그녀에게 철 대문 속의 아버지를 남겨두고 나비가 되었다.

그녀는 빗질 잘 된 작은 공터 앞 찬란한 가로수 길에서 두부 파는 여자가 되었다. 철 대문 안을 제집 드나들 듯하는 아버지에게 두부를 먹이다가, 아예 생계 수단이 되었다. 두부 자체를 징그럽게 싫어하던 그녀였다.

어느 날, 자기가 팔던 두부를 들고 철 대문 앞 빗질 잘 된 작은 공터에서 아버지를 기다리던 그녀에게 신이 마침내 응답을 주었다. 그날, 아버지는 걸어서 철 대문을 나오지 못했다. 아버지의 주검 앞에서 그녀는 참으로 크고도 소리 없는 통곡을 했다. 어릴 적부터 아버지가 죽기를 빌고 빌었던 그녀에겐 낯선 감정이었다. 세상에 홀로 남겨졌다는 것이 공포라는 걸 그녀는 처음으로 느꼈다.

아버질 보내고도 그녀는 찬란한 가로수 길을 떠나지 못했다. 외로운 그녀 앞에 더 외로운 한 사내가 나타났다. 아버지의 환생 같은 사람. 두부를 먹여주는 사람 하나 없이, 오직 카키색 가방만을 보물처럼, 아니 혈육처럼 품에 안고 세상과는 어울리지 않는 묘한 걸음걸이로 가로수 길을 지나가던 그를 그녀는 자주 보게 되었다. 그녀가 그에게 최초로 준 선물은 다름 아닌 두부였다. 그녀가 준 두부를 한 입 베어 물고 그 남자가 해골 같은 웃음을 흘린 날, 그녀는 옷을 벗었다.

서울 변두리 초라한 동네는 이미 어둠이 짙게 깔려있었다. 마을 끝 유일한 가로등 밑에서 우리는 생애 마지막으로 나란히 섰다.

"철민아, 고맙다."

버스의 불빛을 본 아버지가 서둘러 말했다. 나는 여전히 침묵을 지켰다. 길고도 짧은 시간이 무사히 지나가고 버스가 도착했다. 아버지는 버스에 오르면서 고개를 돌려 나를 쳐다보았다. 빛바랜 낡은 흑백사진 같은 얼굴. 아버지를 태운 버스는 저쪽 어둠 속으로 돌진했다. 엄마와의 연으로 지겹게 연결되었던 아버지와의 끈이 마침내 끊어졌다. 난 기뻐 날뛰어야 맞다. 홀로 축배라도 들어야 옳다. 아버지를 태운 버스가 사라진 어둠의 끝, 그곳에 시선을 박은 나는 전혀 기쁘지 않고…… 슬프다.

나는 어둠을 향해 울음 묻은 소리를 질렀다.

"아버지! 오래오래 사세요!"

동네 유일한 가로등 불빛 아래서 나는 한 통의 편지를 꺼냈다. 엄마의 유품에서 발견한 거였다. 그걸 아버지에게 전해주려고 오줌도 싸지 않겠다고 맹세한 가로수 길과 빗질 잘 된 작은 공터를 찾았는데, 버스와 그를 결국 빈손으로 보내고 말았다.

그때, 내게로 한 마리 나비가 날갤 팔랑이며 날아왔다. 늦가을 밤, 변두리 초라한 동네의 유일한 가로등 밑으로.

나비에게 이끌려 버스가 지나간 도로 한가운데 서서, 나는 손나발을 만들어 소리쳤다.

"아버지! 엄마가 아버질 영원히 사랑한데요!"

무릎을 접고 엎드린 내 머리를 지나 계절에 어울리지 않는 한 마리 날 것이 가로등 불빛을 향해 곤두질 쳤다.

마지막으로 쉰 두부 냄새가 천지를 진동하였노라.

슈퍼맨, 날다

아, 아버지는 내게 어떤 새로운 유언을 하실지도 모른다.
점점 잠이 온다. 이제 눈꺼풀조차 감당할 기력이 없다.
아버지의 새로운 유언을 들으러 가야겠다.
날지 못하는 슈퍼맨으로 살아갈 수는 없다.
찍새, 너 죽었어!

1

나는 그녀를 본다. 차마 정면으로 보지도 못하고, 겨우 곁눈질만 할 뿐이다. 그녀가 나를 의식하고, 안 하고는 문제될 것이 없다. 왜냐하면 나는 지금 짝사랑 중이니까.

지금 그녀는 분장을 하는 중이다. 입술꼬리가 광대뼈까지 올라가게 빨간색으로 덧칠을 하고, 코와 입술 사이에 하얀색으로 고양이수염을 그려 넣었다. 마지막으로 파도처럼 찰랑거리는 긴 검은 머리카락을 모아서 위로 틀어 올린 다음에 검은 마스크를 썼다. 몸의 윤곽이 적나라하게 드러나는 검은색 가죽옷은 그녀의 섹시함을 더해주었다. 어떤 남자든지 군침을 흘릴만한 끝내주는 몸매의 소유자인 그녀는 화장대 위에 놓여있던 채찍을 잡았다.

그녀로부터 눈길을 거두고, 나도 분장에 박차를 가했다. 그녀에 비하면 내 분장은 간단한 편이라 해찰을 떨었는데, 결국 시간에 쫓기게 됐다. 헤어스프레이로 머리를 그럴듯하게 매만지고, 얼굴에 간단히 분을 바르고 일어났다. 파란 가슴엔 S 자가 선명하게 찍혀있고, 나는 부끄러운 줄도 모르고 빨간색 팬티를 입고 있다.

출동할 시간이 다 되었다. 머리카락 두서너 올을 오른쪽 이마 밑으로 흘러나오게 만들면서, 채찍을 들고 서 있는 그녀의 옆모습을 힐끔 쳐다봤다. 길게 늘어진 검은 채찍이 잘 어울렸다. 하긴 대걸레 자루를 들고 있어도, 그녀의 섹시한 모습에 전혀 누가 되지 않을 것이다. 눈이 부셔서 제대로 쳐다볼 수 없을 만큼 아름다운 그녀, 검은 마스크 사이로 빛나는 서늘한 눈매를 나는 영원히 잊을 수 없으리라.

"슈퍼맨 팀은 종로로, 배트맨 팀은 명동으로! 모두 서둘러!"

자칭 매니저, 타칭 깡패인 백두산이 들어서자마자 불호령을 질렀다. 언제, 어디서 봐도 재수 없는 놈이지만, 우리는 절대 그의 명령을 거역할 수 없다. 우리들의 밥줄을 쥐고 있기 때문이다. 신제품 설명과 샘플, 경품, 주 고객층 등에 관한 브리핑은 이미 아침조회 때 귀에 딱지가 덕지덕지 앉도록 들었던 터라, 백두산의 명령에 따라 출동만 하면 된다.

지하주차장에는 우리를 실어 날라줄 9인승짜리 늙은 봉고가 한숨을 푹푹 내쉬고 있었다. 도합 10명인 우리는 에어컨도 작동되지 않는 9인승짜리 봉고에 짐짝처럼 실렸다.

"굼벵이 고기를 삶아 먹었나? 뭘 꾸물거려, 어서어서 타! 시간 없어."

백두산이 감히 팀장인 나, 위대한 슈퍼맨의 빨간 엉덩이를 함부로 걷어찼다. 어떻게 되먹은 놈이 소리를 지르지 않고는 어떤 말도 할 수 없는 희한한 구강구조를 가지고 있었다. 사랑의 밀어를 속삭일 때도 고함을 지를 게 뻔하다. 나는 봉고 속으로 구겨져 들어가면서 거칠어진 숨을 고르며 견딘다. 바싹 약이 오른 힘줄을 뚫고 피가 솟구칠 것 같은 분노를 누른다. 아까도 말했거니와, 놈은 나와 우리들의 밥줄을 뭐 잡듯이 꽉 쥐고 있다.

"출발!"

백두산의 명령에 늙은 봉고는 눈살 한번 찌푸리고는 김빠지는 소리를 여러 번 내더니 힘겹게 바퀴를 굴렸다. 어두운 주차장을 빠져나오자, 도심의 하늘에는 빨간 노을이 피어나기 시작했다. 조수석에 앉아있는 그녀의 검은 어깨가 노을빛과 어울려 짙은 갈색으로 변했다. 나는 하늘과 그녀의 갈색 어깨를 번갈아 쳐다보며 종로까지의 짧은 여행을 즐겼다. 그녀가 있어서, 무조건 행복했다.

"종로 내려요."

운전사가 관철동 입구에다 차를 세우더니 뒤도 안 돌아보고 쉰 목소리로 소릴 질렀다. 이제 그녀와 헤어질 때다. 나는 팀원인 악당 두 놈과 한 명의 프리마돈나, 그리고 막내인 찍새를 앞세우고 옛 종로서적 골목 입구에서 하차했다. 검은 마스크 밑으로 드러난 그녀의 날이 선 콧날과 갸름한 턱 선이 얼핏 보였다가, 사라졌다.

"뭐해요, 슈퍼맨? 정신 나간 사람처럼."

슈퍼맨의 영원한 애인, 로이스 레인이 넋을 빠뜨리고 있는

내 옆구리를 찔렀다. 노랑 물을 들인 바가지 머리가 참새처
럼 뾰족 튀어나온 주둥이만큼이나 밉살스러웠다. 저런 년을
로이스 레인으로 캐스팅한 백두산의 안목도 알만하다. 그러
나 몸매만큼은 뭇 사내들의 혀를 늘어지게 만들 만 했다.

"막내야, 앞장서라!"

나, 슈퍼맨의 명령을 받은 찍새는 뭐가 그리도 신이 나는
지 토끼 뛰기를 하며 뒷골목으로 접어들었고, 나와 레인의
뒤를 불세출의 우주 악당, 렉스 루소와 물건이 가득 들어있
는 박스를 어깨에 걸머진 천하장사 울프 선장이 뒤따랐다.

2

"형님들, 올라오세요."

좁고 어둔 계단 꼭대기에 서서 찍새가 방정맞게 손짓을
해댔다.

"너, 막내. 한 번만 더 잘못 찍은 거면 죽을 줄 알아."

잠시 땅바닥에 내려놓았던 박스를 끙, 한번 힘으로 가볍
게 가슴에 얹은 천하장사 울프 선장의 가짜수염이 땀 때문
에 떨어질 듯, 헐렁거렸다. 언제 봤는지 오지랖 넓은 레인 년
이 쏜살같이 달려와서 홍알홍알 콧소리를 내며 울프의 가슴
팍에 착 달라붙어서 수염을 붙여주었다. 울프는 바보 같은
웃음을 날리며 레인의 드러난 젖가슴을 감상하느라고 눈알

이 돌았다. 사무실에서 레인의 오른쪽 젖꼭지 옆에 붙어있는 손톱만한 점을 못 본 남자는 없을 것이다.

"잘들 놀고 있네."

렉스가 검은 망토를 휘날리며 어둠의 터널 속으로 먼저 첫 발을 내디뎠다. 역시 우주 대 악당다운 풍모였다.

"젊고 아름다우신 여러분! 나누던 정담 잠시 접어두시고 여기를 봐주시기 바랍니다."

주객들의 붉은 눈이 내게로 모아졌다. 나는 붉은 망토를 폼 나게 뒤로 제치고 가슴을 불쑥 내밀었다. 우람한 가슴에 새겨진 붉은색 S 자가 선명하게 살아나 승천하는 용처럼 꿈틀거렸다. 여자들의 자지러지는 비명이 주점 안을 울렁울렁 메아리쳤다. 슈퍼맨의 우람한 파란 가슴을 보고 자지러지지 않을 여자가 있을까?

"주류계에 태풍을 몰고 올 신세대를 위한 신개념 소주를 출시하기 전에 미리 젊고 아름다우신 여러분들에게 선보이고자 저희 어벤져스가 이렇게 출동했습니다. 이 슈퍼맨의 천적인 두 악당이 테이블마다 돌면서 견품용을 한 병씩 놓아드리면, 맛있게 드신 후에 솔직한 품평을 해주시기 부탁드립니다."

렉스와 울프가 박스를 열어 샘플 소주를 꺼내 한 아름씩 들고 주객들 사이를 도는 걸 확인한 나는 다시 마이크에 입을 갖다 댔다.

"뮤직, 큐!"

찍새가 음악을 틀자 레인은 기다렸다는 듯이, 무대 위로 폴짝 뛰어오르더니 뇌쇄적인 댄스에 시동을 걸었다. 남자들의 눈이 모아지자, 레인은 더욱 신바람이 나서 아예 발광을 떨었다. 풍만한 가슴을 내밀고 요동을 치자 객석은 흥분의 도가니로 빠져들었다. 열광적인 반응에 필이 충만해진 레인은 그냥 놔둬도 아슬아슬하기 짝이 없는 미니스커트를 허벅지 위로 걷어 올렸다. 허옇고 살진 허벅지가 드러났다. 남자들의 눈엔 핏발이 서고, 입가엔 허연 거품이 고였다. 동석한 걸프렌드가 아무리 게눈을 뜨고 흘겨봐도, 수컷들의 눈은 이미 돌아갔다. 아무튼 낯짝 하나만큼은 우주최강인 년이다. 무대 밑에 쪼그리고 앉아있는 찍새 녀석도 꼴에 사내랍시고 레인의 치마 속을 훔쳐보느라고 눈알이 바빠졌다. 음악이 잦아들고, 레인의 지랄발광 댄스도 잦아들었다. 내가 다시 마이크를 잡자, 꺼지라는 야유가 쏟아졌다. 그러나 나는 개의치 않고 돌진했다.

"너무 아쉬워하지 마십시오, 여러분. 지금부터 이 슈퍼맨의 영원한 애인, 금발의 로이스 레인 양이 각 테이블마다 돌면서 경품권을 한 장씩 나눠드릴 겁니다. 추첨을 통해서 푸짐한 경품도 드릴 겁니다. 자, 레인 양! 스타트."

레인이 미니스커트를 아예 뒤집어 까고 무대 밑으로 뛰어내렸다. 여기저기서 휘파람 소리가 작렬했다. 정수리 끝까지 신바람이 난 년은 경품권이 든 투명한 박스를 커다란 가슴

위에 얹고서 테이블 사이사이를 곡예하듯이 헤집고 다녔다. 남자들의 음흉한 손이 불쑥불쑥 나타나서 그녀의 치마 속으로 들어왔지만, 전혀 개의치 않았다. 오히려 레인은 즐기는 듯 음탕한 웃음을 흘렸다.

울프와 렉스는 그들이 맡은 역할을 다 하고 빈 박스를 깔고 앉아서 진짜 악당 같은 포즈로 담배를 꼬나물었다. 울프는 담배 연기 사이로 나타났다, 사라졌다 하는 레인의 모습을 한 올도 놓치지 않으려고 연신 고갯짓을 해댔다. 울프는 레인이 보일 때마다 먼 손짓을 했지만, 레인은 거들떠도 보지 않았다. 원래 짝사랑은 표 나지 않는 사랑이다. 말하자면, 마스터베이션이다. 게다가 레인이 백두산의 여자라는 건 알 만한 사람은 다 안다. 순진한 악당, 울프의 외로운 사랑은 그래서 더욱 쓸쓸하다.

"자, 이제 추첨을 시작하겠습니다. 가지고 계신 경품권의 번호를 잘 확인해주시기 바랍니다."

웅성거림이 잠시 일었다가 긴장감으로 주점은 어울리지 않는 침묵으로 빠져들었다. 번호를 호명할 때마다 환호와 아쉬운 탄성이 교차되고, 희망을 잃은 술꾼들은 다시 본연의 모습으로 돌아왔다.

일을 마친 팀은 나, 슈퍼맨을 선두로 좁고 어둔 계단을 일렬로 내려왔다. 벌써 하루가 새카맣게 죽어있었다. 울프는 여전히 레인의 터질 것 같은 젖가슴에 미련을 떨쳐내지 못했고, 렉스는 그런 울프를 안쓰러워했다. 막내인 찍새는 아직도 흥이 남았는지 어깨춤을 춰댔다.

"가자!"

나는 우주의 최강자 슈퍼맨답게 명령을 내렸다. 이제 우리는 실내포장마차 '金'으로 가야만 한다. 그곳에 우리의 밥줄을 꽉 쥐고 있는 백두산이 기다리고 있기 때문이다. 백두산, 이름만 생각해도 재수 없는 시발 놈. 나는 한 움큼의 침을 모아서 허공으로 날렸다. 찍새가 '각설이 타령'을 부르면서 앞장서서 갔다.

"작년에 왔던 각설이가 죽지도 않고 또 왔네."

"그만해, 이 거지새끼야!"

우주 악당 렉스가 바위만한 주먹을 불끈 쥐며 위협했지만, '각설이 타령'은 멈추지 않았다.

"얼씨구 씨구 들어간다. 절씨구 씨구 들어간다, 작년에 왔던 각설이가 죽지도 않고 또 왔네. 여름 바지 솜바지, 겨울 바지는 홑바지. 삼자 한자나 들고나 보소, 삼일빌딩 호화판. 구자나 한자나 들고나 보소, 구세주가 와야 할 판. 어허이 품바가 잘도 헌다, 어허이 품바가 잘도 헌다, 품바 허고 잘도 헌다, 품바 허고 잘도 헌다, 얼씨구 씨구 들어간다, 절씨구 씨구 들어간다……."

종로의 밤은 저대로 깊어만 갔다.

3

'金', 백두산의 재수 없는 실루엣이 단연 돋보였다. 찍새의 구슬픈 타령은 이미 끝났다. 문을 열고 들어서자, 후끈한 열기가 얼굴로 쏟아졌다. 명동 팀은 이미 한잔씩들 걸친 얼굴이었다. 나의 그녀는 어린 로빈 옆에 앉아서 빨간 홍당무를 아삭아삭 씹고 있었다. 빨간 채소가 그녀의 빨간 입안에서 소멸되어 가는 모습이 나를 흥분시켰다. 그녀의 입안에서 죽어가는 홍당무가 부러워죽겠다. 찍새는 또래의 로빈을 발견하자마자, '하이!' 촐싹거리더니 틈새를 비집고 들어앉았다. 고담시의 슬픈 악당, 펭귄 인간과 부조리한 악한 조커가 술잔을 부딪치다 말고 눈살을 찌푸렸지만, 찍새는 막무가내다. 오히려 착한 로빈이 악당들에게 선한 얼굴로 양해를 구했다.

"다 모였나?"

백두산이 털이 숭숭한 가슴에서 10장의 봉투를 꺼내, 일일이 호명을 하면서 나눠줬다. 밥줄을 쥐고 있는 절대자답게 거들먹거리는 놈의 턱을 당장 뽀사뜨리고 싶지만, 슈퍼맨은 오늘도 참는다.

"슈퍼맨!"

"네! 감사합니다."

나는 잠시 집 나갔던 정신을 수습하고 발딱 일어나서 봉투를 두 손으로 받들었다. 봉투가 가르르릉 풍 맞은 노인의 기침처럼 떨었다. 그녀는 여전히 빨간 무를 서걱서걱 씹고 있었다.

"캣우먼!"

고양이 여인은 남은 당근을 남겨두고 봉투를 받자마자 홀연히 떠났다. 떠난 자리를 두고 남은 자들이 까기 시작했다.

"저년은 너무 도도하다니까. 지가 잘났음 얼마나 잘났다고. 이 바닥에서 일하는 것들이야 다 도진개진이지."

조커가 웃는 낯짝으로 성을 내면서 남은 술을 홀짝 비웠다. 언제나 웃어야만 하는 악한은 정말 부조리하다.

"그래도 몸매 하난 끝내주잖아."

펭귄 인간이 손으로 묘한 모양을 그리면서 오르가슴을 흉내 냈다.

"보기만 하는 떡이 무슨 떡이래? 먹어야 떡이지. 암튼 난 잘난 체하는 년은 가랑이 쫙 벌리고 대줘도 싫어."

조커는 여전히 웃고 있었다.

"맞아요. 지 돈만 챙기면 인사도 없이 싹 사라져버리고. 아무튼 재수대가리 없어."

레인 년이 거들면서 웃는 악당의 빈 잔을 가득 채워주었다.

"그럼, 그럼. 누가 뭐래도 우리 레인 양이 최고지, 암. 안 그래요, 매니저님?"

조커가 궁살 맞게 백두산을 쳐다보며 히죽거렸다. 이제야 얼굴값 한다. 백두산은 아무 대꾸도 않고 막내인 찍새와 로

빈에게 마지막 봉투를 나눠주고 닭발과 대합을 추가했다.

"야, 슈퍼맨!"

"넷!"

백두산의 느닷없는 호명에 나는 입술까지 닿았던 술잔을 황급히 거두고 슈퍼맨답게 건강한 목소리로 대답했다.

"야, 이제 그 가슴팍에 집어넣은 뽕은 좀 빼라! 보는 내가 갑갑하다, 어!"

"넷!"

나는 대답과 동시에 뽕을 뺐다. 뽕 빠졌다. 뽕을 넣을 필요가 없는 배트맨이 우람한 근육을 선보이며 닭발을 똑똑 부러뜨리면서 비웃었다. 백두산 다음으로 재수대가리 없는 시발 놈이다. 슈퍼맨의 우람한 가슴이 바람 빠진 풍선처럼 잦아들었다. 주점에서 뭇 여성들의 가슴을 설레게 했던 위대한 S 자는 소문자로 퇴화하더니 종말엔 스스로 점멸했다. 나의 그녀가 보지 않아서 다행이다. 슬픈 일이고, 분노할 일이지만, 나는 참기로 한다. 히어로의 덕목 중에 인내심은 제1요인이다. 바람 빠진 나는 슬그머니 그녀가 앉아있던 자리로 옮겨 앉았다. 따스한 체온과 고양이 특유의 비릿한 체취가 그대로 남아있었다. 이빨 자국이 선명한 반 토막의 홍당무를 보물처럼 집어 든 나는 떨고 있다. 홍당무보다 더 붉은 그녀의 입술 자국이 나에게 미소를 보낸다. 더워진 속을 홍당무로 시원하게 가심하고 나니, 기분이 조금 나아졌다. 그녀가 내 안으로 들어왔다.

백두산이 해산을 명할 때까지 술자리는 계속되었다. 시작도 끝도 그가 주도했다.

4

휴대폰은 일주일째 죽었다. 일주일 전에 받은 수당은 이미 바닥났다. 계란도 없는 라면으로 세 끼를 때운 지도 이틀이나 넘었다. 천하의 재수 없는 백두산의 전화를 첩년 가랑이 바라듯이 기다려야 하는 신세라니, 뽕 빠진 슈퍼맨의 가슴은 슬플 뿐이다. 그녀는 무엇을 하고 있을까? 여태까지 고양이 같은 잠을 자고 있을까?

애벌레처럼 방구석에서 뒹구는데도 싫증이 난 나는 먹을 것도 다 떨어진 곰팡내 풍기는 골방을 일단 벗어나기로 했다. 무작정이라도 걷다 보면 막히고 쌓인 속이 조금은 누그러지리라.

거리는 이미 어둠을 준비하고 있었다. 나는 귀가를 서두르는 사람들과는 정반대로 거슬러 올라갔다. 어깨 부딪힘이 잦았지만, 천하의 히어로답게 참았다. 해는 진즉에 들어갔지만, 기온은 30도를 웃돌았다. 나는 지하철을 타기 위해서 지하세계로 발을 들여놓았다. 기상청 관측 이래 최고의 더위에 지친 사람들은 표정 잃은 얼굴로 늘어서 있었다. 열차가 곧 들어오니 노란 선 밖으로 나가지 않으면 죽여 버리겠다는 협박에 시키는 대로 딱 한 발짝 물러났다. 열차와 승강장 사이가 넓으니 조심하라는 공갈에 협박당한 사람들은 겁먹은 표정을 지으면서 올라탔다. 나도 그들 중에 끼어있었지만, 다행히 아무도 내가 외계에서 온 슈퍼맨이라는 걸 눈치 채지 못했다. 대우주의 기밀이 누설되면, 지구는 해일 같은 혼란에 빠져들고 말 것이다.

단오절 씨름대회에서 우승을 차지한 아버지는 매머드의 상아처럼 멋진 뿔을 가진 황소를 타고 마을을 돌았다. 동네 아줌마들이 엄마를 부러운 눈으로 흘기면, 엄마는 늘어진 젖퉁을 챙겨 올리며 때 아닌 폼을 잡곤 했었다. 아버지는 우리 마을의 진정한 슈퍼맨이었다. 반면에 나는 슈퍼맨의 자랑스럽지 못한 아들이었다. 동네 아이들에게 얻어터져 코피를 흘리고 들어오면, 아버지는 마루턱에 앉아 담배를 꼬나물고 연신 혀를 찼다. 어린 나는 그런 아버지가 무서워서 터진 코를 움켜쥐고서 터져 나오려는 울음을 목구멍 너머로 삼켜야만 했었다. 비릿한 피 냄새가 콧물과 함께 넘어왔었다.

이번 역은 종로 삼가, 종로 삼가역입니다. 내리실 문은 왼쪽입니다. 종로라는 말에 나도 모르게 사람들을 따라 하차했다. 무의식의 우화. 하긴 목적지를 정해놓고 나온 것도 아니므로 어디든지 상관없다.

젊은 장사에게 내리 두 판을 진 후, 아버지는 시름시름 앓기 시작했다. 엄마가 백방으로 약을 써봤지만, 원인조차 알수 없었다. 자리를 차지하고 누워있는 동안에도 아버지는 늘 모래판을 그리워했다. 씨름을 잃은 아버지에게 삶은 아무런 의미도 없었다. 아버지는 임종을 지킨 멸치 대가리처럼 비쩍 말라비틀어진 아들에게 '쯔쯔쯔'를 유언으로 남기고 돌아가셨다. 당신의 복수를 부탁할만한 변변한 아들이 아닌 나를 한심한 눈으로 끝까지 노려보다가 명줄을 놓으셨다.

종각 쪽으로 타박타박 걸었다. 어둠이 홍시처럼 익어갔다. 탑골공원과 낙원상가를 지나 YMCA 건물 앞에 도착했다. 고향에서 고등학교를 마치자마자, 말 그대로 청운의 꿈을 품고 상경한 나는 종로의 한 작은 인쇄소에서 첫 사회생활을 시작했었다. 제대를 하고 와보니 인쇄소는 이미 문을 닫은 뒤였다. 일 년을 하는 일 없이 비렁뱅이로 빌어먹다가 우연히 전봇대에 붙어있는 광고지를 보고 찾아간 곳이 백두산이 운영하는 소규모 이벤트 사무실이었다. 찍새로 시작해서 뽀빠이, 타이거마스크를 거쳐서 지금, 슈퍼맨의 자리에 이르렀다. 종로는 내게 제2의 고향이다.

군대에 있을 때, 나는 엄마의 부음을 들었다. 비록 멸치 대가리에도 못 미치는 놈으로 운명 직전의 아비에게까지 무시를 당했지만, 적어도 엄마에게만은 눈에 쑤셔 넣어도 아프지 않을 소중하고도 빛나는 아들이었다. 군복을 입은 나를 보고 병상의 늙은 여인은 주름진 눈가로 눈물을 쏟아내며 세월만큼이나 거칠어진 손을 내밀었다. 엄마의 손이 점점 싸늘해지는 것을 느꼈다. 슈퍼맨의 아내로, 멸치 대가리의 어미로 영욕의 세월을 살아온 여인이 이제 세상과 작별하려고 한다. 엄마는 '쯔쯔쯔' 대신에 '네가 정말 자랑스럽구나!'라는 제대로 된 유언을 남기고 이승에서의 고단한 삶을 마감하셨다. 주름진 눈가에는 허연 눈물 자국이 말라비틀어졌다.

굳은 발목을 풀고 다시 시동을 걸었다. 말 그대로 대박의 꿈을 품고 복권 다섯 장을 구입했다. 이제 주머니는 텅텅 비었다. 나는 관철동 골목으로 몸을 돌렸다. 사람이란 동물은 자신의 구역을 벗어나지 못한다. 일주일 전에, 찍새의 뒤를 따라왔었던 바로 그 자리에 서 있었다. 우리 팀이 멋진 슈퍼맨 쇼를 했던 주점의 간판이 이제야 병아리 눈곱만큼 불기 시작한 밤바람에 가냘프게 흔들렸다. '酒客全道', 상호도 이제야 눈에 들어왔다. 계단이 황금색이라는 것도 이제야 보였다. 일할 때는 관심 밖이었던 것들이 지금은 내 안으로 쏙쏙 들어왔다. 문득 주점의 주객이 되고 싶어졌다. 마음껏 술을 마시고, 큰소리로 안주를 주문하고, 주인장을 불러 옆에 세워놓고 말도 안 되는 불평도 늘어놓고……. 나는 주점의 진정한 주인을 꿈꾸었다. 문제는 돈. 자본주의 사회에서 돈이 없다는 것은 치명적이다. 차라리 간이나 쓸개가 없는 편이 낫다. 흔들리는 간판, '酒客全道' 밑에서 궁리 끝에 찍새에게 전화를 때렸다. 사는 곳이 종로와 가장 가깝고, 지구상에서 내 말을 거역하기 힘든 유일한 인간이며, 또한 사고 무친인 그를 방구들로부터 불러낼 족속이 없을 거라는 이유 등으로 찍새는 나한테 찍혔다. 예상은 적중했다. 찍새는 바람처럼 달려가겠노라고 대답했다. 봉을 잡아놓은 나는 유유자적하게 황금계단을 올라갔다. 찍새를 찍은 가장 큰 이유는 은근히 돈이 많다는 점이다.

목청을 돋우어 파전과 동동주를 주문한 다음에 다리를 꼬았다. 꼰 세상은 달라 보였다. 시야가 멀어지고 무릎이 높아졌다. 턱이 당겨지고 세상이 턱 아래 놓였다. 저절로 신바람이 나서 동동주를 연거푸 마셨다. 파전에는 파가 보이지 않았다. 젓가락으로 헤집어보니, 겨우 두어 가닥이 숨어있었다. 빌미를 잡은 나는 손을 번쩍 들어 종업원을 불렀다. 녹색 유니폼을 입은 소녀가 번개처럼 달려왔다.

"주인 좀 보자."

"네?"

"주인 좀 보자니까."

"누구시라고 전해드릴까요, 손님?"

"그냥 할 말이 있어서 그래."

"네."

짧게 대답하고, 소녀는 내실로 들어갔다. 나는 파전 위에다가 담뱃재를 털었다. 파 없는 파전은 세상에 남아있을 가치가 없다.

"찾으셨습니까, 손님?"

건장한 체구의 사내가 두 손을 앞으로 모으고 서 있었다. 뺨에 난 깊은 칼자국은 한때 골목 하나쯤은 한 손으로 쥐고 흔들었다는 걸 보여주었다. 그러나 나는 겁먹지 않는다. 지금 나는 손님이다. 이 사회의 생리를 누구보다 잘 아는 나는 턱 끝으로 파전을 가리켰다. 그의 눈이 파전으로 쏠리자, 나는 장황하게 불평을 늘어놓았다.

"죄송합니다, 손님. 지적해 주신 거에 대해 감사드리고, 파전 새로 해서 올리겠습니다. 동동주는 서비스로 하나 더 올리겠습니다. 죄송합니다."

주인 사내는 그 바닥의 화끈한 정서를 그대로 보여주었다. 기분이 고조된 나는 해물탕과 김치전을 추가로 주문했다. 주점에서는 주객이 황제가 되는 것이다.

찍새가 도착할 시간이 지나고도 남았는데, 올 기미도 보이지 않았다. 전화를 때려봤지만, '고객이 전원을 꺼놔서……'의 반복이다. 서비스로 나온 동동주를 다 비울 때까지도 찍새는 감감무소식이다. 그럴 리가, 그럴 리가 스스로를 달래면서도 불안감은 떨칠 수 없다.

손님들이 하나둘 자리를 뜨기 시작하는 시간. 테이블마다 켜있던 양초도 하나씩 꺼져갔다. 찍새는 오지 않을 것이다. 이제 황제의 자리에서 물러날 때가 되었다. 이렇게 될 줄 알

앉으면 객기라도 부리지 말 것을, 후회가 파도처럼 밀려왔다. 마무리를 하는 종업원들의 눈매가 무섭다. 떠날 자유가 있는 사람들이 마냥 부러웠다. 마지막 손님마저 무사히 계산을 치르고 떠났을 때, 나는 절망의 진정한 의미를 배웠다.

내실 문이 열렸다. 내 앞에서 두 손을 모으고 깍듯하게 예를 갖추었었던 칼자국이 나에게로 오고 있다. 그가 보여준 매너만큼 보복의 깊이가 정해질 터였다. 식은 해물탕 속에다 코를 박고 사망하고 싶다. 아까까지만 해도 우습고 만만해 보였던 흉터가 선연한 핏자국으로 클로즈업되었다.

"손님, 계산섭니다."

족발처럼 생긴 손이 계산서를 눈 밑에 내밀었다.

"저……."

"말씀하십시오, 손님."

꼬박꼬박 붙여주는 '손님'이란 단어가 비수가 되어 가슴에 팍팍 꽂혔다. 자본주의 사회에서 돈 없이 황제행세를 하려 했던 것, 그 자체가 죄다.

"실은 지금 돈이……."

돈이라는 말에 사내의 눈이 도끼처럼 날이 섰다. 뺨에 난 칼자국이 바람에 떠는 보검처럼 떨었다. 나는 무릎이라도 꿇고 용서를 빌어볼 요량으로 의자를 박차고 일어섰다. 바로 기다렸다는 듯이 그 순간이 왔다!

5

문짝이 떨어져 나가고, 유리창이 연거푸 깨지는 소리, 종업원들의 비명…… '酒客全道'는 순식간에 아수라장이 되었다. 그 바람에 나와 주인 사내는 한 몸이 되어 테이블 밑에 엎드렸다.

"모두 구석으로 붙어. 빨리, 빨리!"

남자는 여자의 목을 휘감은 채 칼을 겨누고 있었다. 뉴스에서나 봤던 인질극이 눈앞에서 벌어지고 있었다. 인질범은 인질을 질질 끌고 무대 위로 뛰어 올라갔다. 일주일 전에 레인 년이 지랄발광을 떨며 춤을 추던 바로 그곳. 인질범은 우리를 굽어보고자 했다. 너무 멀고 조명 때문에 눈이 부셔서 범인이나 인질의 얼굴을 확인할 수는 없었다.

"여기 주인이 누구야? 주인 일어나!"

테이블 밑에 함께 엎드려있던 주인이 갑자기 나를 쏘아보면서, 뺨에 난 칼자국을 씰룩했다. 나는 그때까지 그 살벌한 씰룩함의 의미를 알지 못했다.

"주인 나오라니까 뭔 개지랄하고 있어! 안 나오면 이 여자 죽이고, 여기 몽땅 불 싸질러 버릴 거다, 알았나?"

인질범의 협박에 종업원들은 두려운 눈빛으로 우리를 노려봤다. 갑자기 주인 사내가 내 손목을 잡아서 비틀었다.

"네가 나가. 이제부턴 네가 여기 주인이야, 알아들었어?"

이게 무슨 개뼈다귀 같은……. 그러나 팔목이 끊어질 것만 같았다. 인질범은 더 이상 기다릴 수 없다는 듯이 발을 구르며 괴성을 질렀다. 인질이 내는 귀신같은 흐느낌이 어둠을 타고 귓속까지 생생하게 달려왔다.

"이봐, 너는 여기서 죽으나, 저기 가서 죽으나 죽는 건 마찬가지야."

주인 사내가 팔목을 쥐어 비틀더니, 나를 억지로 일으켜 세웠다. 졸지에 나는 외로운 섬이 되어, 무대 위의 인질범과 정면으로 마주 섰다. 다리가 서리 맞은 잔가지처럼 떨렸다.

"네가 주인 놈이냐? 자, 이리로 올라와, 어서. 꾸물대지 말고!"

나는 손사래를 치며 강력하게 부인했지만, 범인은 나를 주인으로 확신했다. 주위를 둘러보며 구원을 요청했지만, 모두가 외면했다. 다들 나를 주인으로 미는 분위기였다. 졸지에 '酒客全道'의 사장님이 되고만 나. 아버지보다 더 출세한 나는 흔들리는 다리를 가누기가 너무나 힘들었다.

"뭘 그렇게 꾸물거려! 여기서 이 년 돼지는 꼴 보고 싶어?"

여자가 외마디 비명을 질렀다. 아버지였다면, 어떻게 했을까? '쯔쯔쯔', 아버지의 유언이 귓가를 때렸다. 죽는 순간까지 아들로 인정하고 싶지 않았던 못난 아들이 공짜 술 얻어먹으려고 수작 부리다가 급기야는 주인이란 누명을 뒤집어쓰고 목을 떼이게 됐으니, 이 무슨 비극인가.

"어서 올라와! 꼭지 돌면 나 못 하는 게 없는 놈이야!"

나는 어쩔 수 없이 첫발을 뗐다. 나를 사지에 몰아넣고 안

도의 숨을 내쉬는 싸가지 없는 연놈들도 있었다. 그들은 나를 위해서 길을 내주는 아량도 보여주었다. 눈물 나게 고마웠다. 무대가 점점 가까워졌다. 여자의 목을 겨눈 칼끝이 반짝였다.

지금 아무 의식도 없이 걷고 있다. 빛나는 칼과 가는 여자의 목이 오버랩되었다. 이상한 것은 가까워지면 질수록 범인의 얼굴은 점점 어둠 속으로 침잠했다. 멋진 뿔을 가진 황소의 등에 올라탄 아버지와 늘어진 젖을 추스르며 환호를 지르는 엄마, 그때가 우리 가족의 전성기였다. 상황과는 전혀 어울리지 않는 엉뚱한 기억들이 편린이 되어 오물오물 기어 나왔다.

"뭐해? 올라와!"

지금쯤 백두산은 레인을 타고 올라가 리듬을 맞추고 있을 것이다. 불쌍한 울프는 검은 하늘에 떠 있는 달을 향해 늑대처럼 울면서 사랑과 범벅이 된 분노를 달래고 있으리라. 내가 여기서 무사히 살아나간다면, 제일 먼저 할 일은 찍새의 머리통을 찍는 것이다. 무대 바로 밑에 서서 마지막으로 뒤를 돌아보았다. 칼자국은 어린 여자 종업원들 틈에 숨어서 머리통을 처박고 산만한 엉덩이를 덜덜거리고 있었다. 그는 나를 대신 인질로 보내놓고 질기디 질긴 목숨을 보전할 것이다. 이제 나는 그의 칼자국을 마음껏 비웃을 자격이 생겼다.

"어서 올라오라니까 무슨 지랄하느라고 꾸물거려?"

다시 아버지의 유언이 귓불에 닿았다. '나는 쯔쯔쯔가 아니라 아버지의 아들이다!' 나는 무대의 바닥을 집고 발목에 힘을 넣고 뛰어올랐다. 붕 뜨는 기분, 천당으로 가는 길이 이러할까? 나는 어느새 무대 위에 서 있었다. 멀리서 한 움큼으로 남은 사람들이 구더기처럼 꼬물거렸다. 허, 비웃음이 새어 나왔다. 쇼를 할 때는 몰랐는데, 내려다본다는 느낌이 바로 이런 것이었구나! 세상을 얻은 듯했다. 세상이 내 발밑에 납작 엎드려 있었다.

"이봐 주인장, 뭐 하고 있어? 올라왔으면 가까이, 이리 가까이 와야지."

이제야 범인의 존재가 눈에 들어왔다. '酒客全道'의 절대자가 따로 있다는 깨달음이 나에게 허탈감을 안겨주었다.

"꾸물거리지 말라고 여러 번 경고했을 텐데."

인질범은 여전히 어둠 속에 숨어있었다. 여자의 거친 숨소리만이 어둠을 타고 흘러나왔다. 우리는 과연 언제, 어떤 모습으로 이 대치를 끝낼 수 있을까? 이상한 일이었다. 20년 전, 한 시골 마을에서 사라졌던 장사의 힘이 혈관을 타고 온몸으로 전해져오는 기분, 나는 얼굴 없는 어둠을 직시했다.

"꿇어!"

멋진 뿔을 가진 황소의 등에 탄 남자가 아니라고 고개를 저었다.

"무릎 꿇어!"

조명에 반사된 칼끝이 시리도록 빛났다.

"꿇어!"

여기서 살아나갈 수만 있다면, 찍새 놈의 눈알을 찍어버릴 테다.

"꿇어, 제발!"

짝사랑을 끝내고 나의 그녀에게 진심 어린 프러포즈도 하고 말 테다.

"제발 꿇어다오!"

백두산의 뺨을 멋지게 갈겨줄 테다.

갑자기 무대 아래가 웅성거렸다. 머리를 처박은 한 움큼의 애벌레가 꿈틀거리더니 허리를 펴고, 무릎을 세워 인간이 되었다. 바위처럼 견고한 질서가 한 금, 한 금 균열을 나타냈다. 무대 위 절대자는 당황했다. 깊은 한숨이 새어 나왔다. 반대로 여자는 거친 호흡을 거둬들이고 잠잠해졌다. 세상의 뭔가가 바뀌어 가고 있었다.

"이봐, 제발 꿇으라니까!"

어둠 속의 사내가 쉰 목소리로 간청했지만, 나는 외면했다. 나는 그의 시대가 끝나가고 있음을 직감했다. 사람들이 무대를 향해서 천천히 밀고 왔다. 여자의 목을 겨눈 칼은 더 이상 빛나지 않았다. 빛을 잃은 칼이라니, 그건 '츠츠츠'였다. 나는 인질범과 인질을 향해서 발을 뗐다. 어두운 허공에서 칼끝이 바람맞은 창호지처럼 바르르 떨었다. 넌 지금 떨고 있어.

범인이 뭐라고 말을 하기도 전에 나는 몸을 날렸다. 더 이상 날지 못하는 슈퍼맨으로 살고 싶지는 않았다.

6

퇴화된 날개를 가진 비운의 새, 닭은 지붕에라도 올라
가 하늘 보기로 잠시 슬픔을 접는다고 했다. 닭아, 날아라!

사이렌 소리, 비명, 울음, 수많은 사람들의 발걸음 소리,
터지는 불꽃들, 아수라장……. 비린내가 입속 가득 번졌다.
어릴 적 코를 틀어막고 울음을 삼켰을 때, 목구멍으로 함
께 넘어왔던 그 비릿함. 잠이 왔다. '네가 정말 자랑스럽구
나!', 엄마의 거친 손을 다시 잡을 수만 있다면, 더 이상 원
이 없으리라.

누운 채로 몸이 허공으로 뜨는 순간, 주머니 속에 들어있
는 다섯 장의 복권이 생각난 것은 무지한 아이러니며, 부조
리다. 차라리 서늘한 눈매에 가냘픈 콧날, 갸름한 턱을 가
진 고양이 여자의 섹시한 몸매가 훨씬 어울리지 않았을까?

아, 아버지는 내게 어떤 새로운 유언을 하실 지도 모른다.
점점 잠이 온다. 이제 눈꺼풀조차 감당할 기력이 없다. 아버
지의 새로운 유언을 들으러 가야겠다. 날지 못하는 슈퍼맨
으로 살아갈 수는 없다. 찍새, 너 죽었어!

7

걸인, 각설이 타령을 홀로 읊조리다 전봇대를 발견하고 바지춤을 내린다. 일을 마치고, 진저리를 친 후에 전봇대에 붙어있던 광고지에서 전화번호 쪽지를 떼어 동냥 통에 넣고 허우적허우적 거리를 저어 간다, 대낮임에도 불구하고 마치 밤배처럼.

전봇대에 붙은 광고지 클로즈업.

슈퍼맨 구함

성별: 당연히 男
나이: 30세 전, 후

㈜ 백두산 이벤트 기획사
1987년 6월 10일

비둘기의 꿈

아드레나의 아버지는 딸의 눈을 따라갔다.
구름 사이로 햇빛이 어스름 비쳤다.
비둘기가 날 수 있는 거리가 아니다.
확신에 찬 그의 얼굴이 차츰 굳어갔다.
꿈을 꾸는 갈매기 조나단 리빙스턴의 환영이
하늘을 수놓았다.

"도시에 있는 모든 비둘기의 씨를 말리겠습니다, 여러분!"

시장은 이런 황당한 공약을 내걸고 당선됐다. 시장은 비둘기가 카오스의 대명사라고 믿었다. 비둘기로부터 그의 오랜 가치관인 코스모스를 보호해야만 한다는 의무감에 그는 사로잡혔고, 열정인지 광기인지 구분할 수 없는 흥분상태에 휩싸인 그는 시민들을 설득하는 데 성공했다. 지지도 3위를 달리던 그는 이 황당하기 이를 데 없는 공약을 발판으로 해서 2위 후보를 제친 다음에 이를 날개로 만들어 훨훨 날아서 마침내 시청에 입성했다. 그가 바로 도브시의 18대 시장인 핸 딕테이터이다.

그는 드물게도 약속을 지키는 정치가였다. 취임식을 마치자마자, 그는 도브시에 있는 모든 비둘기 조각상을 철거하는데 시 예산의 2%에 해당하는 80,000피죤루를 사용할 수 있는 조례를 통과시켰다.

"이건 시작에 불과합니다."

비둘기 조각상을 없애는데 시 예산의 2%를 사용하는 건 권력 남용의 극치라는 야당의 비판과 시민단체들의 항의에 핸 딕테이터 시장이 한 말이다. 그는 다리를 꼬고, 오른손으로 턱을 괸 매우 건방진 자세로 야당 대표와 시민단체의 지도자들을 만났다.

"그렇다면 다음 행보는 뭡니까, 시장님?"

배석한 기자가 시장에게 질문했다.

"다음 행보요? 공약한 대로 우리 도브시에서 모든 비둘기의 씨를 말릴 겁니다. 어디로 튈지 예측불허인 데다가 무시무시한 박테리아균을 아무 데나 털어내고 아침마다 음란한 소릴 짖어대는 불결하기 이를 데 없는 비둘기를 우리 다음 세댄 보지 않아도 될 것입니다."

핸 딕테이터의 어조는 확신에 차 있었다. 확신에 찬 정치가는 아름답다. 질문을 한 기자는 핸의 아름다움에 당장 매혹되었다. 아니, 시청 접견실에 모인 누구나가 다 그랬다. 심지어는 항의하러 온 야당 대표와 시민단체의 지도자들도 크게 다르지는 않았다.

"비둘기라는 글자, 그림, 사진, 심지어는 캐릭터라도 나온 책이 있다면 몽땅 분서할 계획입니다. 우리 아이들은 비둘기란 단어, 아니 그 존재 자체를 모르고 태어날 겁니다."

그는 접견실에 모인 모두가 자신에게 반했다고 판단했는지 아무도 묻지 않은 이야기를 스스로 꺼내는 용기를 보여줬다. 정치가가 스스로 카드를 꺼낼 때는 두 가지 이유가 있다. 어리석은 자이거나, 자신만만한 경우이거나. 아무래도 핸 딕테이터 시장은 후자인 경우일 것이다.

그런데 애석하게도 그 전대미문의 사건은 핸 딕테이터 시장이 고개를 쳐들고 소리를 지르려고 입을 벌린 바로 그 순간에 일어났다.

한 시간 전부터 시청의 시장 접견실 구석에 세워져 있는 병풍 뒤에 숨어있던 프리덤 리빙스턴은 아랫배를 타고 올라오는 경련을 도저히 참을 수 없는 지경에 이르렀다. 프리덤은 발목에 힘을 넣고 박차를 가하는 동시에 납회색의 날개를 활짝 펼쳤다. 푸드덕 소리를 내면서 프리덤은 병풍 뒤에서 날아올랐다. 그러나 병풍과 벽 사이가 매우 좁았기 때문에, 그가 날개를 요란스럽게 파닥거리면서 날아오른 곳은 겸연쩍게도 겨우 병풍 꼭대기에 불과했다.

프리덤은 위태위태하게 서서 폭이 좁은 병풍 꼭대기를 빨간색 갈퀴 발톱으로 움켜쥐었다. 윤이 반질반질 나는 회색 깃털이 낙엽처럼 떨어지는 광경을 프리덤은 애석한 눈으로 내려다보았다. 비둘기에게 깃털이란 명예며, 자존심이고, 과장하면 존재의 이유다. 깃털 빠진 비둘기라니, 프리덤 리빙스턴은 상상하는 것만으로도 공포의 전율을 느꼈다.

"비둘기다!"

누군가 병풍 꼭대기에 위태롭게 매달려서 뒤뚱거리는 프리덤 리빙스턴을 가리키면서 소리를 질렀다.

여기저기서 카메라 플래시가 번쩍번쩍 터졌다. 프리덤은 한쪽 날개를 꺾어서 눈을 가렸다. 도브시에서 비둘기는 가장 흔한 조류다. 오죽하면 발길에 차이는 게 돌맹이 다음에 비둘기란 말이 유행할 정도다. 너무 흔하다 못해서, 아예 투명한 존재라고 하면 이해가 좀 더 빠를 것이다. 시민들은 비둘기에게 관심이 없었고, 비둘기들 또한 시민들을 피하거나 겁내지 않았다. 서로 다른 세계에 사는 종족처럼 굴었다. 그러니까 쉽게 말하면, 적어도 도브시에서는 시민과 비둘기는 정확하게 동급이었다. 게다가 도브시의 곳곳엔 비둘기 조각상들이 쓰레기처럼 널려있었는데, 그 기법과 종류에 따라서 환조, 부조, 모빌, 오브제, 아상블라주 등 다양했다.

모험심이 강한 젊은 비둘기 프리덤 리빙스턴은 난데없는 주목과 관심, 그리고 뭐라고 표현할 수 없는 사람들의 괴이한 열정에 당황했지만, 그는 최대한 표정을 아꼈다. 리빙스턴은 자존심이 센 비둘기다. 그는 사방에서 터지는 카메라 세례를 햇살 받듯이 무심하게 견뎌내면서 병풍 꼭대기를 꽉 움켜쥐고 있던 발톱을 역시 무심하게 풀더니, 두 번째 박차를 가했다. 그 바람에 병풍이 무너지면서 딕테이터 시장과 그의 수행원들을 덮쳤다. 그러거나 말거나 프리덤 리빙스턴은 햇살이 쏟아지는 창문을 향해서 우아한 포물선을 그리면서 날아올랐다. 여기까지의 장면은 '그 전대미문의 사건'이 일어나기 직전이었다.

"저 더러운 비둘길 당장 잡아!"

쓰러진 병풍을 걷어내고 겨우 빠져나온 핸 딕테이터 시장이 리빙스턴의 바로 밑까지 따라오면서 고래고래 소리를 질렀다. 어쨌거나 시장은 소리를 지르지 말았어야 했다. 그게 비둘기에 대한 최소한의 예의란 것을 도브시의 시장인 그는 왜 몰랐을까. 누구나 알다시피 비둘기는 매우 예민한 조류다. 작은 소음에도 장이 꼬이기 십상이다. 한 마디로 어느 비둘기나 다 심인성 대장증세를 갖고 있다고 보면 된다. 게다가 프리덤 리빙스턴처럼 영리한 비둘기는 더 예민하다. 그러니까 비둘기 똥이 더럽다고 불평하기 전에, 도시는 조금 더 조용해질 필요가 있다. 프리덤 리빙스턴은 때맞춰 창문을 통해 들어온 가을 햇살을 받아 에메랄드처럼 빛나는 불순물을 쏟아내면서 탈출에 가볍게 성공했다.

"퉤퉤, 이게 뭐야?"

도브시에 있는 모든 비둘기를 박멸하겠다는 공약을 내걸고 당선된 핸 딕테이터 시장은 입안으로 쏟아진 비둘기 똥을 뱉어내느라고 얼굴이 벌겋게 달아올랐다. 똥독이라도 오른 것처럼. 사람들은 마치 제 입에도 비둘기 똥이 들어간 것처럼 토악질을 해댔다. 마치 불협화한 비트박스를 듣는 것 같았다. 생각해보니까, 사람들은 매우 더럽고 불쾌하고, 잔인한 뭔가에 더 공감하는 경향이 있다.

"저놈의 개새낄 당장 잡아 죽여 버려!"

똥 씹은 얼굴로 핸 딕테이터 시장이 이미 창문을 통과해 창공을 유유히 날아가고 있는 비둘기를 향해서 '개새끼'라는 막말까지 하며 흥분했다. 아무리 극한 상황에서도 비둘기에게 '개새끼'라니, 시장의 품격을 의심해볼 만하다.

"몽땅 다 죽여 버릴 거야."

그는 비둘기 박멸에 대한 강력한 의지를 더욱 활활 불살랐다. 반 이상은 목구멍을 통과해버렸다. 식도에 그대로 걸린 것도 있어서, 시장은 숨을 쉴 때마다 똥 냄새가 풀풀 났다.

야당 대표와 시민단체 지도자뿐만 아니라, 평소에 시장에게 매우 호의적인 기사로 도배를 하는 것으로 유명한 '저널 옐로우 치킨'의 기자까지도 이 전대미문의 광경을 보고 웃지 않을 수 없었다.

"반은 목구멍으로 넘어간 것 같아. 어휴, 더러워 죽겠네."

비장한 각오로 항의를 하러 찾아온 야당 대표와 시민단체의 지도자들은 저희들끼리 귀를 잡고 키득키득 댔다.

비둘기 한 마리가 어떻게, 왜 시청의 시장 접견실까지 들어왔는지, 또 접견실에는 동양의 군주국가인 조선이란 나라에서 제작된 8폭짜리 병풍이 어떤 경로로 흘러들어왔는지에는 전혀 관심이 없었다. 더군다나 방금 시장의 목구멍에 초록빛 똥을 정확하게 골인시키고 화려한 비행기술을 선보이며 달아난 납회색의 깃털을 가진 젊은 비둘기의 신상을 파악하지 못한 것은 핸 딕테이터 시장으로선 절대적인 실수였다. 물론, 당시엔 비릿한 시궁창 냄새가 풀풀 나는 새똥을 뱉어내느라고 정신이 없었지만 말이다. 보좌관에게 우선 비둘기의 사진을 찍도록 명령했어야 옳았다.

프리덤 리빙스턴은 한결 가벼워진 몸으로 비행을 했다. 햇살을 받으며 비행하는 그의 모습은 아름다웠다. 궤적을 따라 유유히 날던 그가 문득 날개를 꺾었다. 목적지를 집에서 '어드벤처 클리프'로 급변경한 그는 비둘기답지 않게 연속으로 허공을 박차고 하늘을 뚫을 듯한 기세로 솟구쳤다. '어드벤처 클리프'는 해변 깊숙한 곳에 위치한 고공절벽의 이름이다. 도브시는 전형적인 해안도시다. 그럼에도 불구하고 갈매기보다 비둘기의 개체 수가 절대적으로 많은 것은 좀 의외이며 불가사의하다. 어쩌면 역사적인 비밀이 숨어있을 수도 있겠다. 그리고 단언컨대 역사적인 비밀은 대개 언젠가는 밝혀지기 마련이다. 갈매기들은 '어드벤처 클리프'주변에만 서식할 뿐, 도브시의 어디에서도 볼 수 없었다. 다시 말하면, '어드벤처 클리프'에는 오직 갈매기들만 올 수 있었다. 프리덤 리빙스턴은 '어드벤처 클리프'에 드나드는 유일한 비둘기였다.

"헤이, 프리덤!"

프리덤 리빙스턴을 알아본 갈매기가 공중제비를 하면서 환영했다. 프리덤 리빙스턴도 똑같은 동작을 보여주면서 답례했다. 두 종류의 조류는 번갈아 가면서 공중제비, 직각꺾기, 팽이돌기 등의 재주를 서로에게 보여주면서 자랑했다. 프리덤 리빙스턴과 갈매기는 재주를 끝내고 쉬기 위해서 파도가 발끝까지 차올라오는 바위에 동시에 착지했다.

"프리덤, 넌 대단해. 최고야!"

프리덤과 환상의 호흡을 보여준 갈매기가 부리를 하늘에다 대고 끼룩끼룩 소리를 질렀다. 아드레나라는 이름을 가진 여자 갈매기였다. 활기차고 긍정적인 힘이 차고 넘치는 그녀는 리빙스턴과 동갑내기다. 그녀의 아버지는 백 마리도 남지 않은 갈매기 부족을 이끌고 있는 족장이다. 리빙스턴과 직접 안면을 튼 적은 없지만, 딸인 아드레나를 매개로 해서 서로를 알고는 있다. 아드레나가 비둘기인 프리덤 리빙스턴을 아버지에게 어떻게 소개했는지는 알 수 없지만, 아드레나는 자기 아버지를 매우 격정적이면서도 이해심이 많고 지혜로운 갈매기라고 프리덤 리빙스턴에게 소개했었다.

"아드레나!"

"왜, 프리덤?"

"내가 왜 대단해? 왜 최고야?"

"그건⋯⋯."

"비둘기이기 때문이겠지. 그치?"

프리덤이 다그치자 아드레나의 얼굴이 굳어졌다. 이 자존심 센 비둘기가 어떤 생각을 하고 있는지를 잘 알고 있기 때문이다. 그녀는 뭐라고 대답을 해야 할지 몰라서 새침하게 먼 바다만 바라봤다.

"비둘기치곤 대단하단 말, 맞지? 아드레나, 우리가 처음 만나고 계절이 여덟 번이나 바뀌었어. 근데 넌 아직도 날 너희보다 미개하고 미숙한 조류로만 보고 있어. 맞지?"

리빙스턴이 발등까지 차올라온 파도를 피해, 날개를 펴서 공중에 부양한 채로 투덜댔다. 그런 모습을 보고 아드레나가 발랄하게 웃었다. 처음 만난 날이 떠올랐다. 지금으로부터 딱 2년 전이다. 부족회의를 끝내고 '어드벤처 클리프'로 바람을 쐬러 온 아드레나는 하늘을 뚫고 직하하는 물체를 목격했다. 그 하강의 속도가 너무나 빨라서 순식간이라고밖에 표현할 수 없었다. 구름을 차례대로 뚫은 물체는 우뚝 솟아난 '어드벤처 클리프'의 절벽과 부딪치려는 순간을 맞이했다. 아드레나는 아찔한 광경에 눈을 감고 말았다. 어찌 됐을까? 아드레나는 궁금증에 살짝 눈을 떠봤다. 스침의 미학이라고, 아드레나는 프리덤 리빙스턴과 말문을 튼 사이가 됐을 때 표현했었다. '어드벤처 클리프'의 당당한 위용을 평범함으로 만든 정체불명의 조류는 하늘에 떠서 세상을 조롱하듯이 내려다보고 있었다.

"그럴 리가. 프리덤 리빙스턴, 넌 내가 아는 조류 중에서 제일 대단해. 봐!"

"뭘?"

"넌 지금 날개를 파닥거리지도 않고 공중에 붕 떠 있잖아. 어떤 조류도 흉내 낼 수 없을 거야. 내가 널 위대하다고, 최고라고 하는 건 넌 항상 모험을 즐기기 때문이야. 이 어드벤처 클리프에 딱 어울리는 조류는 도브시에서 너뿐이야, 프리덤 리빙스턴."

"정말?"

기분이 몰라보게 나아진 프리덤은 날개를 수평으로 편 채로 더 높이 부양했다. 아드레나도 끼룩끼룩 유쾌한 소리를 내면서 프리덤을 따라서 부양했지만, 그녀는 보통의 조류답게 날개를 파닥거려서 유지해야만 했다.

역시 리빙스턴은 뭔가 다르긴 달라.

날개를 우아하게 펴고 미동도 하지 않은 채로 부양한 납회색의 비둘기는 마치 하늘에서 잡아끄는 것 같았다. 승천하는 천사라면 저런 모습일까? 아드레나는 남자친구가 너무나 멋져보여서 자신도 따라서 업그레이드된 느낌이 들었다. 날개를 파닥거리는 게 이렇게 자존심 상하는 일이란 것도 처음 깨달았다.

"같이 가, 리빙스턴!"

둘은 '어드벤처 클리프'를 향해서 힘차게 날았다. 리빙스턴은 날개를 사용할 때, 절대 많이 움직이지 않는다. 기류를 탈 때만, 무심한 척 이리저리 살짝궁만 움직였다. 그래서 그의 비행은 곡예처럼 아슬아슬하고, 그림처럼 아름다웠다.

저렇게 우아하게 나는 조류는 세상에 없을 거야.

아드레나는 선망하는 눈빛으로 프리덤 리빙스턴이 나는 것을 바라봤다. 그는 날기 위해서 태어났을 것이다. 난다라기 보단, 그래, 하늘을 경영하는 것 같았다.

도브시의 18대 시장은 고래고래 소리를 지르면서 책상 위에 펼쳐있는 각종 신문들을 싹 쓸어버렸다. 눈은 해골처럼 퀭했지만, 얼굴은 퉁퉁 부어있어서, 기묘하기 짝이 없는 언밸런스의 극치를 보여주고 있었다. 눈과 코 밑에 뾰루지가 군데군데 나서 똥독이 잔뜩 오른 그의 얼굴을 보는 것만으로도 짜증이 폭발했다.

바닥에 널브러진 모든 신문들의 1면 헤드라인은 시장과 비둘기의 똥에 관한 기사로 도배를 했고, 시장의 입으로 정확하게 골인하는 비둘기 똥을 기가 막히게 포착한 사진이 차지했다. 도브시에서 모든 비둘기의 씨를 말리겠다는 그의 야심 찬 공약은 온데간데없이 사라지고 가십만 남았다. 비둘기를 적대시하는 시장에게 더러운 공격을 가한 비둘기의 출현은 단연 화제성이 일급이었다. 배후설을 주장하는 이들도 있었다. 말단기사에는 도브시의 시민들이 처음 보는 병풍에 관한 내용도 들어있었다. 조선이라는 군주국가에서 만들어진 8폭짜리 병풍은 왕가에서 쓰던 물건이라는 소개와 이 물건이 어떤 경로를 통해서 도브시의 시청까지 흘러들어왔는지 의구심이 든다면서 청문회를 통해서 밝혀내야 한다는 야당 의원들의 인터뷰도 간략하게 기사화되어 있었다.

"이놈의 비둘기들을 싹 없애버리겠어."

핸 딕테이터 시장은 주먹으로 책상을 내리치면서 결의를 다졌다. 그는 인터폰으로 시경국장을 호출했다. 시경국장인 맨아튼 조는 말처럼 긴 면상에 호리호리한 몸매를 가진 매우 신경질적으로 보이는 인물이었다. 걸을 때마다 따각따각 말발굽 소리가 났다. 도브시의 치안을 총책임지는 중요한 보직인 만큼 역대 시경국장은 시장의 최측근이 맡아왔다. 맨아튼 조도 마찬가지였다. 사석에서는 형님 동생 하는 사이로 알려졌다.

시장은 숨 돌릴 틈도 없이 시경국장에게 분노를 표출했다.

"이 도브시에 있는 비둘기들을 몽땅 없애버려. 비둘기 동상, 그림, 사진, 캐릭터도 다 부수고 태워버려. 아 참, 비둘기라는 단어도 금지시켜. 알았나?"

부동자세로 서서 듣고 있던 시경국장이 자세를 조금 느슨하게 풀면서 말대꾸를 했다.

"시장님, 그건 좀……."

시장의 낯빛이 싸늘하게 변했지만, 시경국장은 목에 걸린 말을 다 했다. 생긴 것처럼 그래야 직성이 풀리는 성격이었다.

"비둘기를 죽이는데 도브시의 경찰들을 동원하는 건 일단 현행법으로 허용되지 않습니다. 그리고 동상, 그림, 사진, 캐릭터 같은 것들은 시장님도 잘 아시다시피 저작권이란 게 있어서 마음대로 안 될 겁니다. 저작권료를 지불하고 사오면 되지만 예산이 만만치 않고요. 단어를 금지하는 문제도……."

"됐어! 그렇지만 자네 내가 어떤 공약을 내걸고 도브시의 18대 시장으로 당선됐는지 아나?"

시경국장 맨아튼 조는 당연히 아는 걸 뭐 하러 새삼 묻느냐는 표정으로 고개만 까딱했다. 시장의 최측근으로 시경국장이 된 자신을 뭐로 아느냐는 자존심 상함과 섭섭함이 그대로 묻어나온 표정이었다.

"알고 있다면, 자네 입으로 한번 말해보게."

맨아튼은 헛기침을 두어 번 하고 나서 핸 딕테이터 시장의 공약을 보란 듯이 읊조리기 시작했다. 시경국장은 직속상관인 시장의 성대모사를 기가 막히게 해냈다. 한 문장이 끝날 때마다, 심호흡을 하면서 고개를 뒤로 젖혔다가 다시 돌려놓는 동작도 기가 막혔다.

"도브시의 자유 시민 여러분, 저 핸 딕테이터는 타 후보들과 확실히 구별되는 공약을 하나 발표하겠습니다. 그게 뭐냐 하면, 바로 이 자유롭고 평화로운 도브시를 위협하는 가장 음탕하고 불결한 종족의 씨를 말리겠다는 것입니다. 그 종족은 바로 비둘깁니다. 비둘기는 신의 실패작입니다, 여러분!"

핸 딕테이터 시장은 자신의 공약과 몸짓, 말투, 표정 하나까지 베낀 듯이 그대로 재연해낸 충직한 부하에게 찬사를 보냈다. 반면에, 맨아튼 조 시경국장은 상관의 칭찬을 덤덤한 표정으로 받았다.

"그런데 시장님, 궁금한 게 있는데요."

"궁금한 거? 뭔데?"

"비둘기는 우리 도브시의 상징입니다."

"한때는!"

핸 딕테이터 시장은 한때, 라고 쾅 못을 박았다.

"그렇긴 하지만 전 선거운동 당시에 비둘기의 씨를 말려버리겠다는 시장님의 공약이 시민들에게 먹혀들 거라곤 정말 상상도 못 했습니다. 시민들이 비둘기에 내해서 ㄱ렇게 적대감을 가지고 있으리라곤 정말이지······."

시경국장은 고개를 도리도리 흔들고 나서 나머지 서술어를 채웠다.

"몰랐습니다."

핸 딕테이터 시장은 시경국장에게 비둘기를 없애는 데 경찰을 쓰는 문제와 저작권 문제를 법적으로 푸는 묘책을 연구해보라는 명령을 내리고 그를 내보냈다. 집무실에 혼자 남은 시장은 턱을 괴고 마치 잠이 든 사람처럼 꼼짝도 하지 않았다. 생각에 잠길 때 흔한 그의 버릇이다.

도브시는 3면이 바다인 전형적인 해안 도시다. 겨울엔 비가 많이 내리고 여름엔 건조한 지중해성기후를 갖고 있다. 인구는 3,000명 정도 되는 아주 작은 도시다.

도브시에는 역사적인 비밀이 있다. 도브시는 해안 도시답게 처음에는 조류의 80%가 갈매기였다. 갈매기 천국이었다. 갈매기들은 바닷가도 모자라 도심에다가도 둥지를 틀고 알을 낳고 새끼를 키웠다. 사람의 아이들은 태어나면서부터 갈매기 새끼들과 섞여서 자랐다. 아이들은 엄마 아빠라는 말보다 끼룩끼룩 소리를 먼저 배웠다. 유치원, 학교, 병원, 상가 등에 '시걸'이라는 이름이 자연스럽게 붙었다. 부모들은 자식의 이름을 "시걸"이라고 짓기도 했다. 한 반에 '시걸'이 일곱 명이나 되는 경우도 있었다. 도브시의 시민들과 갈매기들은 서로를 운명처럼 받아들이면서 섞여 살았다. 여기까지는 그가 나타나기 전의 스토리다.

당시의 시장은 도브시의 16대 시장이었으며, 18대 시장 핸의 조부인 릭 딕테이터였다. 핸은 릭 할아버지의 얼굴을 직접 보진 못했지만, 워낙 입지전적인 인물이라서 집 안팎에서 이야기며 사진 등을 통해서 어릴 때부터 익숙했다. 친척들은 어린 핸을 볼 때마다 할아버지를 쏙 빼닮았다면서 감탄을 자아냈다. 어린 핸은 할아버지를 닮았다는 말이 듣기 좋았다. 할아버지는 딕테이터 가문을 반짝반짝 빛낸 몇 안 되는 인물 중의 한 명이었기 때문이다. 특히, 릭 딕테이터는 갈매기와의 전쟁으로 도브시의 역사에 남았다. 릭도 그가 나타나기 전까지는 갈매기를 운명처럼 받아들이며 잘 섞여서 지내는 전형적인 도브인이었다.

릭 딕테이터 시장으로 하여금 갈매기와의 전쟁을 선포하도록 만든 그의 이름은 바로 조나단 리빙스턴이었다. 그는 단순하게 하늘을 나는 갈매기가 아니라 하늘을 경영하는 갈매기였다. 조나단은 늘 무리로부터 벗어나서 날았다. 다른 갈매기들보다 더 높고 빠르게 하늘을 주름잡았다. 태양을 마주 보고 날기도 하고, 태양을 등지고 날다가 추락하듯이 수직으로 낙하하여 바다에 빠지기 일보 직전에 다시 솟구쳤다. 그런 장면을 연출할 때마다 동료 갈매기들뿐만 아니라 해변에 산책 나온 시민들도 열렬한 박수와 환호를 보냈다. 조나단 리빙스턴은 한 마디로 도브시의 슈퍼스타였다. 더불어 그의 어록들도 갈매기들 사이에 회자됐다. "꿈이 없

202

이 살아가는 생명이 있을까? 꿈이 없다면 그건 이미 생명이 아니야.", "누군가에게 꿈이 주어졌을 땐 그것을 이룰 힘도 같이 주어진다.", "가장 높이 나는 새가 가장 멀리 본다."

아무튼 그날이 오기 전까지 시민들과 갈매기들은 도브시의 중요한 주체로서 서로를 인정했다. 릭 딕테이터 시장도 마찬가지였다. 서로의 경계를 허물지 않고 조용하고 신사적인 협정이 오랜 세월을 타고 유지되었다.

그날의 집회는 갈매기사에 길이 남을 만했다. 발단은 아주 사소하게 시작됐다. 그날 도브시는 여느 때보다 깨끗하고 찬란하고 분주했다. 도심은 물론 해변 어디에도 쓰레기 하나 보이지 않을 정도로 쾌적했다. 중앙정부에서 1년에 한 번 감찰을 나오는 날이었다. 청소부대가 동원돼 밤새워 쓰레기를 치우고 도로를 닦고 건물마다 광을 냈다. 작은 도시는 마치 보석처럼 빛났다. 순회를 하는 릭 딕테이터 시장의 얼굴에는 만족한 미소가 꽃처럼 번졌다. 중앙정부로부터 라리아나 공주를 감찰관으로 내려 보낸다는 통보를 받고, 릭 딕테이터 시장의 얼굴에는 회심의 미소와 함께 결기가 스치고 지나갔다. 당시만 해도 시장은 선출직이 아니라, 중앙정부에서 임명하는 임명직이었다. 중앙정부에 잘 보이기만 하면, 중앙정부의 요직에 발탁될 수도 있었다. 릭은 야심만만한 인물이었다. 늘 자신은 도브시에서 썩을 인물이 아니라고 생각했다. 감찰관으로 라리아나 공주가 오다니, 다시없을 기회를 절대 놓치지 않으리라, 릭 시장은 안 그래도 큰 눈을 더

부릅떴다. 라리아나 공주는 신분은 서녀지만, 황제 폐하의 무궁한 애정과 절대적인 신뢰를 받고 있는 넘버 2다. 이복 오빠인 현재 총리도 그녀 앞에선 벌벌 긴다는 소문이 나돌았다. 릭 디테이터는 라리아나 공주를 발판 삼아서 높고 멀리 뛰어볼 참이었다. 릭 딕테이터 시장은 만반의 준비를 다 갖추고서 라리아나 공주를 성대하게 맞이했다. 바로 그날!

공주는 도브시의 말갛고 개운한 공기와 잘 정돈된 도로, 거리, 그리고 클래식하면서도 모던한 건물에 반했다면서 흥분을 감추지 못했다. 특히, 도심의 하늘을 비행하는 갈매기 떼들을 보면서 소녀처럼 즐거워했다. 릭 딕테이터 시장은 "갈매기야말로 우리 도브시의 상징이며 자랑."이라고 외치면서 끼룩끼룩 갈매기 성대모사까지 하는 비굴함을 선보였다. 공주는 바다를 가보고 싶다고 말했다. 릭 시장은 당장에 의전용 마차를 대령했다. 해변까지 가는 내내 공주는 행복한 얼굴로 웃고 또 웃었다. 릭 딕테이터 시장은 이미 높고 멀리 날아가고 있는 기분이었다.

공주가 해변을 거니는 방향대로 수행원들이 따라붙는 모습이 마치 코미디 무성영화를 보는 것 같았다. 공주가 좌로 가면 좌로, 우로 가면 우로, 우뚝 멈추면 우르르 멈추다가 쓰러지고. 그러거나 말거나 공주는 파도 소리, 먼 수평선, 파란 하늘, 갈매기를 보고 좋아 죽는다. 그녀가 나고 자란 수도는 사방이 산으로 둘러싸인 내륙이기 때문에 바다를 보면서 더 신이 났다. 릭 딕테이터 시장은 공주를 수행하면서 자신의 꿈이 한 발짝 한 발짝 현실로 다가오고 있음을 찌릿 찌릿 피부로 몸소 느꼈다.

"저건 뭐예요?"

공주가 가리키는 손가락 끝을 따라가 보니, 아이들의 손에 갈매기가 앉았다가 날아가는 장면이 나타났다. 아이들이 손에 새우를 닮은 과자를 들고 있으면, 갈매기들이 그걸 얼른 쪼아 먹고 날아가는 바닷가에서는 흔히 볼 수 있는 모습이었다.

릭 시장은 비서실장에게 새우를 닮은 과자를 한 봉지 사오라고 명령했다. 그리고는 공주에게 방법을 필요 이상으로 자세하게 설명해주었다. 공주는 좋아라 박수까지 치면서 빨리 해보고 싶다고 재촉을 해댔다.

공주는 비서실장이 가져다준 새우를 닮은 과자를 시장이 가르쳐준 대로 손가락 끝에 올려놓고 팔을 번쩍 들어 올렸다. 냄새를 맡은 갈매기들이 서서히 몰려오더니 공주의 머리 위를 맴돌았다. 공주는 긴장과 기대에 차서 허공에 떠 있는 손가락을 바르르 떨었다. 그러나 갈매기들은 그저 맴만 돌뿐 과자를 낚아챌 기미를 보이지 않자, 릭 딕테이터 시장은 슬금슬금 불안해지기 시작했다. 말갛던 공주의 얼굴에도 짜증과 실망감이 배어났다.

릭 딕테이터 시장은 얄밉게 구는 갈매기들을 노려봤다. 갈매기건 뭐건 간에 도브시에 발을 붙이고 사는 목숨 달린 모든 것들은 무조건 시장이 원하는 일에 협조해야 할 의무가 있다. 그게 시민의식이고 책임감이다. 작은 해안 도시인 도브시의 시장이 중앙정부의 고위관료가 되면 얼마나 멋지고 보람 있는 일이란 말인가. 거기다가 팔은 안으로 굽는다는 옛말처럼 아무래도 도브시에 더 많은 지원과 예산을 편성하려고 노력하지 않겠는가. 그런데 다 된 죽에 코 빠뜨리는 것도 유분수지, 공주의 머리 위에서 맴만 돌면서 약을 올리는 건 뭐란 말인가.

"왜 내 과자는 안 채가는 거죠?"

참고 참던 공주가 마침내 시장에게 앙칼진 목소리로 따졌다. 공주의 표정은 복잡하고도 미묘했다. 태어나서 처음 겪어보는 굴욕감, 천대, 무시, 뭐 이런 거에다가 복수심, 도전의식 같은 게 버무려진.

"공주마마, 제가 곧 해결해드리겠습니다. 이봐!"

시장은 비서실장을 불렀다. 총알같이 달려온 비서실장에게 시장이 뭐라 뭐라 귓속말을 했고 비서실장은 대단히 난감한 표정을 지었다.

"뭘 꾸물거려. 당장 실행해!"

시장은 공주에게 굽실거리는 한편, 두 얼굴의 사나이처럼 비서실장에게는 세상에서 가장 사나운 얼굴을 들이댔다. 비서실장은 누렇게 뜬 얼굴로 주춤주춤 해변으로 멀어져갔다. 비서실장이 남기고 간 발자국이 애처롭게 흔들렸다. 비서실장의 뒷모습은 해변의 바위 뒤로 촘촘히 사라졌다. 공주는 빨갛게 익은 얼굴로 여전히 새우를 닮은 과자를 손에 쥔 채로 갈매기를 불러 모으려고 애를 썼지만, 갈매기들은 마치 밀당하는 남자처럼 애간장만 태웠다. 공주의 얼굴이 폭발 일보직전까지 갔다. 시장은 그런 공주와 비서실장이 사라진 바위를 번갈아 쳐다보면서 발을 동동 굴렀다.

마침내 비서실장이 바위 뒤에서 나타나긴 했는데, 그의 어깨 위로 새끼갈매기 한 마리가 풍선처럼 둥둥 떠 있었다. 기묘하기 짝이 없는 광경이었다. 시장이 빨리 오라고 손짓으로 재촉을 하자, 비서실장이 뛰어오는데, 그 새끼갈매기도 따라왔다. 자세히 살펴보니, 새끼갈매기의 발목에는 투명한 끈이 묶여있었다.

도착하자마자 비서실장은 들고 있던 끈부터 시장의 턱 앞에 내밀었다. 마치 악마의 바이러스라도 묻은 것처럼 손을 탈탈 털면서 유난을 떨었다. 릭 딕테이터 시장은 포악스럽게 끈을 끌어당겨서 포박당한 새끼갈매기를 억지로 공주의 손에 앉혔다. 새끼갈매기는 끼룩끼룩 슬픈 소리로 울면서 저항했지만, 우직한 힘을 당해낼 재간이 없었다. 비서실장은 아예 눈을 감아버렸다.

"먹어, 어서 먹어! 과자를 물어야만 놔줄 거다, 알았나?"

시장은 공주의 손에 억지로 앉아서 발버둥을 쳐대는 새끼갈매기에게 붉게 튀어 오른 무시무시한 얼굴을 들이밀고 천둥같이 소리를 질렀다.

새끼갈매기는 잔뜩 겁먹은 얼굴로 부리에서 소리가 날 정도로 발발 떨었다. 도브시의 갈매기들은 사람의 말을 웬만큼은 알아듣는다. 오랜 공존과 존중의 역사가 만들어낸 이 종소통의 미학이거늘. 공주는 또 공주대로 같은 자세로 빳 빳이 서서 흘러가는 과정과 결과를 내심 즐기는 듯했다. 공 주, 시장, 새끼갈매기, 이렇게 삼각 갈등이 액자에 박힌 그림 처럼 꿈쩍도 하지 않고 저마다 고집을 부렸다. 저마다의 삶, 고집, 신념이 만들어낸 보기 드문 장면이었다.

객관적 자유인의 역할을 맡은 비서실장만이 부조리한 구 도를 견디지 못해 안절부절못했다. 그는 시민과 함께 오랜 세월 공존해온 갈매기를 포박한 것 자체가 어떤 후폭풍을 몰고 올 것이라고 예상했다. 그의 할머니 때부터 도브시의 사람들은 갈매기를 천하게도, 그렇다고 특별히 귀하게도 여 기지 않았다. 그건 배려고 애정이었다. 갈매기는 누가 뭐랄 것도 없이 그냥 도브시의 시민이었던 것이다. 그걸 모를 리 없는 시장의 광기를 최측근인 비서실장도 이해할 수 없었 다. 그가 아는 한, 릭 딕테이터는 야심만만하고 충동적인 면 이 있긴 하지만 비상식적인 인물은 아니었다. 비서실장은 전 전긍긍하면서, 이 결연한 삼각 구도가 어떤 결말이든지 깨 어지길 기다렸다. 보고 있는 것만으로도 숨이 턱턱 막혔기 때문이었다.

일촉즉발. 영웅은 언제나 이럴 때 짠하고 나타나는 법이 다. 그게 영웅탄생의 고전적인 전형이니까. 갈매기들의 슈퍼 스타인 조나단 리빙스턴은 도심의 골목을 낮게 날다가 솟 구쳐서 커다란 원을 만들기도 하고 평형으로 누워서 비행을 하다가, 해변을 향해서 전속력으로 날았다. 부드러운 바람이 깃털을 간질이고 바다 냄새가 유난히 상큼했다. 그때, 조나단의 날카로운 청각이 바싹 긴장을 탔다. 공포에 싸인 어린 울부짖음, 살려달라는 절박한 애원, 조나단 리빙스턴은 날개를 직각으로 꺾고 로켓처럼 바람과 구름을 갈랐다.

말도 안 돼!

조나단은 하늘에 떠서 도저히 이해할 수도, 용서할 수도 없는 광경을 내려다 봤다. 갈매기의 가치는 자유다. 그리고 도브시의 가치는 공존과 존중이다. 그렇게 배워왔고 여태까지 그래왔는데, 조나단이 내려다본 장면은 모든 가치를 우르르 무너뜨렸다. 조나단은 생각의 결을 일단 접고 전속력으로 낙하했다.

눈도 깜빡 못할 사이에 벌어진 일이었다. 라리아나 공주가 날카로운 비명을 지르면서 모래사장에 엎어졌다. 릭과 비서실장은 어느새 새끼갈매기를 낚아채서 구름 사이로 사라지는 한 마리의 갈매기를 그저 경이로운 눈빛으로 바라만 볼 뿐이었다. 저렇게 아름다운 비행이 있을까. 비서실장이 감동에서 벗어나지 못한 사이에, 릭 딕테이터 시장은 정신이 번쩍 들었다. 이건 꿈일 거야. 내가 잠시 존 거야. 릭은 꿈이길 간절히 바랐다.

"공주마마."

라리아나 공주는 피가 뚝뚝 떨어지는 손을 움켜잡고 시장을 살벌하게 노려봤다. 백사장에 붉은 피가 꽃처럼 번졌다. 릭 딕테이터 시장은 자신이 꾼 꿈이 한낱 백일몽이 되고 말 것이라는 걸 감지하고 절망했다. 어쩌면 시장직에서도 쫓겨날지 모른다.

저놈의 갈매기……. 가만두지 않을 테다.

릭은 이를 뿌드득뿌드득 갈았다. 비서실장은 깨진 삼각구도를 허망하게 바라봤다. 애초에 릭 딕테이터 시장은 무리수를 둔 것이다. 시장의 최측근이며 지혜로운 자신이 광기에 휩싸인 시장을 말렸어야 옳았다. 비서실장은 자책감에 휘말려서 털썩 주저앉고 말았다.

조나단 리빙스턴은 '어드벤처 클리프' 아래의 비둘기광장으로 도브시에 사는 모든 갈매기들을 모았다. 어제 태어난 신생아 갈매기부터 내일 죽을지도 모르는 노인 갈매기까지 죄다 모여들었다. '어드벤처 클리프'는 조나단 리빙스턴이 갈매기의 꿈을 시작했던, 전설의 장소다. 이제는 갈매기들에게 더도 없이 신성한 곳이 되었다. 갈매기들은 무슨 일인가, 하고 서로 묻고 수군거렸다.

조나단 리빙스턴이 '어드벤처 클리프'의 가장 높은 곳에 모습을 나타내자 갈매기들은 잡담을 끊고 그들의 슈퍼스타에게 아낌없는 박수와 환호를 보냈다. 조나단 리빙스턴은 낮에 해변에서 일어났던 사건을 상세하고도 박진감 넘치는 어조로 설명했다. 갈매기들은 충격에 빠졌다. 도브시에서 갈매기는 한낱 조류도, 특별한 종족도 아니다. 그냥 자유 시민일 뿐이다. 그런데 무너지고 말았다. 전통적인 가치도, 아름다운 유대도, 존중과 공유의 정신도, 몽땅 무너지고 말았다. 조나단 리빙스턴은 날개를 조용히 접고 '어드벤처 클리프'의 꼭대기에 앉아서 충격에 빠진 갈매기들을 추슬렀다.

"여러분! 나는 조나단 리빙스턴, 꿈을 꾸는 갈매깁니다."

조나단은 갈매기 제군들의 환호를 맘껏 즐기고 난 다음에, 차분차분 말을 이어갔다. 그러면서도 죽여야 될 때와 강조를 해야 할 대목을 놓치지 않고 정확하게 짚었다. 그는 타고난 웅변가요, 탁월한 선동가였다.

"저는 오늘 배반의 현장을 두 눈으로 목격했습니다. 아니, 이 심장으로 느꼈습니다. 도브시의 시장이라는 작자가 감히 어떻게 우리 갈매기를 포박할 수 있습니까? 그것도 어린 갈매기를 말입니다. 아시다시피, 자유는 우리 갈매기의 존재가치입니다. 여러분! 존재가 무너지면 역사도, 현재도, 아울러 미래도 다 무너지는 것입니다. 그래서 저는 결심합니다. 저는 극악무도한 인간들과 싸울 것입니다. 싸워서 이길 겁니다. 제 전쟁에 동참하고 안 하고는 여러분의 자윱니다. 갈매기는 누구나 자유롭게 의사를 결정해야 합니다."

갈매기들은 전쟁불사를 한목소리로 외치면서 조나단의 이름을 뜨겁게 연호했다. 조나단은 가장 높이 나는 갈매기가 가장 멀리 본다, 라는 불세출의 명언으로 군중들의 환호에 답한 다음에 가파른 절벽을 박차고 태양을 향해서 날아올랐다. 빛나는 비행이었다. 모든 갈매기들도 날개를 펴고 조나단 리빙스턴의 뒤를 따랐다. 보기 드문 장관이 하늘에 펼쳐졌다.

그렇게 해서 시작된 인간과 갈매기의 전쟁은 7일 밤낮 계속됐지만, 좀처럼 승부가 어느 한쪽으로 기울지 않았다. 반나절 만에 끝날 전쟁이라고 자신했던 시민들은 당황했다. 인간의 무기가 훨씬 월등했지만, 조나단 리빙스턴은 뛰어난 지휘관이었다. 게릴라식 급습을 감행해서 인간의 무기를 무력화시켜나갔다. 갈매기들은 편대로 나뉘어서 시청을 집중공격했다. 시청은 갈매기 편대에 포위되어서 컨트롤 타워의 기능을 사실상 상실했다.

7일째 밤이 지나고, 릭 딕테이터 시장은 회의를 소집했다. 시장은 긴급이라는 단어를 빼고 정례라는 지극히 일반적인 단어를 사용했지만, 긴급회의라는 걸 모르는 이들은 없었다. 새벽에, 것도 지하벙커로 소집한 회의를 누가 정례회의라고 받아들이겠는가. 지하벙커에 모인 지휘관들은 초초한 표정이 역력했다. 시장에게 노골적으로 불만을 나타내는 이들도 있었다. 중앙정부에서 내려 보낸 철없는 공주에게 놀아난 시장의 노욕에 화를 냈다. 갈매기와의 오랜 우정을 깨뜨린 어리석은 결과에 한탄만 새어 나왔다. 이왕에 벌인 싸움인데 수세에 몰린 것도 자존심 상하고 덜컥 겁들도 났다. 목에 줄을 매고 갈매기들에게 질질 끌려가는 인간의 모습이 그려지기도 했다. 벙커에 모인 지휘관들은 적군의 리더와 릭 시장을 비교하면서 술렁댔다.

"패인을 알아냈소."

릭 딕테이터 시장이 책상을 주먹으로 내리치면서 어수선한 주위를 단박에 환기시켰다.

"그들의 날개에 우리가 당하고 있는 것이오."

틀린 말은 아니다. 아메리카제국에서 라이트형제가 동력비행에 성공했지만, 전투기의 등장은 한참 후의 일이니, 갈매기군단이 하늘을 장악한 것은 지극히 당연한 결과였다. 누구나 다 알고 있는 사실을 알아냈다고 큰소리치는 시장을 지휘관들은 어이없는 시선으로 바라봤다.

"그렇다고 우리가 날개를 달 순 없잖소?"

원로급에 해당하는 고문단장이 겨드랑이에다가 지랄을 하면서 릭 시장을 조롱했다.

릭 딕테이터 시장은 장이 배배 꼬였지만, 겨우 견뎌내면서 자신의 계획을 거침없이 설명했다.

"답은 바로 용병이오, 용병. 우리에게 날개가 없다면, 날개를 가진 용병을 기용하면 되지 않겠소."

"용병이라니요?"

고문단장이 여전히 시답잖은 표정으로 반문했다.

"바로 비둘깁니다."

릭 딕테이터 시장은 자신의 전략을 고문단과 각 부대의 지휘관들에게 조목조목 설명하기 시작했다. 그는 매우 격렬하고도 열정에 찬 태도로 사자후를 토해냈다. 처음엔 무슨 개

풀 뜯어먹는 소리야, 라고 시답잖게 듣던 참석자들이 점점 그의 웅변에 매료되어갔다. 팔짱을 풀고 턱에 괸 손이 내려오고, 참석자들은 의자를 당겨 앉았다. 딕테이터 가문에는 대대로 웅변과 설득의 DNA가 전해 내려왔는데, 릭은 이 우월한 유전자의 가장 큰 수혜자였다. 갈매기에 비해서 2등 조류 취급을 받고 있는 비둘기를 도브시의 1등 조류로 격상시켜주는 조건으로 전쟁에 끌어들이자는 게 릭 시장의 요점이었다. 도심의 골목 골목과 지름길을 훤히 꿰뚫고 있는 비둘기가 바다조류인 갈매기보다 시가전에서 유리하다는 것도 그들을 설득시키는 데 유효했다. 마지막으로 릭 딕테이터 시장은 우리 시의 이름이 비둘기를 뜻하는 도브라는 것도 예견된 운명이 아니냐고 역설을 거듭했다. 릭의 대 웅변이 끝나자, 까칠한 태도를 유지해왔던 고문단장이 제일 먼저 기립해서 박수를 쳤다. 다른 회의참석자들도 뒤이어 박수를 쳐댔다. 릭은 비서실장에게 도브시에서 가장 유능한 비둘기통역사를 섭외하라고 명령하고, 시장 직속기관인 조류협력단 단장에게 비둘기 대표단을 정중하게 시청으로 초대하라고 요청했다. 참석자들은 시장의 발 빠른 대처에 무한 신뢰를 보냈다.

비둘기부대의 참전으로 전쟁은 새로운 국면으로 흘렀다. 공중전에서 월등한 우위를 점하면서 파죽지세로 도브시를 곤경에 빠뜨리던 갈매기부대는 비둘기부대의 치고 빠지기

작전에 속수무책으로 당했다. 조나단 리빙스턴이 이끄는 도심요격부대는 결국 최후의 방어선인 '어드벤처 클리프'까지 밀렸다. 원로들은 더 이상의 희생을 막기 위해서 적과 협상을 하자는 제안을 내놨다. 처음부터 전쟁거리가 되지 않는 거였다고 불만을 드러내는 갈매기들도 다수 생겨났다. 같은 조류로서 인간들 편에 선 비둘기를 비난하는 목소리도 있었지만, 그저 공허했다. 어쨌든 조나단 리빙스턴은 결심을 해야만 할 시점에 섰다. 그는 영웅적인 결단을 내려야 할 때가 왔다는 것을 느꼈다. 영웅은 전설을 만들고, 전설은 역사 속에 남아 숨을 쉬고, 그 위대한 숨이 후대에까지 전해질 것이다. 조나단 리빙스턴은 회의를 폐하고 '어드벤처 클리프'에 있는 동굴로 들어갔다. 그가 뭔가를 결심하거나 새로운 도전을 계획할 때 기거하는 곳이다. 갈매기들은 그들의 슈퍼스타에게 시간을 주기로 했다. 슈퍼스타다운 결정을 내릴 거라고 신뢰했다. 전쟁은 소강상태로 접어들었고 도브시의 시민들은 벌써부터 승리를 자축했다.

반면에 '어드벤처 클리프'는 석양을 받아서 파랗게 빛나다가, 서서히 그 빛도 흐트러지고 붉은 노을과 어둠이 차례대로 절경의 낭떠러지를 뒤덮었다. 갈매기들은 쥐 죽은 듯이 어딘가로 숨어들었다.

고독한 비행. 밤과 새벽의 랑데부, 마치 '어드벤처 클리프'를 뚫듯이 한 마리의 날것이 튀어나왔다. 날것은 곧 평정심을 되찾고 바람에 몸을 맡기고 흘렀다. 한 마리의 아름다운 새가 비행을 시작했다. 바다는 자는 듯 고요했다. 조나단 리빙스턴은 날개를 최대한 넓게 펼치고 날았다. 날개는 새의 마지막 자존심이다. 밤새 생각을 거듭한 고민의 결과는 투항이다. 갈매기들을 살리는 조건으로 목숨을 내놓을 것이다. 무릇 모든 영웅의 서사가 그러하다. 조나단 리빙스턴은 갑자기 날개를 직각으로 꺾고 하늘을 뚫을 듯한 기세로 솟구쳤다. 잠잠하게 흐르던 구름이 깜짝 놀라면서 사방으로 흩어졌다. 조나단은 갈매기의 한계를 넘어서 구름을 뚫고 또 뚫었다. 구름 파편이 파도처럼 흩어졌다. 가장 높이 나는 새가 가장 멀리 본다. 조나단은 치기어린 시절에 솟구쳤던 그 높이를 훌쩍 뛰어넘었다. 정점을 찍은 조나단은 평행으로 날다가 어느 순간에 놀라운 속도로 하강했다. 당장 물속에 처박힐 것처럼 위태했다. 조나단은 눈을 크게 뜨고 물과 가장 가까운 거리까지 낙하했다. 부리가 거의 물에 닿으려는 순간에 조나단은 몸을 옆으로 돌렸다. 조나단은 미끄러지듯이 바다를 타다가, 서서히 부양했다. 다시 편안하고 안정된 자세로 공기를 가르며 날았다. 먼동이 트기 시작한 하늘을 접고 날아가는 새 한 마리.

　도심을 조금 벗어난 바다가 끝나는 자락에 마리안은 홀로 둥지를 틀었다. 그녀는 비둘기가 인간과 갈매기의 전쟁에 참전한다는 소식을 듣자마자 짐을 꾸려 이곳으로 피신했다.

겁이 나서라기보다는 명분 없는 전쟁에 휘말리고 싶지 않았다. 비둘기는 평화의 상징이다. 그런 비둘기가 인간 편에 서서 같은 조류인 갈매기를 공격한다는 건 상상할 수도 없는 일이다. 거기다가 전쟁에 이기면, 갈매기를 몰아내고 그 자리를 차지하기로 뒷거래를 했다는 소문이 흉흉하게 나돌았다. 평화는 암거래로 얻을 수 있는 게 아니다. 평화는 본능이며, 가치다. 세월을 타고 면면히 내려온 전통을 지도자라는 것들은 왜 모르는 척하는 걸까? 그들은 그렇다고 치더라도 명색이 양심을 자부심으로 갖고 있는 현자들까지 나서서 민심을 현혹하다니, 마리안은 태어나서 처음으로 자신이 비둘기라는 것에 심한 모멸감을 느꼈다. 마리안은 먼동이 막 트기 시작한 수평선을 바라보면서 도브시에 다시 평화가 깃들기를 빌었다. 그때였다. 막 돋기 시작한 태양의 호위를 받으며 다가오는 날것 하나에 마리안은 온통 시선을 빼앗겼다.

세상에 저렇게 품격 있고 아름다운 비행이 있을까.

마리안은 날개를 숨기고 바위에 우뚝 서서 그것이 다가오기만을 기다렸다. 아름다운 비행의 정체를 확인하고 싶어서 안달이 났다. 먼동이 막 트기 시작한 바다 위를 아름다운 유유함을 유지하면서 비행하는 저 외로운 날것을 가까이서 보기를 소원했다. 마침내 비둘기 마리안의 육안에 조나단 리빙스턴의 모습이 잡혔다. 조나단도 잠시 날개를 쉬려고 바위를 찾다가 마리안과 눈이 딱 마주쳤다. 마주침은 항상 운명을 동반한다. 어떤 작고 소소한 마주침이라도, 그 안에는 나름의 절절한 스토리를 담은 숙명이 존재하리라.

뭐지?

조나단은 비둘기는 절대 혼자 있지 않는 조류라는 걸 알고 있다. 그래서 비둘기와 외로움은 어울리지 않는 단어다. 그런데 혼자서, 것도 바다와 맞닿아있는 바위에 홀로 서 있는 비둘기의 존재는 기이하면서도 신비로웠다. 조나단은 다른 바위를 찾으려고 두리번거렸다.

"여기로 내려와요."

마리안이 조나단에게 소리쳤다.

조나단은 당황했다. 어릴 때부터 모험을 즐겼던 갈매기 조나단 리빙스턴은 웬만해서는 놀라거나 당황하지 않는 편이다. 그런데 너무 당황한 나머지 날개가 휘청하고 꺾였다. 이 광경을 보고 마리안이 참새처럼 까르르 웃었다. 조나단은 어이가 없어서 날개를 편 채로 마리안의 머리 위에 떠 있었다.

"화났다면 미안해요. 별 뜻 없어요. 몹시 지쳐 보여서 잠시 쉬어가라는 거고. 당신의 놀라는 모습이 너무 웃겨서 웃은 거뿐이니까요."

마리안은 미안하다고 말해놓고 또 까르르 웃었다. 조나단은 따지기라도 해야겠다고 생각하고 마리안의 머리 위를 한 바퀴 빙그르 돌고 나서 바위에 안착했다. 이번엔 마리안이 조나단에게 가볍고 부드러운 미소를 날렸다. 가까이서 마리안을 보는 순간, 조나단은 더 이상 따질 필요가 없어졌다. 그는 이미 그녀의 부드러운 미소에 흠뻑 매료되었기 때문이다.

이런 감정은 처음이야.

조나단 리빙스턴은 심장이 뛴다는 유치찬란한 표현에 처음 공감했다. 오직 모험과 자유만을 추구했던 삶, 이제는 패장이 되어 적진을 향해 가는 외로운 행진만을 남겨둔 처지에 맞닥뜨린 낯선 감정에 조나단 리빙스턴은 다리가 휘청할 지경이었다.

"먼동이 튼 바다는 언제 봐도 아름다워요."

비둘기인 마리안이 갈매기처럼 말했다. 마리안은 조나단이 듣건 말건 많은 말을 했다. 배려와 공유의 상징이었던 도브시에서 인간과 갈매기가 전쟁을 벌인 것은 잘잘못을 가릴 것도 없이 양쪽에게 다 책임이 있다는 양비론을 펼쳤다. 이런 명분도 없고 비이성적인 전쟁에 끼어든 비둘기는 희생양인 동시에 역사적인 책임에서 자유로울 수 없다는 주장을 폈다. 조나단 리빙스턴은 저도 모르게 마리안의 질서정연한 화술에 빠져들었다. 그녀는 열정을 슬쩍 감추고 조근조근 할 말을 다하는 스타일이었다.

"내가 갈매기 대장을 만나면 꼭 하고 싶은 말이 있어요."

마리안이 논리를 다 풀어내고 나서, 끄트머리에 한 말이었다.

"갈매기 대장을?"

갈매기 대장이 뜨끔하게 찔린 속을 감추고 슬쩍 반문했다.

"갈매기 대장에 대해서 알고 있소?"

조나단은 마리안이 어떤 식으로 자기에 대해서 알고 있는지가 몹시 궁금했다. 적에게 투항하러 가는 패장의 처지에선 참으로 가당치 않은 호기심이었다.

"알죠."

"안다고?"

"그는 매우 용감한 갈매기라고 들었어요. 가장 높이 나는 새라고. 그리고 굉장히 지혜로운 갈매기라고 들었는데……."

조나단은 마리안의 흐린 말끝이 마음에 가시처럼 걸렸다. 갈매기 대장은 짐짓 차분하고 냉정한 표정으로 꾸미고 마리안의 부리를 응시했다. 다음에 튀어나올 말이 미치도록 궁금했다. 칭찬을 갈구하는 어린아이 같아진 갈매기 대장은 스스로에게 너 참 유치하구나, 질책하면서도 간절함만은 감출 수가 없었다. 목구멍으로 거친 숨이 꼴까닥 넘어갔다.

"실망이에요."

조나단은 갑자기 깊고 깊은 나락으로 떨어지는 느낌이 들었다. 현기증이 밀려왔다. 만난 지 1시간도 채 되지 않는 이종의 이성에게 실망스러운 존재가 됐다는 게 왜 이렇게 안타깝고 분이 나는지, 이해할 수 없었다. 갈매기 종족의 슈퍼스타이며, '어드벤처 클리프'의 정복자인 조나단 리빙스턴은 애걸하는 어린아이가 되어있었다.

"그가 만약 진짜 지혜로운 갈매기라면 애초에 전쟁을 일으키지도 않았을 거예요. 전쟁은 영웅을 만들지만, 현자를 만들진 못하죠. 그는 얼치기 영웅일 뿐이죠."

"뭘 안다고 그렇게 말하는 거요?"

꿈을 꾸는 갈매기 조나단 리빙스턴은 반항심으로 가득 찬 사춘기 소년처럼 건들거리면서 버럭 소리를 질렀다. 마리안이 움찔하면서도 티를 내지 않으려고 뽐내면서 목을 살짝 털었다. 조나단은 마리안이 풍기는 향기에 질식할 것처럼 비틀대다가 겨우 발목에 힘을 넣고 버텨냈다. 둘 다 티를 내지 않으려고 견디고 있는 것이다. 조금이라도 티를 냈다간, 짧지만 지금까지 맺어진 인연이 사르르 녹아버릴까 봐. 인연이란 원래 물거품처럼 꺼지는 거니까.

"인간의 대장인 시장이란 작자가 철없는 공주에게 잘 보이기 위해서 우리 어린 갈매기의 발목을 끈으로 묶어 포획했단 말이오. 어린 것이 살려달라고 끼룩끼룩 울부짖는 걸 당신이 봤다면, 아마 당신도 참지 못했을걸. 우리 갈매기가 가장 깊이 간직한 가치가 뭔지 아시오? 바로 자유란 말이오. 딴 건 몰라도, 우리 갈매기에게서 자유를 빼앗는 행위는 누구라도 용서할 수 없소. 그렇기 때문에 내가 인간에게 건 이번 전쟁은 정당하오!"

일장연설을 마친 조나단 리빙스턴은 목이 타는지 바위에 묻어있는 바닷물을 한 모금 건져 마셨다. 물을 마시고 고개를 든 조나단은 따가운 시선에 움찔 한 발짝 뒤로 물러났다. 마리안의 눈빛이 너무나 지척에 있었다. 마리안의 눈은 눈이 부셨다. 깊으면서도 말간 눈동자에 조나단 리빙스턴은 자신의 처지를 망각이란 신에게 몽땅 저당 잡히고 말았다.

"그렇다면……. 당신이 그 갈매기 대장?"

조나단은 담담한 표정으로 고개를 끄덕였다. 한때, 아니 역사가 시작된 이래로 도브시에서 인간과 갈매기, 비둘기, 그리고 어떤 종류의 조류든지 배려와 존중, 공유를 통해서 평화롭게 공존해왔다. 경계가 없되, 침범하지 않았다. 그러나 지금은 아니다. 전쟁에 휘말렸다. 조나단과 마리안은 서로 적이다.

"그런데 갈매기 대장인 당신이 왜 이 새벽을 틈타서 혼자 여기까지 날아온 거죠? 이해할 수 없어요."

조나단은 마리안의 빛나는 눈동자를 다시 응시했다. 호기심과 영리함으로 가득 차서 빛났다. 하마터면 당신의 눈은 보석 같소, 라는 닭살 멘트를 날릴 뻔한 걸 겨우 참아냈다. 조나단은 속에 담은 진심을 처음 만난 비둘기에게 다 말하고 싶었다. 지지받고 위로받고 싶어졌다. 하늘을 나는 데만 급급한 갈매기가 되고 싶지 않아서 더 높이 더 아름답게 더 다양하게 날려고 숱한 모험을 감행하면서 어린 시절을 보냈다. 절경의 낭떠러지 '어드벤처 클리프'는 조나단 리빙스턴의 상징이 되었고, 도브시에 사는 갈매기들의 자랑이자 성지가 되었다. 시민들도 '어드벤처 클리프'를 갈매기들의 성지로 인정해주었다. 그러나 영원한 우정과 사랑은 없다는 격언이 참이라는 명제를 증명이라도 하듯이 순식간에 전쟁이 발발했고 조나단 리빙스턴은 전쟁을 끝내려고 홀로 날아가다가, 마리안을 만난 것이다. 이런 걸 운명이라고 하는 걸까?

"난 지금 투항하러 가는 길이오."

조나단은 애써 담담한 얼굴로 침착하게 말했다. 마리안이 충격에 휩싸인 듯 휘청거렸다. 조나단이 어깨를 옮겨 그녀를 살짝 받쳐주었다.

"괜찮아요."

마리안이 어깨에서 떠나려고 하자, 조나단은 곁으로 바싹 붙으면서 그녀를 놔주지 않았다. 마리안도 못 이기는 척, 그의 어깨에 머물렀다. 붉은 해와, 부서지는 파도와 홀로 남은 바위에 두 마리의 새, 의외로 평화로운 장면이 연출됐다. 아무리 혼란스러운 세상일지라도, 어느 뒤안길엔가는 감성을 보듬는 장면이 있으리라. 강한 바닷바람이 불어와서 정지의 화면을 흐트러뜨렸다. 때를 놓치지 않고 조나단 리빙스턴은 먼 수평선에 시선을 고정한 채로 남은 말을 뱉어냈다.

"내가 시작한 전쟁이니, 내가 끝내야 한다고 생각하오. 더 이상 희생을 강요할 순 없소."

"당신은 지독한 영웅 콤플렉스를 갖고 있어요."

"콤플렉스?"

조나단은 콤플렉스라는 단어가 마음에 탁 걸렸다. 자신의 인생을 송두리째 부정하는 단어처럼 여겨졌기 때문이다. 그러나 마리안은 그의 생각을 아는지 모르는지 상관하지 않고 지독한 독설을 술술 이어갔다.

"네, 콤플렉스가 맞아요. 어쩌면 더 높이 날고자 했던 것도 꿈으로 포장한 지독한 자기애에 불과할지 몰라요. 갈매기들의 슈퍼스타가 된 당신은 다음 단계는 슈퍼맨이 되고 싶었겠죠. 어드벤처 클리프라는 지독히도 외로운 곳에서 혼자 생활한 것도 따지고 보면 고독한 히어로를 흉내 냈던 건지도 몰라요. 지금의 투항도 마찬가지예요. 자기희생? 자기가 희생함으로써 전체를 구한다? 구세주나 할 일을 한낱 갈매기가 한다? 웃기지 않나요? 시작도 끝도, 다 내가 결정한다! 이거야말로 영웅 콤플렉스가 아니고 뭐겠어요, 안 그래요?"

조나단은 마리안에게 빌려준 어깨를 당장 치워버리고 싶었다. 이렇게 지독한 독설을 아무렇지도 않게 하는 여자에게 과연 남의 어깨가 필요하긴 한 걸까? 그러면서도 조나단은 어깨를 차마 치우지 못한다. 뭘까? 이 희한하고도 이중적인 감정은……. 듣기 거북한 독설임에도 불구하고 조나단의 심장은 여전히 팔딱팔딱 뛰었다. 설렜다. 미어졌다. 그리고 그녀가 사랑스러웠다.

"그래서 나보고 어떻게 하라는 거요?"

조나단 리빙스턴은 어깨를 슬쩍 빼면서 마리안에게로 얼굴을 돌렸다. 그런 바람에 둘의 부리가 정면으로 부딪쳤다. 부딪힌 채로 둘은 굳어버렸다. 속을 후벼 파던 독설도, 적진으로 향하던 외로운 날갯짓도, 바람도, 파도와 밝아오기 시작한 하늘, 떠도는 구름, 모든 것이 다 정지했다. 그리고 그 운명적인 정지가 풀릴 때까지, 짧고도 긴 시간이 흘렀다.

햄 딕테이터 시장은 시청 도서관에서 조부가 갈매기와 별인 전쟁사를 읽고 나서 책을 덮었다. 갈매기 대장이 홀로 투항함으로써 전쟁은 막을 내렸다. 전쟁발발 8일 만에 갈매기 대장은 스스로 투항하여 갈매기들의 생존을 보장해달라는 협상을 벌였고, 조부인 릭 딕테이터 시장은 도브시에서 모든 갈매기들을 추방하겠다고 주장했다. 3일 후에 갈매기 대장과 릭 딕테이터 시장은 밤낮으로 벌인 종전협상의 결과를 발표했다.

"일, 살아남은 갈매기들은 '어드벤처 클리프'를 제외한 어느 곳도 출입을 금한다. 이, 갈매기는 고도 300미터 이상을 날 수 없다. 삼, 비둘기들이 갈매기들의 모든 권리와 지위를 대신한다."

누가 봐도 명백한 불평등협상이었지만, 이마저도 갈매기 대장의 목숨을 담보로 얻어낸 것이었다. 꿈을 꾸는 갈매기 조나단 리빙스턴은 조부가 직접 발사를 명령한 가운데 파란만장한 삶을 멈추었다.

핸의 조부인 릭은 비둘기를 위해서 터전을 마련해주고 비둘기 조각과 동상을 건립하고 그들을 도브시의 일원으로 받아들였다.

"재미있군. 이번엔 손자인 내가 비둘기를 내몰게 되다니, 이런 걸 바로 역사의 아이러니라고 하나. 시건방진 비둘기 새끼 한 마리가 날 화나게 했어."

핸 딕테이터 시장은 의자를 박차고 일어났다. 법률이나 조례안을 고쳐서라도 반드시 비둘기를 일망타진할 것을 스스로에게 다짐하는 시장의 얼굴은 광기어린 결기로 시퍼렇게 일그러졌다.

조부를 빼닮은 핸 딕테이터는 거침없이 일을 진행시켜 나갔다. 조류를 체포하는데 시민의 공복인 경찰을 출동시킬 수 없다는 법률적 반대에 그는 조류학자들을 총동원해서 비둘기가 얼마나 사람한테 해악한 조류인지, 그리고 그 음란함은 상상을 초월한다는 프레임을 만들어서 여론전을 펼쳤다. 결국 시의회는 시민에게 해악을 끼치는 조류를 없애는데 경찰을 동원할 수 있다는 법적 근거를 마련했다. 핸 시장은 즉각 경찰 총동원령을 내렸을 뿐만 아니라, 시민들이 자발적인 향토의용군을 창설하여 경찰과 합동작전을 펼치도록 후원했다.

도브시는 묘한 열기에 들떠서 비둘기사냥에 올인했다. 평범한 시민들 역시 광기에 휩싸였다. 몇 달 전만 해도 광장에서 사람들은 비둘기에게 모이를 던져주고, 비둘기는 사람들에게 아무 거리낌 없이 다가갔다. 아이들과 비둘기는 제3의 언어로 서로 통했다. 시내에는 비둘기 조각상이 넘쳐났고 비둘기 캐릭터가 사랑받았다. 그러나 모든 것이 급변했다. 시민들에게 가장 인기 있는 놀이는 비둘기사냥이었다. 시에서는 비둘기 머리를 잘라오는 시민들에게 1두당 1피존루를 상금으로 걸었다. 아이들도 거리낌 없이 비둘기의 모가지를 댕강댕강 잘랐다. 핸 딕테이터 시장은 비둘기 조각상과 캐릭터를 창조한 작가들을 죄다 불러 모았다. 그들의 작품을 없애는 조건으로 파격적인 제안을 했다. 시 공무원으로 전격 채용을 하고 주택을 보급하겠다고 공언했다. 작가들은 두말없이 그 자리에서 시장의 제안을 전격적으로 받아들였다. 비둘기사냥이 막바지로 접어들면서, 시민들은 새로운 놀잇감을 찾기 시작했다. 그때, 시에서 시민들에게 해머를 하나씩 지급했다. 도브시에 널려있는 비둘기 조각상을 남김없이 부숴버리라는 미션이 시민들에게 주어졌다. 해머를 든 시민들이 거리로 쏟아져 나왔다. 시민들은 도브시에 남아있는 비둘기의 모든 흔적을 없애버렸다.

웃고 있는 자, 핸 딕테이터 시장은 집무실에 서서 창문을 통해 해머를 들고 좀비처럼 거리를 헤매는 시민들을 내려다보면서 옅은 미소를 지었다. 그 옅은 미소에 핏빛이 어스름 번졌다. 노크 소리에 그는 핏빛 미소를 감추었다. 시경국장 맨아튼 조였다.

"이제 우리 도브시에 비둘기의 흔적은 다 사라진 건가?"

"말도 마세요, 시장님. 겨우 1피존루에 노인이건 아이건 비둘기의 대가리를 댕강댕강 자르다니, 전 아직도 믿을 수가 없습니다."

맨아튼 조가 자르르 몸서리를 쳤다. 핸 딕테이터가 도브시의 18대 시장으로 취임하기 전까지 비둘기는 시민들의 친구였다. 그냥 도브시의 시민이었다. 그는 어떻게 이런 일이 벌어졌는지 도저히 이해할 수 없다는 표정으로 시장을 쳐다봤다. 시경국장은 시장에게 몇 가지 보고를 올리고 집무실을 나갔다.

"폭력은 아주 달콤한 유혹이지."

핸 딕테이터 시장은 시에서 가장 크고 상징적인 비둘기상
이 시민들에 의해서 끌어내려지는 광경을 내려다보면서 중
얼거렸다. 조부가 벌인 갈매기와의 전쟁에서 공을 세운 비둘
기 영웅의 동상이었다. 시경국장이 놓고 간 보고서에는 도
브시에 생존하는 조류의 종류와 개체 수에 관한 것도 끼어
있었다.

"또, 폭력은 지도자의 덕목 중에 하나지."

핸 딕테이터 시장은 개체 수가 가장 많은 조류를 손가락으
로 짚으면서 입술 끝을 올렸다. 그건 닭이었다.

프리덤 리빙스턴은 아드레나에게 이별을 고했다. 광기의
폭력에서 겨우 살아남은 비둘기들은 안전한 곳을 찾아서
고향인 도브시를 아예 떠나야만 했다. 프리덤은 떠나기 전
에 아드레나를 마지막으로 보기 위해서 '어드벤처 클리프'에
온 것이었다.

"다른 데로 가지 말고 여기 어드벤처 클리프로 와. 여긴
안전할 거야. 아빠한테 들었는데, 어드벤처 클리프는……."

아드레나가 끼룩끼룩 울면서 프리덤 리빙스턴의 날개를
붙잡았다. 그러나 프리덤은 알고 있다. 머물러야 할 운명과
떠나야 할 운명이 따로 존재한다는 것을. 갈매기인 그녀에
게 비둘기의 비극적인 운명을 덧씌울 순 없다. 아무리 사랑

이란 이름이라고 하더라도.

'어드벤처 클리프'는 특별한 곳이다. 오래전에 남다른 비상을 꿈꾼 갈매기가 있었다. 갈매기의 가치를 끝까지 지키려고 했던 갈매기가 있었다. 여명이 튼 바다를 홀로 날아간 갈매기는 다시는 돌아오지 않았고, 남은 갈매기들은 그들의 성지인 '어드벤처 클리프'를 지킬 수 있었다. 그 후부터 '어드벤처 클리프'는 갈매기의 벼랑이라고 불렸다.

"어드벤처 클리프는 인간들도 절대 접근할 수 없대. 우리 아빠가 그러는데 옛날에 갈매기 대장이 자신의 목숨을 걸고 인간들과 협상을 벌여서 얻어낸 곳이래. 그러니까……."

프리덤 리빙스턴은 아드레나에게 입맞춤을 했다. 아드레나는 프리덤을 더 이상 붙잡을 수 없다는 것을 알고 키스에 전념했다. 푸른 바다와 하얀 파도, 잔뜩 구름을 머금은 하늘을 배경으로 '어드벤처 클리프'의 위용은 예나 지금이나 변함없이 당당했다. 비둘기 프리덤 리빙스턴과 갈매기 아드레나는 길고 깊은 이별의 키스에 몰두했다.

"이제 가야겠어. 다들 날 기다리고 있어. 내가 남은 종족들을 이끌고 가야 하거든."

키스를 끝낸 프리덤이 담담한 표정으로 말했지만, 자부심이 반짝 빛나는 걸 숨길 수는 없었다. 아드레나는 알겠다는 뜻으로 고개를 끄덕여주었다. 가장 높이 멀리 날아가 본 경험이 있는 프리덤이 종족을 이끌고 바다를 건너야 한다는 것을 그녀도 인지하고 있었다. 거리의 새인 비둘기가 무리를 지어 바다를 건너가는 건 거의 자살행위나 마찬가지다. 그러나 아드레나는 프리덤 리빙스턴을 믿는다. 그에게선 이상하게도 늘 바다 냄새가 났으니까.

프리덤이 날개를 수평으로 펼치고 가늘지만 단단해 보이는 발목에 힘을 잔뜩 넣었다. 떠나려는 신호다. 떠나야겠다는 강력한 의지다. 아드레나의 눈빛이 갑자기 맑아졌다. 보내려는 것이다. 이왕에 보내야 한다면, 될 수 있는 한 말간 얼굴로 보내고 싶었다. 프리덤이 아드레나의 얼굴을 짧지만 깊숙이 쳐다보고 나서 박차를 가했다. 비둘기 프리덤 리빙스턴은 갈매기 아드레나의 머리 위로 크게 포물선을 그리며 날다가, 어느 순간에 날개를 직각으로 꺾고 믿을 수 없는 속도로 사라졌다. 아드레나는 끼룩끼룩 울면서 사랑하는 이를 떠나보냈다. 아드레나가 홀로 앉아있는 바위로 한 마리의 갈매기가 날아들었다. 나이가 지긋해 보이는 갈매기는 아드레나의 아버지였다.

"결국 떠났구나."

그는 딸의 표정을 요모조모 살피면서 조심스럽게 말했다. 태어나면서부터 존중과 배려가 밴 말투였다. 아드레나는 대답 대신에 프리덤 리빙스턴이 점점으로 사라진 하늘을 바라만 봤다.

"그의 이름이 뭐라고 했니, 아드레나?"

"프리덤, 프리덤 리빙스턴이에요, 아버지. 이젠 더 이상 부를 수도 없는 이름이지만 말이에요."

아드레나의 아버지는 귀를 의심했다. 리빙스턴? 리빙스턴
은 비둘기에겐 없는 성이다. 오직 바다 위를 나는 갈매기에
게만 있는 이름, 리빙스턴. 딸에게 자유로운 비행을 즐기는
비둘기가 있다는 이야기를 듣고 궁금했었다. 게다가 갈매기
의 성역인 '어드벤처 클리프'에서 낙하비행을 한다는 말에
그저 별종이라고만 여겼는데, 그의 이름이 리빙스턴이라니,
아드레나의 아버지는 80년 전에 전쟁을 종식시키기 위해서
홀로 사라진 전설의 갈매기를 떠올렸다.

"그가 떠난 곳이니?"

아드레나의 아버지는 딸의 눈을 따라갔다. 구름 사이로
햇빛이 으스름 비쳤다. 비둘기가 날 수 있는 거리가 아니었
다. 확신에 찬 그의 얼굴이 차츰 굳어갔다. 꿈을 꾸는 갈매
기 조나단 리빙스턴의 환영이 하늘을 수놓았다.

도브시의 18대 시장인 핸 딕테이터는 연임을 금지한 헌법
을 고치고 19대 시장 후보로 등록을 했다. 야당과 시민단체
들은 초헌법적인 작태에 연일 데모를 했지만, 시장은 눈도
꿈쩍하지 않았다. 그가 믿고 있는 히든카드가 있기 때문이
었다. 시민들을 폭력의 광기로 몰고 가면 될 것이다. 핸 딕테
이터 시장은 시경국장의 보고서를 꼼꼼하게 읽어 내려갔다.

"우리 도브시엔 닭이 너무 많단 말이야"

라이온이라고 불린 개

새벽이 무르익을 무렵,
그들의 자취는 어느 곳에도 없었다.
역사와 전통을 자랑하는 지구상에서
가장 오래된 가축들은
그들만의 세상을 찾아 숲 속으로 숨어들었다.
한때 가장 용감하고 위대했던 지도자는
그저 전설로만 남아 유령처럼 떠돌 뿐이었다.

1

"이번 주 일요일이 손 없는 날이래요."

라이온이 아줌마와 아저씨가 하는 말을 엿들은 건 어젯밤이었다. 모두들 깊은 잠 속으로 빠져든, 자정이 훨씬 지난 시간이었다. 뒤뜰부터 담을 따라서 앞마당에 이르는 마지막 순찰을 마치고 현관을 가로질러 가던 중에 우연히 듣게 되었다. '손 없는 날······.' 생전에 할머니가 자주 쓰던 단어였다. 할머니는 엄지손가락으로 검지부터 소지까지 손가락 마디마디를 차례대로 짚은 다음에야 '손 없는 날'을 알아냈었다. 그리고 달력에다가 빨간색 사인펜으로 동그라미를 큼지막하게 그렸었다. 할머니는 빨간색 동그라미 밑에 '복순이네 이사 가는 날'이라고 썼다. 그리고 보면 손 없는 날과 이사는 확실히 관련이 있었다.

라이온은 점잖지 못한 행동인지 알면서도 현관문에다가 귀를 바짝 대고서 아줌마와 아저씨가 나누는 대화를 본격적으로 엿듣기 시작했다. 단순한 호기심을 넘어서 모두의 안위가 걸린 문제라는 판단을 했기 때문이었다. 라이온은 이사가 대사 중에 하나라는 것을 알고 있었다.

"그럼 그 날로 정합시다."

아저씨의 낮고 굵직한 음성이 라이온의 귓속으로 화살이 되어서 쏘옥 날아들었다.

"알았어요, 여보. 아이, 신나라."

곧 이어서 들리는 아줌마의 들뜬 목소리는 마치 어린아이 같았다. 라이온은 태어나서 저렇게 들뜬 아줌마의 목소리를 처음 들어보았다. 생전에 할머니는 좋다, 싫다를 표현하지 않는 무뚝뚝한 며느리의 흠을 잡곤 했었다. 여시랑은 살아도 곰이랑은 못사는 법이다.

"뭐가 그리 신난단 말이오? 그만 잡시다."

아저씨가 갑자기 심술 떡을 잔뜩 집어먹은 말투로 아줌마를 쏘아붙였다. '그만 잡시다.'는 아저씨가 최고로 화가 났을 때 하는 말이다. 더 이상 깨어있다가는 어떤 일을 치를 지도 모른다는 일종의 경고 같은 거였다.

"아파트로 이살 가는데, 당신은 안 좋아요? 애들도 흥분이 돼서 요새 잠도 제대로 못 자는 거, 알기나 해요?"

할머니와 손 없는 날, 그리고 빨간색 동그라미 밑에 적힌 복순이네 이사 가는 날…… 라이온의 머리 위로 짧은 파노라마가 후다닥 지나갔다. 라이온은 하늘을 향해 귀를 바싹 세웠다.

"애들은 애들이라서 그런다고 쳐도, 당신은 너무 날뛰지 말고 자중해요."

아저씨의 갈라진 음성이 파편처럼 이곳저곳으로 흩어져 날아왔다. 라이온의 귀는 이것들을 모으느라고 분주해졌다.

"어떻게 당신이 나한테 그렇게 말할 수가 있어요? 이 촌구석에 시집와서 아버님, 어머님 아무 불평 없이 모신 나예요. 어머님 돌아가는 날까지 이사에 이응자 하나 꺼내본 적이 없다구요. 어머님이 하도 끔찍하게 아끼시던 집이라서 말이에요. 요즘 이런 구식 집에 누가 살아요? 귀신이라면 모를까. 당신 정말 이해가 안 돼요. 사시사철 더운물로 목욕할 수 있고, 한겨울에도 팬티 한 장만 입고 지낸답디다. 이런 낡고 지저분한 단독주택에 비하면, 아파트는 그야말로 천국이에요. 천국. 뭘 알고나 말씀하시죠."

평소에 웬만한 것은 아저씨에게 내어주는 아줌마인데 이번엔 지지 않고 목소리를 칼칼하게 높였다. 그런 아줌마가 쌍심지를 켜고 두둔하는 걸 보면 아파트란 곳이 정말 천국 같은 곳이긴 한 모양이라고 라이온은 현관문 밑에 코를 박고 엎드려서 상상해보았다.

"내가 그러니까 하는 말이오. 어머니가 이 집을 끔찍이 아꼈다는 걸 그렇게 잘 안다는 사람이 그래요? 어머니 돌아가신 지 일 년도 안 되었소. 아무튼 난 당신하고 애들이 이사 간다고 들떠서 개새끼들처럼 날뛰는 걸 보면, 왠지 마음이 안 좋으니, 그리 알아요."

버럭 소릴 내지르고 나서 일어서는 아저씨의 그림자가 창문을 통해서 거인처럼 크게 비쳤다가, 금세 쪼그라들었다.

라이온은 개새끼라는 표현이 도통 마음에 들지 않았지만, 그냥 넘어가기로 했다.

"그럼 당신 말은 돌아가신 어머님 때문에 우리 식구들이 이 지긋지긋한 집을 평생 끼고 살아야 한단 말이에요?"

안방 문을 박차고 나가는 아저씨의 뒤통수에 대고 아줌마가 한 방을 쐈다. 그러나 아저씨도 최후의 일격을 놓치지 않았다.

"누가 그러자 했나? 그냥 좀 자중하란 얘기지. 어머니가 이 집을 샀을 때 얼마나 좋아하셨는지 당신도 누누이 들었잖소? 갓 시집온 새댁에게 이 집 산 내력 이야기하느라고 시집살이 한번 시킨 적이 없는 분이야. 게다가 우리 두 애들도 다 이 집에서 태어났고……. 마치 어머니 돌아가시길 손꼽아 기다린 사람처럼 굴지 말란 말이요, 내 말은."

"저이가. 말하는 본새 좀 봐. 날 도대체 어디다 취직을 시키는 거야? 또 뭐라고요? 시집살이 한번 시키신 적이 없다고요? 어머님이요? 하!"

"관둡시다."

라이온은 느닷없이 열린 현관문에 머리를 찧고는 놀라서, 냅다 뛰어 장독대 뒤로 숨었다.

아저씨는 현관 바로 앞의 계단에 쪼그리고 앉아서, 담배를 꺼내 물었다. 먼 어둠 속이라서 그런지, 아저씨의 몸뚱어리가 무척이나 작아 보였다. 치이익! 빨간 불꽃이 아저씨의 일그러진 얼굴을 명과 암으로 갈라놓더니, 이내 피이익, 하는 짧은 비명을 지르며 사라져버렸다. 동시에 아저씨의 얼굴도 어둠에 묻혀버렸다. 하얀 담배 연기만이 운무처럼 허공에 깔렸다.

2

하루살이 한 마리가 날아와서 겁도 없이 코끝에 앉는 바람에 잠이 깬 라이온은 아직 뭇별들이 남아서 반짝거리고 있는 새벽하늘을 올려다보았다. 어젯밤에 장독대 뒤에서 그대로 잠이 들었던 것이다.

어젯밤에 아줌마와 아저씨가 이사문제로 다투었던 게 기억났다. 아줌마의 말대로라면 일주일 후에는 천국보다 더 좋다는 아파트로 이사를 하게 된다. 일 년 내내 더운물이 콸콸 나오고, 한겨울에도 추위 걱정을 할 필요가 없는 곳이라면, 아줌마의 말마따나 아파트는 천국이 틀림없을 것이다. 작년에 돌아가신 할머니 역시 눈에 넣어도 안 아플 사랑하는 손자들이 천국 같은 곳에서 지내길 바라실 게 분명했다. 그런데 괜한 심술을 부리는 아저씨를 라이온은 정말 이해할 수 없었다. 지나가던 개가 다 웃을 일이었다.

인간들이란 참……. 라이온은 장독대를 벗어나 뒤뜰을 거닐며 혀를 찼다. 인간들은 싸우기 위해서 존재하는 동물 같기도 했다. 아줌마와 아저씨의 싸움은 말할 것도 없고, 생전에 할머니와 아줌마 사이에 묘한 긴장감이 팽팽했었다. 명절 때마다 오는 애들 고모 때문에 아줌마는 눈물 바람을 하기 일쑤였다. 라이온은 어린 시절에 할머니에게 들었던 6·25 전쟁 이야기도 생각났다. 동포끼리 총으로 쏴 죽이고 대창으로 찔러 죽였다는 대목에선 개만도 못한 이란 말이 절로 나왔었다.

쿵쿵, 그때 봄바람에 실려 온 냄새 하나가 라이온의 예민한 코에 포착되었다. 라이온은 자질구레한 상념들을 지우고, 뾰족하게 날이 선 잘생긴 코를 앞세우고, 냄새를 따라서 천천히 다가갔다.

뒤뜰의 가장자리에 붙어있는, 이제는 폐허가 된 아담한 화단으로부터 날아온 냄새였다. 옛 화단 터에 수북이 쌓여있는 판자 더미 속에서 솔솔 피어나는 냄새였다. 라이온은 다가가서 판자 더미 속에 코를 박고서 냄새의 정체를 알아내려고 쿵쿵거렸다.

할머니……. 라이온을 이곳까지 이끈 냄새는 다름 아닌 작년에 돌아가신 할머니의 냄새였다. 할머니의 냄새를 포착한 라이온은 정신없이 앞발로 판자 더미 속을 파헤쳤다.

더미 속에는 줄기도, 열매도 잃은 작고 노란 호박꽃 한 송이가 얌전히 놓여 있었다. 마치 하늘에서 뚝 떨어진 듯했다. 라이온은 호박꽃이 할머니의 환생이라는 생각이 들었다. 라이온이 아주 어렸을 때였다. 화단에 들어가서 장난을 치다가 할머니에게 들켜서 그야말로 눈알이 빠질 정도로 혼이 난 적이 있었다. 정이 철철 넘칠 만큼 많고 순한 할머니였지만, 뒤뜰의 모서리에 붙어있는 작은 화단에 대한 애착은 남달랐었다.

화단은 할머니의 작은 세계였고, 할머니의 죽음과 함께 그 세계도 절명하고 말았다. 화단에 핀 여러 종류의 꽃 중에서도 호박꽃에 대한 할머니의 애정은 가히 병적이라고 할 만했었다. 하, 박도 내고 이렇게 고운 색깔 꽃도 피는 것이 너 말고 누가 있겠노. 할머니가 호박꽃을 보면서 감탄을 하면, 라이온은 호박꽃에게 속으로 질투심을 품기도 했었다. 아무리 아파트가 천국보다 좋다 한들 추억까지야 가져갈 수 있을까, 라이온은 잠시 우수에 젖어서 앳된 호박꽃을 코로 애무했다. 질투도 추억이 되었다.

할머니……. 라이온의 사자 갈기 같은 목털을 고이고이 쓰다듬어주던 손길이 문득 그리워져서, 라이온은 새벽하늘을 올려다보고 울었다. 하늘을 보며 울어서는 안 된다는 오래된 금기를 깬 행동이었다. 그러나 라이온은 새벽하늘에 외롭게 떠 있는 초승달을 향해서 목청을 돋우었다. 호박꽃과 할머니를 가슴속에 묻고 라이온은 뒤뜰을 빠져 나왔다. 이별은 슬픈 것이지만, 집착은 삶에 전혀 도움이 되지 않는다는 걸 영리한 라이온은 누구보다 잘 알고 있었다. 과거에 대한 그리움은 더욱더 그러하다. 삶이란 흐르는 강물에 떨어진 나뭇잎과도 같은 것이다. 나뭇잎은 절대 강물을 거슬러 갈 수 없다. 그래서도 안 된다. 추억은 그저 아름다운 기억의 한 편린으로 남는 것일 뿐이다. 가슴 한켠에 묻어 두었다가 아무도 몰래 꺼내서 보는 빛바랜 사진첩 같은 거다. 그래야 추억답다. 새벽하늘에서 희미해져 가는 달을 보고 한 번

울어준 것으로 자신을 가장 아끼고 귀여워해주었던 할머니에 대한 예의를 모두 마친 라이온은 과감하게 새벽을 버리고, 아침을 향해서 보무당당하게 걸어 나갔다.

3

"어서들 밥 먹어라."

아줌마가 국자로 찌그러진 양은냄비를 요란하게 두들겨댔다. 그 소리에 적막했던 마당이 화들짝 놀라서 팔짝 뛰었다가, 곧 가라앉았다. 그러나 마당은 다시 아침 몸살을 앓아야만 했다. 어디에 꽁꽁 숨어있었는지 개 코도 보이지 않던 다섯 마리의 잡종견들이 컹컹 깽깽 낑낑 끙끙 쿵쿵거리면서 아줌마에게 달려들었다. 오죽했으면 방금 얼굴을 내민 해님이 어디 전쟁이라도 터졌나 하고 밑을 내려다볼 정도였다. 아줌마를 에워싼 놈들은 한 입이라도 더 얻어먹겠다는 사생결단의 투쟁력을 과시하면서 구유에다가 저마다 주둥이를 갖다 대고서 먹이가 떨어지기만을 학수고대하고 있었다. 어떤 놈은 아줌마의 치마를 물어 당기기까지 하면서 보채다가 결국은 커다란 국자로 꿀통을 얻어맞기도 했다. 정말 꿀통이다. 먹이가 구유에 떨어지기도 전에 먼저 받아먹느라고 그야말로 개판이 되었다.

아줌마는 빈 냄비를 들고 한동안 개판을 떠나지 못하고

섰다가 혼자 중얼거린 다음에야 떠났다.

"그려, 많이들 처먹어라. 때깔이라도 좋게."

라이온은 그런 광경을 보고 혀를 찼다. 개판에 끼어들고 싶지 않았다. 그는 멀찍이 서서 개판이 진정되기를 기다렸다가, 자랑거리인 갈색 갈기를 곧추세우고서 사자 같은 걸음으로 먹이통을 향해서 다가갔다.

라이온이 나타나자, 다섯 마리의 잡종견들은 약속이나 한 듯이 쥐 떼처럼 흩어졌다. 자신의 위풍당당한 모습에 주눅이 들었을 것이라고 짐작한 라이온은 만족한 표정을 지으며 먹이통을 내려다보았다. 순간 라이온의 눈빛이 잠시 흔들렸다. 이럴 수가……. 밥알 한 톨도 남아있지 않았다. 사흘 동안 설거지만 해도 이렇게 깨끗할 수는 없을 것이다.

걸신들린 똥개들 같으니라고……. 라이온은 흔들리는 몸과 마음을 겨우 진정시키고, 빛나는 갈색 갈기를 다시 세우고 당당한 걸음으로 먹이통을 떠났다. 면도날 같은 허기를 어떡하든지 이성과 위엄으로 참아내야만 한다고, 그는 입을 앙다물었다. 본능에 집착하는 자는 그 집착의 크기만큼 무시당하게 마련이다. 쓰린 허기가 목구멍까지 기어 올라와서 신트림이 났지만, 라이온의 걸음걸이는 조금도 흔들리거나 정도를 벗어나지 않았다. 이것이 라이온과 다른 뭇 개들이 구분되는 점이었다. 라이온은 봄볕이 따사롭게 내리쬐는 양지에 자릴 잡고 앞발 위에 잘생긴 코를 얹고 엎드렸다. 밥을 다 처먹은 놈들은 나름대로 여유를 즐기고 있을 터였다. 아직 철부지인 쫑과 해피는 부른 배를 꺼뜨리기 위해서 꼬리물기 놀이를 하고 있을 것이다. 서로의 꼬리를 물려고 빙빙 돌다가, 결국은 둘 다 헛 입으로 쓰러지면 게임이 종료됐다. 한 번도 승패가 난 적이 없는 게임을 쫑과 해피는 죽어라고 해댔다. 게으르고 늙은 황구는 누런 이빨을 자작자작 갈면서 식후의 오수를 즐기고 있을 게 틀림없다. 요즘 들어서 듬성듬성 빠지기 시작한 털은 보기에도 민망할 정도로 흉측했다. 왕년에 전국을 주름잡던 잘나가는 투견이었다는 말은 제 자랑을 하는 약 광고에 불과해서 아무도 귀를 기울여주지 않았다. 그래도 터키 출신인 캉갈의 후예라는 자부심은 대단했다. 한창 연애 중인 베니와 메리는 뒤뜰 구석진 자리에서 열심히 짝짓기를 하고 있을 것이다. 진돗개와 똥개의 혼혈인 베니는 스피츠 계통의 잡종견인 메리와 눈이 맞은 지 딱 한 달이 되었다. 시도 때도 없이 민망한 짓을 해서 아줌마에게 물벼락을 맞은 일도 있었다. 세상에 잡종들의 수가 왜 그토록 많은지 알만했다. 대부분 눈치를 챘겠지만, 마당 넓은 집에 살고 있는 여섯 마리의 개 중에서 단연 눈에 띄는 외모와 지성을 지닌 개는 라이온이었다. 그의 품종은 한때 아일랜드의 늑대라는 애칭으로 불렸던 사냥개, 아이리쉬 울프 하운드였다. 처음 이 집으로 입양되어 왔을 때, 돌아가신 할머니는 어린 라이온의 멋진 갈색 갈기를 쓰다듬으면서 '이놈 개새끼가 아니라, 꼭 사자새끼 같다.'라고 말씀하시는 바람에 이름도 얻게 되었다. 지금은 베니와 꼬리를 붙어먹고 있는 메리 년이 한때는 갈기를 핥아주면서 꼬릴 쳐댔지만, 라이온은 그년에게 눈길 한번 주지 않았었다. 잠시 잠깐의 실수로 그런 잡종년과 꼬리가 붙는다는 건 가문의 수치이기 때문이다. 적어도 몰타섬의 공주라고 불리는 우아하고 세련된 말티즈정도는 돼야만 자신의 짝으로 어울린다고 어림하는 라이온이었다. 이런저런 생각들로 허기를 달래봤지만, 깊어질 대로 깊어져서 이제는 감각조차 사라져버렸다. 라이온은 벌떡 일어서서 고개를 들어 하늘을 올려다보았다. 아침 해가 어느새 하늘 한가운데를 향해서 천천히 움직이고 있었다. 봄바람이 스치자, 라이온의 상징이 깃발처럼 나부꼈다.

라이온은 발길을 천천히 뒤뜰로 돌렸다. 비록 폐허가 되었지만, 할머니의 화단은 언제나 라이온의 중심이었다. 라이온을 라이온답게 만들어주는 가치 기준이었다. 라이온을 제외하고 어떤 개도 화단 근처에 함부로 접근할 수 없었다. 할머니의 화단을 배경으로 삼아 설 수 있는 자는 오직 라이온뿐이었다. 라이온은 할머니의 화단 앞에 우뚝 서서 하늘을 향해 세 번 짖었다. 집합을 알리는 신호였다. 곧 다섯 마리의 개새끼들이 꽁지를 빠뜨리고 몰려들 것이다. 사자의 갈색 갈기를 가진 아이리쉬 울프 하운드는 그들의 탁월한 지도자였다.

4

라이온의 포효가 마당을 쩌렁쩌렁 울리자, 예상했던 대로 다섯 마리의 잡종견들이 꽁지에 불을 달고서 나타났다. 그들이 라이온 앞에 정렬하는데 걸린 시간은 고작 5분도 되지 않았다. 느러터지기가 거북이 사촌쯤은 되는 황구의 동작도 그런대로 봐줄 만할 정도였다. 라이온은 코끝을 세워서 인원을 파악한 다음에 짧게 마지막으로 목청을 가다듬었다. 그의 갈기는 완연하게 깃든 봄볕을 받아서 보석처럼 반짝반짝 윤이 났다. 하늘을 향해서 빳빳하게 선 꼬리는 위압감을 주기에 충분하였다. 넋이 빠져나간 멍한 표정으로 라이온을 바라보고 있는 메리의 옆구리를 베니가 앞발로 툭 쳤다. 그제야 풀렸던 눈을 겨우 수습한 메리는 낭군을 향해서 억지웃음을 배시시 흘렸다. 베니의 눈이 옆으로 찢어졌다.

"오늘 제군들에게 전해야 할 중요한 사항이 하나 있도다. 빛나는 아침처럼 아름답기 그지없는 소식이다. 그대들은 내 목소리가 전하는 기쁨을 마음껏 즐겨도 좋을 것이다."

라이온은 이렇게 시처럼 품위 있게 말하는 것을 좋아했다. 라이온의 신호에 따라서 모두가 엉덩이를 바닥에 깔고 앉았다. 일동이 편안한 자세를 갖추자 라이온이 이야기를 시작했다.

"우리는 이번 주 일요일에 아파트라는 곳으로 거처를 옮길 운명이다. 오늘이 화요일이니까 이제 5일밖에 남지 않았노

라. 고향을 떠나는 일은 결코 쉽지 않은 일이다. 그러나 우리는 새로운 환경에 적응해야만 한다. 챙겨야 할 물건과 버려야 될 것들을 미리 잘 구분해 놓도록 하라, 알았나? 추억은 가져가되, 그리움은 놓고 가라."

라이온의 이야기가 끝나자 웅성거림이 파도처럼 치고, 지나갔다.

"라이온 님, 그런데 우리가 이사를 하게 될 아파트는 도대체 어떤 곳인가요?"

메리가 일부러 코맹맹이 소리를 내어 물었다. 베니의 찢어진 눈은 내내 한곳에 박혀있었다.

"아파트……. 내가 듣기론 일 년 내내 더운물이 콸콸 쏟아지고, 한겨울에도 담요 없이 지낼 수 있는 곳이다. 한마디로 말하면, 천국 같은 곳이다. 그렇다. 우리는 천국을 향해서 간다."

라이온이 리듬을 타고 설명을 하자, 일동은 열렬한 환호성으로 보답했다. 메리는 베니의 견제는 아랑곳하지도 않고 그윽한 눈길로 아일랜드 늑대의 황금 갈기를 바라만 볼 뿐이었다. 용맹과 지성을 겸비한 수컷은 드물다. 메리는 그 드문 종족을 눈앞에서 보고 있는 중이다.

아파트를 상상하는 모두의 눈 속에는 기쁨과 희망으로 가득 찼다. 라이온은 그런 그들을 지긋한 눈빛으로 바라보았다. 나의 사랑스러운 백성들이여! 내가 그대들에게 천국을 선사해주겠노라. 라이온의 눈은 군주로서의 뿌듯한 자부심으로 여명처럼 빛났다. 백성들은 위대한 지도자, 라이온을 개 거품을 물고 칭송하느라고 여념이 없었다. 천국 같은 아파트로 무사히 이사를 가게 되면, 그것은 라이온의 치적 중의 하나로 기록될 것이다. 그렇게 시끌벅적한 마당을 내려다보던 해는 거뭇거뭇 나타나기 시작한 달과 별들에게 임무를 인수인계하고 서쪽 하늘로 사라졌다.

"라이온 님⋯⋯."

할머니의 화단 옆에서 잠자리를 챙기던 라이온은 자신의 이름을 속삭여 부르는 목소리에 귀를 세우고 돌아다보았다. 메리 년이었다. 메리는 뇌쇄적인 포즈를 잡으며 그에게 다가오고 있었다. 꽁지를 바짝 세우고, 아랫도리를 훤히 드러내놓고 있었다. 라이온은 차마 똑바로 쳐다볼 수가 없어서 눈길을 돌려 외면한 채로 무슨 일이냐고 투박하게 물었다.

"오늘 밤 달이 유난히 좋지 않나요?"

메리는 달이 너무나 좋다는 핑계를 대면서 라이온이 어루만져놓은 담요 위에 허락도 얻지 않고 떡하니 자릴 잡고 앉았다. 라이온은 메리의 음부에서 풍겨오는 강렬한 암내를 외면하려고 하늘에다가 코를 박았다. 그러는 사이에 메리가 라이온의 옆에 바싹 붙었다. 밤바람에 암내가 더욱 물씬 풍겼다.

"일주일 후면, 우리들은 이 집을 떠나게 돼요."

메리는 할머니의 화단을 시작으로 뒤뜰 주변을 차례대로 둘러보면서 감상에 흠뻑 빠졌다가 나온 목소리로 말을 이어갔다. 라이온은 여전히 하늘에다가 코를 박고서 메리의 이야기에 귀를 기울였다. 참으로 많은 기억과 추억의 씨가 뿌려진 곳이다. 그래도 떠날 때는 미련 없이 가야만 한다. 지나간 세월과 운명 속에 터를 잡고 빠져나오지 못하는 자에게는 발전이 없다는 진리를 누구보다 잘 알고 있는 라이온이었다.

"추억이 참 많은 곳이에요. 이곳은. 그렇지만 우리가 천국 같은 곳으로 이살 간다니 기뻐요, 라이온 님. 제가 딴 생각이 있어서 온 건 아니에요. 라이온 님은 항상 우릴 어떻게 하면 조금이라도 더 편안하고 행복하게 해줄까 하는 생각만 하잖아요. 전 알아요. 오늘 아침 식사 때도 라이온 님은 우릴 위해서 굶었어요. 그래도 낯빛 하나 흐트러뜨리지 않는 모습을 보고 정말 대단하다고 생각했어요. 다른 개새끼들 같았으면 어림도 없는 일이에요. 전 이곳에 있는 유일한 암컷이에요. 라이온 님은 아무런 대가 없이 하룻밤 절 가질 자격이 충분하다고 생각해요. 당신은 우리들의 위대한 왕이니까요. 어때요?"

메리가 말을 마친 다음에 혀를 내밀어 라이온의 갈기를 핥았다.

"가거라. 지금 도대체 내게 무슨 말을 하는 거냐? 넌 지금 네가 한 말이 부끄럽지도 않느냐?"

라이온은 고개를 흔들어 갈기를 빼내면서 짐짓 위엄어린 목소리로 일갈했다. 그러나 라이온은 자신의 감추어진 몸의 일부에 은밀한 힘이 들어가는 것을 감지하고는 헛기침만 연발 쏘아대었다. 이미 눈치를 챈 메리는 그렇게 억지로 참을 필요가 있을까요, 라고 속삭이고는 이번엔 라이온의 귀를 빨기 시작했다.

어디선가 종소리가 딸랑딸랑 들려왔다. 라이온은 발기된 음경을 메리에게 들키지 않으려고 허리를 뒤틀었다. 그러는 바람에 라이온의 귀를 놓쳐버린 메리는 야릇한 미소를 흘리면서 입맛을 다셨다.

메리는 천하의 라이온이 이미 팔부능선을 넘어왔다고 판단했다. 이 세상에 본능을 거부할 수 있는 동물은 없어…….수컷의 거친 숨소리가 밤공기를 갈랐다. 무성한 털 사이로 빨갛게 부풀어 오른 은밀한 부위를 바라보면서 메리는 마지막 정점을 찍기로 했다. 메리는 목덜미를 한번 틸고 나서, 라이온의 아랫도리를 향해서 주둥이를 디밀었다. 그러나 라이온은 역시 아이리쉬 울프 하운드였다. 혈통 있는 개답게 라이온은 메리의 뜨겁게 달은 혀를 단호하게 거부하고 커다란 몸뚱이를 일으켜 세웠다. 후두두둑, 라이온의 몸에 묻어있던 달빛이 소나기처럼 사방으로 튀었다. 메리는 헛헛한 눈길로 달빛을 받아서 더욱 고혹하게 빛나는 그의 탄력 있는 몸매를 혀를 쭉 빼고서 올려다보았다. 애인인 베니와는 비교도 되지 않는 훌륭한 몸이었다. 게다가 정점의 순간에 보여준 수컷의 놀라운 자제력은 한 마디로 아름다움의 기적이었다.

"기억해둘게. 당신을 꼭 갖고 말 거야……."

메리는 앞마당 쪽으로 사라져가는 라이온의 뒷모습을 끝

까지 노려보면서 중얼거렸다. 세상에 열 번 찍어서 안 넘어가는 수컷은 없단다, 메리는 돌아가신 엄마가 버릇처럼 말했던 교훈을 마음속으로 다시 새겼다. 달무리가 제대로 진 밤하늘을 보면서, 그녀는 보이지 않는 혼자만의 신음을 뱉어냈다. 부끄러운지 달도 밤하늘 속으로 숨어버렸다.

5

모두가 늘어지게 낮잠을 즐기고 있는 봄볕 따스한 오후 두시, 라이온은 이사에 관한 더 많은 정보를 얻기 위해서 현관문 근처를 홀로 배회하고 있었다. 남보다 많은 정보를 가진 자만이 지도자가 될 자격이 있다는 걸 그는 익히 알고 있었다. 나이가 다섯 살이나 더 많은 느림보, 황구가 손아래인 라이온의 밑으로 들어온 것도 어찌 보면 정보 부족에서 기인한 것인지도 모른다.

돌아가신 할머니는 함부로 꼬리를 치는 개를 별로 좋아하지 않았었다. 세상에 꼬리 치는 년은 다 웬수여, 웬수 라고 입버릇처럼 말씀하시는 걸 들은 후부터 라이온은 할머니 앞에서만큼은 꼬리를 당당하게 세우려고 애를 썼다. 덕분에 할머니는 라이온을 왕자 같은 기품을 가진 개라고 추켜세웠었다. 아저씨는 추억 속에 빠지길 즐겨한다. 마루 밑에 버려진 다 떨어진 낡은 운동화를 물어다 주면, 어허, 요것이 여즉 있었네, 하면서 첫 아이인 남수가 신발을 신고 마당을 아장아장 걸었던 날을 눈물까지 글썽이며 추억하는 것이었다. 눈물을 훔치고 나서는 네 놈이 날 울렸구나, 하면서 라이온의 턱 밑을 시원하게 긁어주었다. 이 집의 안주인인 아줌마는 집안을 더럽히는 것을 가장 싫어했다. 라이온은 아줌마 앞에서는 침 한 방울, 털 한 올도 흘리지 않으려고 애를 썼다. 그래서 결국 남수는 제 엄마로부터 라이온보다 못한 놈이란 말을 듣기에 이르렀다. 이렇게 정보에 민감한 라이온이지만, 초등학교 삼 학년인 남수와 일 학년인 남희 남매에 대해서는 별로 신경을 쓰지 않았다. 정보에도 질이 있다는 걸 뻔히 알고 있는 라이온이었다. 이 집안에서 어린 남매의 발언권은 거의 없다고 보면 된다. 그러므로 그들에게 신경 쓸 시간이 있으면, 한 자락의 새로운 정보를 찾는데 심혈을 기울이는 게 훨씬 나았다. 쫑과 해피가 남매가 학교를 마치고 돌아오기만을 목 빠지게 기다렸다가 쏜살같이 마중을 나가서 하루 종일 얼굴 비비며 노는 꼴을 보면, 아직 어리긴 어린 녀석들이다. 녀석들은 그렇다 치더라도 나잇살이나 처먹은 황구란 놈이 애들과 어울려서 술래잡기를 하는 세태를 볼라치면 억장이 막힐 지경이다. 아줌마의 기척을 느낀 라이온은 얼른 잡생각을 접고, 꼬리를 늘어뜨려서 현관문 앞의 먼지를 재빨리 쓸었다. 아줌마가 라이온의 머리를 한번 쓰다듬어주었다. 뒤이어서 아저씨와 어린 남매가 때때옷 차림으로 나왔다. 오랜만에 가족나들이를 하는 모습이었다.

라이온은 아저씨의 부축을 받으며 서 있는 할머니의 모습이
떠올라서, 긴장감이 녹녹해졌다.

"아빠, 우리 아파트 구경 가는 거야?"

라이온은 아파트라는 말에 풀어졌던 귀를 쫑긋 세웠다.

"그래. 우리가 살 집이 어떤가 한 번 구경 가보는 거야. 신
나지?"

개나리 색 양산을 펴면서 아줌마가 아저씨 대신에 명랑
한 목소리로 남수 남매에게 대답해주었다. 두 아이는 신이
나서 엄마의 치마꼬리를 붙잡고서 난리법석을 떨었고, 애초
부터 아파트로 이사 가는 걸 별로 달가워하지 않았던 아저
씨의 어깨는 물먹은 솜처럼 축 늘어져 있었다. 라이온은 가
족들을 대문까지 배웅해주었다. 마당을 가로지르는 고 짧은
사이에도 아줌마의 입은 아파트 찬양으로 쉴 틈이 없었다.
아이들은 엄마의 입만 바라보며 그대로 천국을 상상하고 있
었다. 그러기는 라이온도 마찬가지였다. 사시사철 더운물이
나오고, 따듯한 겨울을 보낼 수 있다는 것만으로도 천국에
다름 아닌 곳인데, 바로 옆에 붙어있다는 잘 꾸며진 놀이터,
모든 종류의 먹거리들을 한곳에 쌓아두고 판다는 대형마트
이야기 등등 정신을 차릴 틈이 없었다. 라이온은 처진 아저
씨의 등을 도저히 이해할 수 없었다.

"그런데 여보, 개들은 어쩔 거요?"

아저씨가 대문을 닫으면서 앞서 나간 아줌마의 등에 대
고 던진 말이었다. 대문이 닫히는 바람에 라이온은 아줌마

의 대답을 들을 겨를이 없었다. 개들은 어쩔 거요? 아저씨의 말이 비수가 되어 날아와 라이온의 가슴 한복판에 꽂혔다. 그 말은 아파트가 개들에게는 입성하기 쉬운 곳이 아닐지도 모른다는 것을 의미한다. 라이온은 일단 할머니의 화단으로 발길을 돌리기로 했다. 복잡다단한 생각을 정리하기에는 할머니의 화단이 제격이었다. 돌아가신 지 일 년이 얼추 돼가지만, 할머니의 냄새는 아직도 라이온에게 안정감을 주었다. 화단에 도착한 라이온은 코를 박고 머리를 굴리기 시작했다. 개들은 어쩔 거요? 이 한 마디를 화두로 삼아 철저한 분석에 돌입해야 한다. 그 말을 듣는 순간에, 저도 모르게 가슴이 철렁했던 것으로 보아 무심히 넘어갈 문제가 아니란 걸 직감할 수 있었다. 이때, 할머니의 화단을 향해서 소리 없이 다가오는 자가 있었다.

6

개들은 어쩔 거요? 개들에게 상서롭지 못한 일이 벌어질 것은 확실했다. 아줌마와 아저씨는 지금 개들의 처리 문제로 고심을 하고 있는 것이 분명했다. 아저씨의 처진 등을 이해할 것도 같았다. 라이온은 고개를 치켜들고 갈기를 흔들었다. 흔들리는 갈색 갈기에서 더운 바람이 뿜어져 나왔다. "라이온 님, 무슨 고민이 있나요?"

역시나 스피츠 잡종견 메리였다. 자신의 주위를 너더분하게 빙빙 돌아 싸는 년이 늘 귀찮고 짜증스러웠는데, 이상하게도 지금 이 순간만큼은 그녀의 출현이 내심 반가웠다. 작금의 사태는 혼자서 걸머지고 가기엔 너무나 힘겹고 심각한 문제라고 판단되었기 때문이었다. 라이온에게는 누구든지 머릴 맞댈 동지가 필요했다. 그래도 다섯 마리의 똥개들 중에서는 제일 머리가 뛰어나고, 세상 물정에 밝은 그녀였다. 남수와 남희 남매의 꽁지나 쫓아다니기에 바쁜 쫑과 해피는 처음부터 의논의 상대가 아니었다. 멍청한 게으름뱅이 황구는 살아온 세월은 새털보다 많지만, 뇌의 무게는 새털보다 가벼웠다. 그에게 판단력을 요구하느니 벽을 보고 사나흘 짖는 편이 나았다. 메리의 기둥서방인 베니는 그런대로 두뇌 회전은 빠른 편이지만, 먼 조상이 진돗개의 순수혈통이라는 거짓부렁을 일삼고 다니는 사기꾼 같은 놈이다. 특히 베니 놈처럼 아랫도리 놀리기를 주둥이 놀리듯이 함부로 하는 놈을 라이온은 이 세상에서 제일 증오하고 또한 믿지 못한다. 그런 놈들 때문에 개들의 짝짓기가 '흘레붙는다.'로 전락하고 만 것이 아니던가. 이놈 저놈 다 빼고 나니, 결국 한 년만 남았다.

"고민이 깊은 얼굴이에요, 라이온 님."

메리는 집요하게 물었다. 그러나 라이온은 대답 대신에 헛기침만 두어 번 뱉어낼 뿐이었다. 가까이 다가오는 메리의 얼굴은 교태로 번들거렸다. 라이온은 일단 아무에게도 말하지 않는 것이 낫겠다고 판단했다. 좀 더 정확한 정보를 수집한 다음에 생각해볼 일이었다. 라이온은 흐트러졌던 갈기를 털어서 말끔하게 정리한 다음에 서둘러서 할머니의 화단을 벗어났다. 메리는 고개를 갸우뚱하면서 라이온의 뒤를 따라 화단을 떠났다.

"고민이 있으면 혼자서만 끙끙대지 말고 나에게 말해 봐요. 근심은 함께 나눌 때 눈처럼 녹아버리고, 혼자 간직하면 얼음처럼 단단해진대요. 돌아가신 울 엄마 말씀이에요. 아셨죠? 라이온 님."

메리는 라이온의 옆에 바싹 붙어 걸으면서 속삭였다.

"전 이만 물러납니다. 라이온 님."

앞마당에서 자칭 진돗개의 혈통을 발견한 메리는 눈웃음을 치며 한 마디 던지고는 그의 곁을 스쳐 지나갔다. 그녀가 꼬리를 살랑 흔들며 지나가자, 야릇한 냄새가 라이온의 코끝을 찔렀다. 이상한 일이었다. 발끝에도 차지 않던 잡종견인 메리의 냄새가 라이온의 몸에 심란한 변화를 일으켰다. 빳빳하게 부풀어 오른 아랫도리는 좀처럼 가라앉을 줄을 몰랐다. 아일랜드의 늑대라고 불리던 위대한 늑대 사냥개의 직계혈통인 라이온으로서는 도저히 용납할 수 없는 일이었지만, 또한 어쩔 수 없는 일이기도 했다. 라이온은 메리가 베니와 입을 맞추며 어디론가 사라지는 모습을 충혈된 눈으로 바라보았다. 머릿속을 비집고 들어온 음탕한 상상화를 지우려고 라이온은 고개를 크게 저었다. 느닷없이 찾아온 흥분상태를 봄바람 때문이라고 처방을 내렸다. 그렇다. 할머니는 봄날 따뜻한 볕 아래서 이렇게 말씀하시곤 했었다. '봄바람 때문이여, 다 봄바람이여. 그놈의 늙은이 봄바람만 불면 맴이 싱숭생숭해서 가만 있덜 못했었지.' 마당의 그늘진 자리를 쳐다보니, 황구가 오뉴월 개 자지처럼 축 늘어져 있었다. 라이온은 턱을 치켜 올리고서 최대한 위엄을 갖춘 걸음걸이로 다가갔다. 라이온이 다가오는 걸 알아챈 황구가 물에 젖은 솜처럼 늘어진 누런 몸뚱어리를 겨우 일으켜 세웠다. 눈동자는 역시 초점을 잃은 채였다.

"형님!"

라이온은 황구를 나이에 걸맞게 형님으로 깍듯이 대우해주었다. 황구는 그런 라이온을 늘 고마워했다. 폐견이나 마찬가지인 자신에게 꼬박꼬박 형님이라고 불러주는 아이리쉬 울프 하운드는 존경과 경이의 대상이었다. 그를 위해서라면 목숨을 바쳐도 아까울 것이 없다고 황구는 다짐했다. 그에 반해서 한참 어린 녀석인 베니는 머리 한번 숙이는 법이 없었다.

"웬일인가?"

황구와 같은 인물은 심복으로 삼기에 적당하다는 것을 영리한 라이온은 잘 알고 있었다. 형님이라는 한 마디에 목숨까지도 내놓을 작자였다. 어리석고 천한 태생의 대부분이 그렇다.

"별일 아닙니다, 형님. 그냥 봄바람이 참 좋습니다, 형님."

"그려, 그려. 자네 말대로 봄바람이 참으로 좋구만, 좋아."

황구는 황소 대가리만 한 머리통을 끄덕이면서 어울리지 않는 호들갑을 떨었다. 그렇지 않아도 봄바람이 좋긴 참 좋았다. 라이온은 황구에게 나이가 들수록 환절기에 건강을 잘 챙겨야 한다는 덕담까지 던져주고 나서, 어린 종과 해피가 놀고 있는 현관 옆의 장독대로 걸음을 옮겼다. 지도자란 이렇게 피곤한 직업이기도 하다. 작은 것부터 늙은 놈까지 일일이 챙겨야만 한다.

"너희들 뭐 하고 있느냐?"

장독대 위에서 엎치락뒤치락 뒹굴고 있던 놈들은 잠시 동작을 멈추고 천진난만한 눈망울로 라이온을 올려다보면서 대답했다.

"레슬링하고 있는 거예요, 라이온 님. 그런데 남수랑 남희는 언제 오나요?"

라이온은 대답 대신에 그저 웃기만 했다. 철없는 것들. 라이온은 그들에게 장독 깨지 않게 조심하라는 충고 한마디를 이르고는 그곳을 떠났다. 라이온은 느닷없이 엄습해오는 짙고 깊은 외로움에 몸을 추르르 떨었다. 몇 올의 털이 낙엽처럼 떨어졌다. 무슨 일이 벌어지든지 혼자 해결해야만 한다는 자각이 라이온을 걷잡을 수 없는 고독 속으로 밀고 들어갔다. 위대한 지도자는 고독을 벗 삼아서 살아갈 수밖에 없는 운명을 타고난다. 그리고 이스라엘 민족을 거느리고 하나님의 땅을 찾아 떠났던 불세출의 지도자 모세처럼, 라이온도 다섯 마리의 잡견들을 젖과 꿀이 흐르는 아파트로 무

사히 인도해야 할 천부의 의무가 있는 것이다. 그것은 자부
심인 동시에 뼛속 깊은 곳까지 파고드는 고뇌에 찬 절대고
독, 바로 그것이었다.

7

　개들은 어쩔 거요? 아저씨가 한 말의 의미를 정확히 알아
내야만 한다. 라이온은 확실한 정보를 탐색하기 위해선 지
금보다 적극적이고도 과감한 작전이 필요하다는 결론을 내
렸다. 아파트 구경을 마치고 오후 늦게 집으로 돌아온 가족
들은 아줌마를 제외하고는 나갈 때와는 달리 심란한 표정
들이었다. 아저씨는 그렇다고 쳐도, 아파트로 이사 간다고
천둥에 개 뛰듯 하던 남수와 남희마저도 입을 일자로 굳게
다물고 있었다. 남매를 애타게 기다리던 쫑과 해피가 꼬랑
지를 선풍기처럼 흔들면서 달려들어도 전혀 반응을 보이지
않았다. 졸지에 무안해진 쫑과 해피는 혀를 쏙 빼물고 뒷걸
음질을 쳤다. 개들은 어쩔 거요? 집을 나설 때, 아저씨가 했
던 말이 악몽처럼 다시 떠올랐다. 장고를 거듭한 끝에 라이
온은 집안으로 침투해야만 필요한 정보를 획득할 수 있다는
결론에 도달했다. 라이온은 뒤뜰에 부엌으로 통하는 오래
된 창문이 하나 있다는 걸 알고 있었다. 워낙 낡아서 시건장
치가 구실을 제대로 못 한다는 사실도 감지하고 있었다. 문

제는 한 번에 뛰어올라서 매달리기에는 창문의 위치가 너무 높고, 창틀이 너무 좁았다. 누군가의 도움이 필요하다는 것이 라이온을 난감하게 만들었다. 라이온은 다섯 마리의 몽타주를 하나하나 넘겨보았다. 먼저 코흘리개 두 놈을 제외시키고 나니, 셋이 남았다.

덩치나 살아온 연륜으로 봐서는 황구가 제격인 듯했지만, 게으른데다가 눈치까지 없는 놈이 더군다나 머리까지 나빴다. 이런 중요한 프로젝트에서 순발력과 두뇌 회전은 선택이 아닌 필수였다. 다음은 베니. 눈치도 빠른 편이고, 날렵한 몸동작 또한 평균은 넘는 놈이다. 주로 잔머리긴 하지만, 두뇌 회전도 수준급이다. 그러나 왠지 놈은 아니었다. 놈에게 부족한 것이 있다면, 충성심이었다. 진돗개 혈통 운운해가면서, 누구도 범접하지 못하는 라이온의 신성불가침한 권위에 은근한 쐐기를 박곤 하는 놈이 바로 베니였다. 그런 놈에겐 절대 기회를 줘서는 안 된다. 기회를 발판 삼아서 분명히 반란을 꾀할 상이었다. 놈은 메리의 기둥서방으로서의 삶에 만족해야만 한다. 그게 세상 무서운 줄 모르고 잘난 척하는 놈의 운명인 것이다. 세상을 비출 태양은 오직 하나로 족하다. 그렇다면 남은 건 메리였다. 여자와 큰일을 도모하는 것은 까놓고 치는 고스톱이라고 하지 않았던가.

몽타주를 다 살피고 나니, 라이온의 입에서 깊은 한숨이 저절로 새어 나왔다. 이렇게 인재가 없어서야……. 라이온은 일단 현장답사부터 하기로 마음을 먹고 불뚝 일어섰다. 고민의 강도만큼이나 그의 갈기는 윤기를 잃고 옥수수염처럼 처져있었다. 며칠 새에 털도 듬성듬성 빠져나갔다.

곧 어둠이 지배할 시각이 다가올 것이다.

"라이온 씨."

메리였다. 년은 어느새 라이온의 호칭을 제멋대로 바꿔 불렀다. 베니와 얼마나 뒹굴다가 왔는지 체액으로 털이 온통 엉겨 붙어있었다. 라이온은 년이 풍기는 기묘하고도 을 씨년스러운 냄새를 맡지 않으려고 코에 힘을 넣었지만, 허사였다.

"호호호. 그렇게 억지로 외면하려고 하지 마세요. 제 눈엔 다 보이는걸요. 본능을 참는 건 죄악이라고 돌아가신 울 엄마가 말했었지요. 라이온 씨는 잘 모르겠지만, 울 엄만 굉장히 현명한 분이셨죠. 탁월한 예언가이기도 했구요. 전 엄마의 다섯 자식 중에서 엄마의 유전자를 가장 많이 물려받았어요. 내 눈은 지금 당신의 욕구를 보고 있어요. 호호호."

메리는 산맥처럼 부풀어 오른 라이온의 아랫도리를 내려다보면서 헤실 웃음을 날려댔다. 라이온은 들켜버린 욕망의 증거물을 어쩌지 못하고 망연히 서 있을 뿐이었다. 돌처럼 굳어진 라이온을 향해서 메리가 천천히 다가왔다. 밤바람을 타고 전해져오는 냄새는 라이온의 처진 갈기마저도 산처럼 일어서게 만들었다.

"움직이지 말고 그대로 있어요. 전에도 말했지만, 당신은 충분한 자격이 있어요. 위대한 라이온 씨."

메리의 빨갛게 익은 혀가 쭈뼛 일어선 라이온의 갈기를 보드랍게 핥아주었다. 아이리쉬 울프 하운드는 스피츠 잡종견에게 몸을 통째로 맡긴 채 옴짝달싹도 못하고 있었다. 문득 베니의 털을 빨아주고 있는 메리의 모습이 환영처럼 떠올랐다, 갔다. 그 환영이 온전한 고통이 되었다.

"소리 내면 안 돼요."

메리는 라이온의 귀에 대고 속삭였다. 라이온에게 대답할 겨를도 주지 않고, 메리의 뜨거운 혀는 갈기를 벗어나서 점점 아래쪽으로 행진을 거듭하였다. 라이온은 주체할 수 없는 기운에 겨워서 고개를 들어 밤하늘을 올려다보았다. 총총히 빛나던 수많은 별들이 하나 둘 사라지기 시작하더니, 결국 별 없는 밤하늘이 눈앞에 펼쳐졌다. 지구를 요요히 내리비치던 달마저도 달무리와 함께 흐릿해지더니 구름 속으로 숨어버려, 달마저 사라진 밤하늘이 되고 말았다.

시상에서 질 무십고 징한 기 바로 봄바람인기라. 그놈의 봄바람이 영감의 혼을 쏙 안 빼갔나, 돌아가신 할머니가 화단에 호박씨를 뿌리면서 가래침과 함께 뱉어내던 말씀이다. 마침내 메리의 혀가 라이온의 꼬리 밑에 도달했다. 메리의 한 치 혀가 사자처럼 건장한 라이온의 육체를 점령하려는 순간이었다. 메리는 위대한 지도자의 위대한 육체의 일부를 입안에 집어넣고 마음대로 이리저리 굴렸다. 라이온의 뒷다리가 벼락 맞은 하룻강아지처럼 바르르 떨렸다. 동시에 굳게 다물고 있던 입이 저절로 풀어지려고 했다. 참아야 한다, 참아야 한, 참아야……. 그러나 참을 수 없게 된 라이온은 결국 별도 달도 다 잃어버린 어둔 하늘을 향해서 욕망의 소리를 짖어대고 말았다. 그리고는 풀린 뒷다리를 주체할 수 없어 밑에 있던 메리의 몸 위로 가을 숲처럼 쓰러지고 말았다.

"소리 내지 말라니깐. 자기야, 그 벌로 오늘은 여기까지만이야."

자신의 몸 위로 엎어진 라이온을 슬쩍 밀쳐내면서도 잡종견 메리는 암내를 풀풀 풍겼다. 푹신한 바닥을 잃은 라이온은 몸도 마음도 다 허망했다. 욕망의 하얀 찌꺼기가 분수처럼 솟아올랐다. 이왕에 이렇게 된 바에 라이온은 자신이 구상한 프로젝트의 파트너로 잡종견 메리를 선택하는 방안도 괜찮겠다 싶었다. 까놓고 치는 고스톱도 그런대로 재미있을 거야, 라고 자기최면을 걸면서. 라이온은 허망한 마음을 달래고 벌떡 일어나서, 여전히 주위를 빙빙 돌고 있는 메리를 뒤뜰의 은밀한 장소로 데리고 갔다.

"자기야, 오늘은 여기까지라고 했잖아? 그리고 보니 자기, 몸이 완전히 달아올랐구나."

라이온의 꼬리를 물고 뒤따라오면서 메리는 제멋대로 추측을 날리며 코맹맹이 소리를 해댔다. 라이온 님에서 씨로, 이제는 자기도 모자라 반말까지 척척 얹어대는 잡종견 메리였다. 그렇지만 이상했다. 라이온은 그런 메리가 예전처럼 불쾌하거나 싫지 않았다. 오히려 듣기에 자연스럽고 좋았다. 라이온은 화단 모서리 벽에 쌓여있는 판자 더미 사이의 공간으로 메리를 데리고 들어갔다. 할머니의 호박꽃이 홀로 피어있던 곳이었다. 둘 외에는 개미 새끼 한 마리도 더 들어갈 수 없을 정도로 비좁은 공간이었다. 살과 살이 맞붙었다.

"자기야, 이렇게 오붓한 곳을 어떻게 알았어?"

메리는 라이온의 귀를 빨면서 매우 흡족한 표정을 지었다. 라이온은 목을 비틀어서 귀를 빼낸 다음에, 분위기를 바꾸기 위해서 헛기침을 했다. 라이온의 진지하고도 심각한 표정을 읽은 메리는 까불던 혀를 얼른 집어넣고 진지하게 물었다.

"할 말이 있는 거야, 자기?"

라이온은 고개를 끄덕이고 나서, 메리에게 아저씨와 아줌마가 말다툼을 했던 밤부터 지금까지 일어난 모든 과정을 일일이 설명해주었다. 메리는 적당한 대목에 이르면 잊지 않고 추임새를 척척 넣어주었다. 라이온은 메리의 추임새에 따라서 리듬을 타고 있는 자신을 발견하고 놀랐다. 메리에게라면 속에 있는 모든 것을 끄집어내어 토로할 수 있을 것 같았다. 대화를 한다는 것이 이렇게 신나고 행복한 일인 줄은 처음 알았다. 라이온은 언제나 혼자 결정하고, 명령만 해왔었다. 서로의 얼굴에서 일어나는 표정의 변화를 읽고, 마음을 다독다독 다스려주는 대화라는 것이 이토록 황홀하다니.

"개들은 어쩔 거요? 라고 아저씨가 말한 게 마음에 걸려서 잠도 잘 수 없었소, 내가."

라이온은 아쉽지만 이야기를 마쳐야만 했다.

"개들은 어쩔 거요, 라……"

메리는 라이온이 마친 말을 다시 곱씹었다. 함께 고민해주는 메리의 얼굴이 아름다웠다. 라이온은 하마터면 당신이 저 별빛보다 부시고 아름답소, 라는 소름 돋는 멘트를 할 뻔했다.

"그러니까 오늘 밤에 집 안으로 침툴 하자는 거야?"

메리가 고개를 바짝 들고 물었다.

"날 도와줄 수 있겠어?"

라이온은 대답 대신에 물었다. 메리는 애정이 가득 담긴 눈으로 탁월하지만, 외로움을 숙명처럼 지닐 수밖에 없는 지도자를 바라보았다. 그리고 그를 위해서 고개를 끄덕여주었다. 라이온은 만족한 표정으로 미소를 날렸다.

밤이 점점 깊어 가고 있었다. 별도 달도 검은 하늘 속으로 숨어버렸다. 라이온은 메리의 애무를 즐겼다. 부드러운 애무를 끝내자, 메리는 꼬리를 들어 올려서 아랫도리를 훤히 드러내 보였다. 라이온의 입가로 침이 번졌다. 메리는 그 순간을 놓치지 않았다. 메리는 위대한 늑대개가 자신의 수컷이 됐다는 것을 직감했다. 둘은 하나가 될 것이다. 그리고 역사가 이루어질 것이다.

밤의 역사를 일궈낸 그들은 아지트를 빠져 나와서 창문 밑으로 살금살금 다가갔다. 고양이가 아닌 담에야 혼자 힘으로 뛰어서 닿기는 아예 불가능해 보였다. 일단 라이온의 등을 타고 메리가 올라가서 창문을 연 다음에 안으로 들어가서 쪽문을 열어주기로 모의하였다.

"괜찮겠어, 자기?"

메리가 벽에 몸을 붙이고서 넓은 등을 내어준 라이온을 걱정스러운 빛으로 바라보았다. 방금 전까지 자신의 몸을 타고서 구슬땀을 흘렸던 그가 걱정스러웠던 것이다. 라이온은 메리에게 염려하지 말라는 시늉을 지어 보였다. 오히려 자신보다 훨씬 위험한 임무를 떠맡게 된 메리가 걱정될 뿐이었다.

그렇게 라이온과 메리의 눈빛이 정면으로 충돌하는 순간에 잠시 지구가 멈추었고, 그 순간을 신호로 삼아서 동시에 '고우'를 외쳤다. 메리가 라이온의 등을 타고 고양이처럼 높이 점프를 하더니, 거머리같이 창틀에 매달렸다. 순식간에 일어난 일이었다. 전설적인 혈통, 아이리쉬 울프 하운드의 직계임을 자부하는 라이온은 창문 밑에서 잡종견 메리를 경이로운 눈빛으로 올려다보았다. 그 눈빛 속에는 전혀 예기치 못했던 미묘한 감정의 편린들이 들어박혀 있었다.

"거기서 잠깐 기다려."

짧은 한마디를 던져놓고 창틀에 매달려있던 메리의 모습이 감쪽같이 사라졌다. 경이롭고 신비한 장면이었다. 라이온은 쪽문으로 다가가서 문이 열리기만을 기다렸다. 라이온은 자신의 탁월한 선택에 스스로 만족해했다.

"들어와, 자기야."

쪽문이 벙긋 열리더니, 메리의 하얀 얼굴이 어둠을 뚫고서 마술처럼 나타났다. 순간 라이온은 그녀와 입맞춤을 하고 싶다는 엉뚱한 생각이 들었다. 절체절명의 상황 속에서 그런 불온한 상상을 하다니, 라이온은 속으로 책망을 하면서 메리를 따라 안으로 들어갔다.

안으로 들어서자마자 라이온은 메리를 밀치고 앞장을 섰다. 그는 언제나 선행자였고, 그건 숙명이었다. 메리도 눈치를 챘는지 잠시 빼앗았던 선행자의 자리를 라이온에게 순순히 내주었다. 라이온과 메리는 낮은 포복으로 부엌으로 통하는 문을 향했다.

먼저 도착한 라이온이 앞발로 문을 밀치고 부엌 안을 일일이 점검한 다음에 귀를 쫑긋 세워 메리를 불러들였다. 마루와 부엌 사이의 벽은 얇은 베니어합판으로 되어있었기 때문에 얼마든지 이야기를 엿들을 수 있었다. 매우 늦은 시각이었지만, 가족들은 마루에 모여 있었다. 라이온은 뭔가 결정해야 할 중요한 사항이 있다는 걸 감지할 수 있었다. 할머니도 중대사가 생기면 가족회의를 소집하곤 했었다. 어릴 때는 라이온도 할머니의 무릎에 엎드려서 가족회의에 참석한 적이 있었다. 어린 남수와 남희의 목소리가 또렷이 들렸다. 평소라면 이렇게 깊은 밤을 버틸 아이들이 절대 아니었다. 해만 떨어져도 저절로 내려앉는 눈꺼풀을 주체하지 못하고 징징대는 철부지들이었다. 라이온과 메리는 나란히 엎드려서 벽에다가 귀를 박았다.

"어떻게 하겠소?"

아저씨의 저음이 안개처럼 깔렸다.

"아파트에선 개를 못 키운다고 하니 낸들 어쩌겠어요? 팔든지 누굴 주든지 하는 수밖에 없죠."

아줌마의 대답에 라이온과 메리의 눈이 동시에 휘둥그레졌다. 눈알이 지진을 만난 것처럼 흔들려서 금방이라도 빠져나갈 것만 같았다. 쿵쾅쿵쾅 서로의 심장 소리를 확인할 수 있었다.

"안 돼, 안 돼. 어떻게 개를 팔아. 절대 안 돼. 그러면 우린 아파트 안 갈 거야. 그냥 여기서 살아, 엄마. 응? 제발."

어린 남매가 징징 울면서 떼를 쓰기 시작했다.

라이온은 속으로 남매에게 열렬한 응원과 지지를 보냈다. 평소에는 그토록 듣기 싫었던 남매의 징징거리는 소리가 유일한 구원의 메시지처럼 들렸다. 철부지 남매에게 목을 매달고 있는 처지가 처량해서 라이온은 고개를 숙였다. 메리가 눈치를 채고 라이온의 갈기를 핥아주며 위로를 해주었다.

"보증금까지 다 냈고, 날짜만 하루하루 기다리는데 그놈의 개들 때문에 이사를 못 간다는 건 말이 안 돼요, 말이……. 당신이 한번 말을 해봐요. 괜히 나만 나쁜 사람 만들지 말고 말에요."

"알았소. 할 수 없는 일이구려."

맞는 말이었다. 추억의 사나이, 아저씨도 결국엔 물러나고 말았다. 남수, 남희 남매는 믿었던 아빠마저 돌아서자, 아예 통곡을 하기 시작했다.

한겨울에도 따뜻한 물이 콸콸 쏟아지는 천국 같은 아파트에서 개는 살 수 없다니, 이런 개 같은 경우가 있을까. 인류의 가장 오래된 가축이며, 전통적인 반려동물인 개가 지구상에 금지된 곳이 있다는 것이 이해가 되지 않았다. 인정할 수 없었다. 그건 명백한 배반이었다. 집안의 최고 어른이었던 할머니의 애정을 듬뿍 받았던 빛나는 갈기가 바짝 서서 울었다.

"애들이 저렇게 우는데, 무슨 방법이 없겠소?"

아저씨가 아줌마에게 물기 묻은 목소리로 물었다. 최후의 통첩이었다. 잠잠한 시간이 흐른 후에 아줌마의 목소리가 베니어합판을 뚫고 들렸다.

"정 그러면 한 마리 정도는 괜찮겠죠."

듣는 순간에 라이온과 메리의 눈이 마주치면서 파란 불꽃이 튕겼다. 여섯 마리 중에 단 한 마리. 둘은 돌부처처럼 움직일 수가 없었다. 그렇게 요란하게 뛰던 심장도 멈추어버렸다. 그러는 사이에 밤은 깊을 대로 깊어만 갔다. 닭 한 마리도 아니고, 개 한 마리라니⋯⋯.

라이온과 메리는 침투한 역순으로 빠져 나왔다. 봄인데도 새벽공기가 차가웠다. 하늘은 파란빛을 띠기 시작했다. 하루가 다 지나고, 새로운 날이 밝아오겠다는 신호였다. 약속이었다. 내일의 해는 정말 또 뜨는가.

8

"메리. 당신 요즘 좀 이상한 거 알아? 왜 자꾸 날 피하는 거지? 눈도 잘 안 마주치려 하고 말이야."

베니가 우연히 마주친 메리를 날카로운 눈매로 쏘아보면서 따졌다. 메리는 베니의 눈을 피하며 시니컬하게 대답했다.

"그럴 리가 있겠어. 그냥 몸이 좀 안 좋아서 그래. 봄을 타나 봐."

메리는 허리를 늘어뜨려 기지개를 켜고 나서 꼬리잡기 놀이에 푹 빠져 있는 쫑과 해피에게로 은근슬쩍 다가갔다. 한 마리 정도는 괜찮겠죠? 아줌마가 한 말이 천근같은 무게로 메리의 머리를 짓눌렀다. 메리는 복잡다단한 머릿속을 정리하기 위해서 애들 곁을 지나 담장에 몸을 기대고 엎드렸다. 바닥이 봄볕에 따뜻하게 익어있었다. 뭔가가 있어⋯⋯. 베니는 그런 메리의 뒷모습을 날카롭게 쏘아보았다. 메리는 사색과는 절대 어울리지 않는 여자였다.

"이봐, 베니!"

우렁찬 목소리에 정신이 들어보니, 라이온이었다. 위엄과 권위를 상징하는 갈색 갈기가 하늘을 향해서 위풍당당하게 서있었다. 베니는 메리에게 정신이 팔려서 땅에 끌리고 있던 꼬리를 의식적으로 말아 올렸다. 말아 올린 꼬리는 진돗개의 상징이었다. 베니는 다른 개와는 달리 라이온에게 가벼운 목례로 인사를 대신하였다.

"해가 떨어지기 시작할 때 긴급회의를 해야겠다. 베니, 네가 모두에게 알리도록 해라."

라이온은 멀리서 메리가 지켜보는 것을 의식하고 더욱 위엄을 갖추어서 명령을 내렸다. 그러나 베니는 전혀 주눅이

든 기색이 없이 간단한 고갯짓으로 대답을 대신했다. 라이온은 멀어져가는 베니의 모습을 노려보았다.

"역시 보통 놈이 아니란 말이야……."

라이온이 중얼거렸다.

"잠깐 나 좀 봐."

라이온은 베니가 완전히 사라진 것을 확인한 다음에 꼬리를 따라서 하염없이 돌고 있는 어린 것들 옆에서 깊은 시름에 잠겨있는 메리에게 무심한 척 한마디를 던졌다. 그제야 기척을 눈치 챈 메리가 고개를 들고 가늘게 웃었다.

"안녕하세요, 라이온 님!"

쫑과 해피가 꼬리물기 놀이를 잠시 멈추고 합창을 했다.

라이온은 너그러운 미소를 지으며 다가가서 아이들의 귀를 가볍게 빨아주었다. 귀를 빨린 아이들은 까르르르 까불며 웃어댔다.

"잠깐 나 좀 보자니까."

라이온이 메리의 귓속에다 대고 봄바람을 집어넣었다. 봄바람에 퍼뜩 정신이 든 메리가 주위를 살피면서 라이온의 뒤를 따랐다.

"어젯밤에 우리가 들었던 걸 알려야겠어."

뒤뜰 화단에 도착하자마자 라이온이 메리에게 속삭였다. 메리는 앞발로 라이온의 입을 막았다. 그리고 차분한 어투로 말했다.

"그건 안 돼, 자기야. 일단 비밀로 하자."

뭔가를 더 말하려는 라이온의 주둥이를 메리가 꽉 물었다. 순식간에 벌어진 장면에 라이온의 말문이 막혀버렸다. 메리는 라이온의 주둥이를 풀어주고 말을 이어갔다.

"여섯 마리 중에서 하나야, 둘도 아니고 단 한 마리. 하나만이 선택되고 나머진 어떤 운명 속으로 내던져질지 아무도 장담을 못 해. 만약 나만 알았다면, 나는 자기에게도 말하지 않았을 거야. 이건 목숨이 걸린 심각한 일이야, 알아?"

메리의 이야기를 듣고 난 다음에 라이온은 마른 입술을 적셨다.

"알아. 그러니까 다 같이 의논을 해야 하는 거 아냐?"

"자기야, 내 말을 잘 들어. 이럴 때는 경쟁자는 적을수록 좋은 거야. 지금처럼 목숨이 왔다 갔다 하는 일에는 더욱더……. 자기는 앞으로 내 말만 들어, 알았지?"

메리가 라이온의 갈기를 혀로 매만져주면서 속삭였다.

"난, 나는 라이온이라고."

그러나 라이온은 메리가 알아듣지 못하도록 작은 목소리로 중얼거릴 뿐이었다.

라이온의 머릿속은 혼돈과 갈등으로 흔들렸다. 미혹한 백성들을 버리고 살아남은 지도자는 어떤 존재의 의미를 갖는 걸까? 여태까지 단 한 번도 지도자로서의 책임과 의무를 소홀히 해본 적이 없었다. 보잘것없는 잡종견의 유혹에 흔들린 신념이 부끄러워서 차마 하늘을 쳐다볼 수 없었다.

"해가 지면 모이라고 이미 전달했소."

라이온은 애써 태연한 표정으로 말했다.

"그렇담 아파트에 관한 몇 가지 새로운 정보가 있다고만 하면 되지. 내게 맡겨. 내가 알아서 할 테니까."

메리가 상큼하게 결론을 내주었다.

"하지만……."

"그리고 미리 안다고 좋을 게 뭐가 있겠어? 혼란과 싸움만 발생할 뿐이지. 그리고 평화로운 이곳은 절망으로 가득차게 될 거야. 어차피 우리 여섯 마리 중에서 하나만 선택되는 거야. 그건 이미 정해져 있는 운명이잖아, 바꿀 수 없는. 그때까지 조용하고 차분하게 지낼 수 있게 해주는 것도 지도자의 도리야. 자기, 내 말대로 할 거지?"

메리는 혼돈의 늪에서 허우적거리고 있는 라이온에게 명분이라는 미끼를 슬쩍 내던졌고, 그는 기다렸다는 듯이 덥석 물었다. 어느새 해가 서쪽 하늘로 기울기 시작했다. 하늘가가 빨갛게 물들었다. 홍조를 머금은 하늘이 참 아름다웠다. 그러나 라이온은 그 아름다움을 즐길 여유가 없었다. 돌아가신 할머니의 얼굴이 붉은 하늘에 그림처럼 나타났다. 눈시울이 붉어지려는 그를 세운 것은 잡종견 메리였다.

"뭐해? 시간 됐어. 힘내, 자기야."

라이온은 메리의 위무에 갈기를 바짝 세우고 사자 같은 걸음으로 보무당당하게 땅을 박차고 걸었다. 마음속은 진흙탕 같았으나, 속내를 다 까집고 살 수 없는 것이 지도자의 덕목이 아니던가. 메리가 그의 뒤를 조심스럽게 따랐다. 붉게 물든 하늘을 배경으로 라이온이 무리 앞에 모습을 나타냈다. 하늘빛과 어울리는 갈색 갈기는 여느 때와 다름없어 보였다. 그의 뒤를 따라왔던 메리는 아무도 눈치 채지 못하게 슬그머니 무리 속으로 끼어들었다. 라이온은 갈기를 세우고 평소와 다름없는 근엄한 표정으로 다섯 마리의 잡종견들을 내려다보았다. 쫑과 해피는 얼마나 뒹굴고 놀았는지 눈알만 빼꼼하고 온통 진흙투성이였다. 늙은 황구는 여전히 졸린 눈을 하고 꾸벅거리고 있었다. 무리를 일별하고 지나가려는 순간, 갑자기 베니의 꼬리가 허공으로 치솟았다. 질문이 있다는 의사표시였다. 라이온은 턱으로 베니를 가리켰다. 질문을 해도 좋다는 허락의 의미였다. 베니가 라이온에게 가벼운 목례를 하고 나서 질문을 던졌다.

"우리를 갑자기 급하게 모이라고 한 이유를 알고 싶습니다."

베니의 꼬리가 내려갈 때까지 라이온의 입은 굳게 닫혀있었다. 등줄기를 타고 흘러내리는 땀을 느낄 수 있었다. 짧고도 긴 시간이 침묵의 강을 따라 흘렀다. 라이온의 목울대가 울렁, 파도치듯이 흔들렸다. 바람결에 갈기가 흔들리려는 순간, 하늘을 향해 하얀 꼬리 하나가 반짝였다. 메리였다. 라이온은 목구멍 한가운데 걸려있던 침 한 방울을 몰래 삼키고는 메리에게 발언권을 넘겼다. 모두의 눈이 한곳으로 쏠렸다.

"제가 아파트에 관해서 좀 더 알고 있는 것들이 있는데, 말해도 괜찮을까요?"

라이온은 허락을 하였다.

"아파트는 지금 우리가 살고 있는 이 집과는 전혀 다릅니다. 개념부터가 아예 다르다고 생각하시면 됩니다. 전에 라이온 님이 말했던 것처럼 천국 같은 곳이긴 하죠. 그렇지만 좋은 점만 있는 건 아닙니다."

소란이 잠시 일었다가 사그라졌다. 사그라진 틈을 놓치지 않고 메리가 말을 계속했다.

"우선 하늘까지 치솟은 허공에 우리가 살 집이 있습니다. 적어도 백팔 개가 넘는 층계를 올라가야 합니다. 우리의 발아래가 땅이 아니라고 생각해보세요. 꽤 끔찍한 일이기도 하죠."

게으른데다가 고소공포증까지 있는 황구의 입에서 길고 긴 탄식이 새어 나왔다. 쫑과 해피는 메리의 말을 들으면서 더욱 신이 났다.

"쉽게 설명하자면 아파트는 성냥갑을 밑에서부터 순서대로 쌓아놓은 형상입니다. 이렇게요."

메리가 발짓을 해가며 설명을 하자, 모두가 고개를 주억거렸다.

"그러므로 윗집과 아랫집이라는 개념이 생깁니다. 다시 말하면 우리 발아래에 다른 집이 있다는 거죠. 그러기 때문에 아파트에선 절대 뛰어서도 안 되고, 짖어도 안 되고, 항상 모둠발로 고양이걸음을 해야만 합니다."

"고양이?"

모두가 경악했다. 개가 고양이걸음을 해야 한다는 것은

수치스러운 일이었다. 고양이는 허공을 가르는 종족이지만, 개는 인간처럼 지구를 당당히 밟고 서는 종족이기 때문이었다. 특히 한시도 가만히 있지 못하는 쫑과 해피의 얼굴이 하얗게 질렸다.

"아파트로 이사를 가는 순간부터, 우리는 흙과는 영원히 이별을 고해야 할 것입니다."

고양이 때보다 더 경악했다. 흙에서 태어난 동물이 흙과 영원히 이별을 해야 하다니, 아파트는 천국이 아니라 괴물이었다.

"제가 지금 말한 것을 빼면 정말 천국 같은 곳이죠. 아파트는."

메리는 좌중을 둘러보고 나서 거만한 표정을 지으면서 앉았다.

메리가 아파트에 관해서 저렇게 많은 정보를 갖고 있다는 것이 놀라울 뿐이었다. 정보수집능력이야말로 지도자가 갖추어야 할 많은 덕목들 중에서 가장 중요하다고 늘 생각해왔던 라이온에게는 적지 않은 충격이었다. 그렇지만 어쨌든 메리가 라이온을 어려운 처지로부터 구원해주었다. 진돗개의 자랑스러운 꼬리도 땅 밑으로 축 처져있었다. 라이온이 해산을 명령하였다. 그럼에도 불구하고 모두가 두려운 눈빛으로 떠날 줄을 몰랐다. 라이온이 사자 같은 포효를 하자, 그제야 발길을 들기 시작했다. 두런거리면서 흩어지는 무리들을 내려다보는 라이온의 기분은 우울했다. 메리가 무리에서 처졌다가 라이온에게 다가왔다. 그녀의 하얀 털이 노을을 받아서 붉었다. 가까이 다가온 메리가 속삭였다.

"걱정 마. 다 잘 될 거야."

메리의 말이 세상에 둘도 없는 위무가 되어주었다. 기분이 나아진 라이온은 메리를 데리고 그들만의 아지트로 숨어들었다. 공유할 수 있는 공간이 생겼다는 건 남녀에겐 어떤 의미가 된다.

"다 잊고 날 가져."

메리가 몸을 돌려 뒤를 라이온의 코에 갖다 붙이면서 은근한 목소리로 속삭였다. 그녀의 비릿한 암내가 라이온의 발달된 후각을 마비시켰다. 라이온의 목젖이 파도쳤다. 노을이 지면서 얕은 어둠이 깔렸다. 라이온은 이미 메리의 뒤를 타고서 뒷다리를 위아래로 움직이고 있었다. 메리는 리듬을 타면서 엉덩이를 좌우로 움직여주었다. 라이온은 몸속에서 뭔가가 쑤욱 빠져나가는 것을 느꼈고, 메리는 불덩이 같은 것이 몸 안으로 물밀듯 들어오는 것을 느꼈다. 널빤지 몇 개가 우르르 소릴 내면서 무너졌다.

"다 잘 될 거야. 잘 될 거야……."

거사를 마치고 늘어져 있는 라이온의 귀에 대고 메리는 같은 말만 되풀이했다. 그래, 다 잘 될 거야……. 라이온은 메리의 귀를 핥아주면서 속으로 같은 말을 되풀이했다. 네가 있어 다행이야. 고마워. 둘은 서로의 귀를 핥아주며 깊은 잠 속으로 빠져들었다. 심신이 고단한 하루였다.

9

라이온은 밥맛을 잃었다. 혀가 소태처럼 썼다. 이틀 남았다. 아줌마의 손길이 많이 바빠졌다. 아줌마는 생전에 할머니가 아끼던 물건들을 버리는 데 혈안이 되어있었다.

"이놈의 귀신 딱지들이 무슨 보물단지라고 여태껏 품에 안고 살았나. 내 속이 다 후련하다."

아줌마는 할머니의 앉은뱅이 경대를 도끼로 찍어내면서 정체를 알 수 없는 열기에 들떠있었다. 소싯적 시집을 때 갖고 왔다던 할머니의 경대는 다름 아닌 할머니였다. 아줌마는 할머니를 도끼로 찍어내고 있었다. 할머니는 비명을 지르면서 두 번째 죽어가고 있었다. 라이온은 아줌마의 얼굴에 그늘처럼 매달려있는 광기를 발견하고는 질겁했다. 아줌마는 억울했던 세월을 도끼로 찍어내고 있었던 것이다. 앞마당의 양지 끝에 앉아있는 남수와 남희 남매는 코를 빠뜨리고 있었다. 평소와 비교해보면 시체나 다름없었다. 남매는 여섯 마리의 개들 중에서 한 마리를 선택해야 하는 중책을 맡게 되었다. 남매의 무릎 밑으로 아무것도 모르는 쫑과 해피가 기어들어 와서 장난을 쳐댔다. 남수가 쫑을 들어 품에 안았다. 쫑이 짧은 혀로 남수의 얼굴을 핥았다. 남수가 쓸쓸히 웃었다. 남희는 해피의 목덜미를 긁어주다가 눈물 한 방울을 뚝 떨어뜨렸다. 남수가 남희의 손목을 끌고 집 안으로 들어갔다. 쫑과 해피는 평소와는 너무나 달라진 남매의 행동을 이해할 수가 없었다.

"라이온 님, 쟤네들 왜 저러는 거죠?"

"정 때문이란다. 정이란 참 쓸쓸하고 슬픈 거거든."

종과 해피의 질문에 라이온은 가라앉은 목소리로 대답했다. 쓰레기통 옆에 조각난 할머니의 경대가 쓸쓸하게 쌓여있었다. 할머니와 맺었던 정이 산산조각이 난 것이다. 라이온의 말을 절대 이해하지 못할 종과 해피는 더 모르겠다는 듯이 고개를 흔들고는 꼬리잡기 놀이를 하기 위해서 서로 어깨를 부딪치며 뛰어나갔다. 라이온은 슬픈 눈으로 어린 그들을 바라보았다.

"애들아, 엄마 나갔다 올 테니까, 텔레비전만 보지 말고 숙제 좀 하고 있어라. 알았지?"

경대 부수기(할머니 죽이기)놀이를 무사히 끝낸 아줌마는 어느새 번들번들한 외출준비를 하고서 대문 앞에 서 있었다. 뚝뚝하긴 해도 깊은 정이 있었던 아줌마였다. 그러나 아파트가 다가올수록 아줌마는 점점 화려해졌고, 목소리도 커졌다. 남매의 가느다란 대답이 측은하게 들려왔다. 아줌마의 치마 끝엔 상큼한 봄바람이 살짝쿵 매달려있었다. '오늘 밤은 결단을 해야 해!' 라이온은 부쩍 시도 때도 없이 늘어지기 일쑤인 갈기를 억지로 세우고 뒤뜰을 향해서 느린 걸음으로 걸었다. 메리와 은밀히 만나기로 약속이 되어있었다. 요즘 라이온은 메리만 생각하면 몸의 한 곳으로 모든 감각과 힘이 집중되었다. 꿈속에서도 메리의 감각적인 몸이 나타나 아랫도리를 더럽힌 적이 있었다. 사춘기 이후로 처음 경험해보는 몽정이었다. 새벽에 누가 볼까 봐 몰래 쪼그라든 생식기를 닦아내던 자신의 모습이 떠오르면 얼굴이 단풍보다 더 붉어졌다. 메리는 보이지 않았다. 판자 더미 속을 헤집어 봐도 보이지 않았다. 라이온은 코를 땅에 박았다. 후각을 이용해서 그녀를 찾는 수밖에 없었다. 메리의 냄새를 따라가던 그의 코가 멈춘 곳은 놀랍게도 집안으로 통하는 창문 밑의 쪽문이었다. 메리와 작전을 마치고 나올 때 살짝 열어두었던 그대로였다. 그렇다고는 해도 여자의 몸으로 이런 모험을 혼자 감행하다니. 라이온은 메리에 대해서 경이로움을 느꼈다. 아무튼 보통 여자는 아니야. 아일랜드 혈통인 귀족개 아이리쉬 울프 하운드의 배필감으로도 손색이 없단 생각이 들었다. 메리는 이미 라이온에게는 우아한 말더즈와 다름없었다. 라이온은 앞발을 들어서 쪽문을 살며시 열었다. 어두웠지만, 부엌 구석에 앉아있는 것은 틀림없는 메리였다. 어둠 속에서도 빛나는 여자였다.

"메리!"

부르는 소리를 듣고 메리가 조용히 하라는 신호로 귀를 쫑긋 세웠다. 침착한 자태가 믿음직스러웠다. 머쓱해진 라이온은 갈기를 죽이고 고양이걸음으로 메리에게 다가갔다. 고양이걸음으로…….

"자기야, 봐봐."

라이온은 메리가 시키는 대로 베니어합판에 난 구멍에다

가 한쪽 눈을 갖다 댔다. 라이온의 눈이 호박만큼 커졌다. 하마터면 비명이 새어 나올 뻔했다. 구멍에서 눈을 뗀 라이온은 저도 모르게 털썩 주저앉고 말았다. 메리가 라이온에게 다가와 맛이 간 시금치처럼 축 늘어진 갈색 갈기를 빨아주었다. 그런 와중에도 라이온의 중심이 불끈 솟았다. 방금 전까지 있는 대로 풀이 죽어있던 남수와 남희 남매는 환호성을 지르며 신이 나 있었다. 외출했던 아줌마는 라이온이 모르는 새에 들어와서 아이들과 함께 밝고 명랑한 미소를 짓고 있었다. 아줌마는 검붉은 털을 가진 개새끼 한 마리를 안고 있었고, 남매는 그 개새끼를 서로 먼저 안아보겠다고 난리법석을 떨고 있었다. 가관이 아니었다. 아줌마 품속에 있는 놈은 생후 육 개월도 안 되는 그야말로 하룻강아지였다. 라이온은 한눈에 슈나이저라는 걸 알 수 있었다. 15세기경에 검은 털 푸들과 스피츠를 교배시켜 만든 잡종견이었다.

"쳇, 슈나이저로군. 슈나이저는 짐꾼으로 쓰기 위해 만들어진 잡종견이야. 별 볼 일 없는 놈이라고. 암."

라이온의 투정에 메리는 아무 대꾸도 하지 않았다. 다만, 한때 가장 위대했던 지도자의 눈동자가 육 개월도 안 된 하룻강아지 때문에 질투심으로 이글이글 타오르고 있는 걸 안쓰러운 표정으로 지켜보고 있을 뿐이었다. 그의 빛나던 갈색 갈기는 생쥐의 것처럼 힘을 잃었다. 사자의 위엄은 어디에서도 찾을 수 없었다.

"슈나이저는 주둥이란 뜻이지. 저놈의 주둥이를 한번 보라고. 하하하. 꼭 주전자를 뒤집어 놓은 것 같지 않아?"

메리는 라이온의 어깨에 고단한 머리를 얹었다. 라이온의 어깨가 흔들리고 있음을 느낄 수 있었다. 그가, 우리들의 영웅이었던 아이리쉬 울프 하운드가 한낱 주둥이에 불과한 슈나이저로 인해 사시나무처럼 떨고 있었다. 메리는 몰락을 읽었다. 비극은 한발 한발 영웅에게 다가오면서 몰락을 재촉했다.

"엄마, 이거 이제 우리 거야?"

남수가 주둥이를 엄마의 품에서 빼앗으며 물었다.

"그래. 평창동 이모한테 특별히 부탁해서 얻어온 거야. 다 커도 요거 밖에 안 된데."

아줌마는 팔을 벌렸다 오므렸다 해가면서 설명을 했다. 엄마의 설명을 들으면서 아이들의 입이 똥통만큼 헤벌쭉해졌다. 남희는 오빠에게 그럼, 이건 죽을 때까지 강아지야? 라고 바보 같은 질문을 했고, 남수는 그럼, 그것도 몰라, 하며 쪼다 같은 면박을 주었다.

"엄마, 그러면 우리 이거 아파트로 데리고 가는 거야?"

남수가 물었다.

"그럼. 아파트에선 큰 개는 못 기른대. 너희도 좋지?"

"응! 신난다."

남매가 이구동성으로 대답을 했다. 대답을 마치자마자 주둥이를 서로 차지하려고 생난리가 났다. 인간들이란 애나 어른이나 싸가지 없기는 마찬가지였다. 방금 전까지 쫑과 해피를 물고 빨고 하던 남매의 변신이 그저 놀라울 뿐이었다. 라이온은 속으로 할머니를 불러보았다. 할머니의 경대를 지키지 못한 자신이 한심하고 원망스러웠다. 자신을 '사자'라고 부르며 혈육처럼 아꼈던 할머니, 할머니가 목숨보다 소중하게 여겼던 경대가 도끼에 찍혀서 비명을 지르며 죽어갈 때까지 아무것도 하지 못했던 '사자 개' 라이온은 자괴감에 죽고만 싶었다. 자꾸만 추억 속으로 빠져드는 자신을 추스르려고 애를 썼지만, 허우적대면 댈수록 점점 빠져드는 깊은 늪처럼 어쩔 수가 없었다.

"자기야, 그만 나가자!"

라이온은 메리의 말에 겨우 정신을 수습하고 이미 기가 다 빠져 나가버린 뒷다리에 마지막 힘을 주었다.

"괜찮아. 다 잘 될 거야."

메리가 라이온의 귀를 핥아주었다. 우아한 말더즈가 아닌 잡종견 메리에게 이토록 큰 위안을 얻을 줄이야. 라이온의 눈이 잠시 반짝였다.

"우리 타이거로 하자, 타이거!"

남수의 목소리가 얇은 벽을 뚫고서 파도처럼 밀려왔다. 저런 하룻강아지에게 타이거라니, 라이온은 참기 어려운 분노로 갈기를 바르르 떨었다. 세상이 혼돈 속으로 침몰하고 있었다. 할머니의 경대가 깨지는 순간, 세상의 질서도 함께 깨졌던 것이다.

라이온은 하룻강아지가 타이거가 되는 세상을 도저히 용

납할 수 없었다. 메리의 부축을 받으며 부엌을 빠져나가는 그는 영웅으로서의 마지막 독백을 준비하고 있었다. 최후의 독백!

10

어스름 흐린 달이 시커먼 밤하늘에 처량하게 매달려있었다. 라이온은 뒤뜰 한구석에서 베니와 은밀히 만나고 있었다. 분명히 마음에 드는 놈은 아니지만, 영웅의 마지막 독백을 도와줄 가장 적당한 인물이었다. 놈이 자칭 자랑하는 진돗개의 영리함과 끈기를 지닌 것만은 확실했다. 생각해보니, 그의 거만함은 비굴함보다는 훨씬 우수한 덕목임에 틀림없었다.

"지, 지금 한 말이, 정, 정말입니까?"

평소에 시니컬한 베니도 라이온의 계획을 다 듣고 나서는 혀를 더듬었다. 라이온은 고개를 끄덕였다. 라이온과 베니의 눈이 마주치면서 파란 불빛이 일었다. 처음 있는 일이었다.

"날 도와주겠나?"

라이온의 질문에 베니는 대답을 서두르지 않았다. 그는 신중함이라는 덕목도 어느 정도 갖추고 있었다. 라이온은 침묵을 견딜 수 없었다. 그의 핏속엔 이미 분노가 철철 흐르고 있었다. 라이온은 베니에게 눈빛으로 재촉했다.

베니가 침을 한번 꿀꺽 삼키고는 신중한 어투로 물었다.

"라이온 님의 계획을 메리는 알고 있나요?"

라이온은 고개를 저었다.

"여자를 끌어들이고 싶지는 않아. 이 일은 나와 자네만이 할 수 있어. 시간이 없어. 오늘 밤 밖에는."

베니는 라이온의 진심을 읽었다. 베니는 말아 올렸던 꽁지를 서서히 접었다. 라이온 앞에서 한 번도 그 잘난 꽁지를 접어본 적이 없는 진돗개, 베니였다. 그것은 충성의 맹세였다. 라이온도 베니 앞에서 우아한 꼬리를 내렸다. 개가 꼬리를 내린다는 건 자존심의 포기를 의미한다. 서로에게 자존심을 포기한다는 건 무한한 신뢰를 뜻한다. 초라한 꼬리를 밤하늘에 걸치고 있던 달이 완전히 사라지는 걸 신호로 삼아서, 라이온과 베니는 부엌으로 통하는 쪽문에서 만나기로 약속을 하고 헤어졌다. 라이온과 메리가 개척해놓은 그 입구에서. 베니를 보내고 나서 라이온은 어두운 하늘 속으로 점점 몸을 감추는 달을 올려다보았다. 나도 달 같다……. 달을 향해서 우우 울기라도 하고 싶은 심정이었으나, 참았다. 늑대의 본능이 문득 몸속에서 꿈틀댔으나, 아직은 가축으로서의 이성을 지켜야만 했다. 본능을 배반하고, 이성적으로 산다는 건 무척 고단한 일이다. 그러나 백성을 책임진 지도자로서 본능의 지배를 허락할 수는 없었다. 마침내 달이 흔적도 없이 사라졌다. 라이온은 기지개를 켜면서 천천히 몸을 일으켰다. 그의 갈색 갈기가 하늘을 향해 곧추세워졌다. 이렇게 아름다운 갈기를 가진 개는 이 세상에 없으리라.

"나는 라이온이야!"

라이온은 늠름하게 대지를 밟으며 전진했다. 다시는 고양이처럼 걷지 않을 테다. 뒤뜰로 사라지는 그의 몸뚱어리를 어둠이 야금야금 잡아먹기 시작했다. 뒤뜰은 여전히 할머니의 냄새로 가득했다. 경대를 박살 낸 아줌마도 할머니의 냄새만은 어쩌지 못하였다. 생전에 할머니의 보물이었던 호박꽃 냄새가 진동을 했다.

늠름하게 걷던 라이온이 갑자기 짧은 비명을 지르며 무릎을 꺾었다. 앞발에 짧지만 지독한 통증이 스며들었다. 뭔가에 찔린 것 같았다. 라이온은 코를 땅에 박고 냄새 맡다가 발을 찌른 것이 다름 아닌 할머니의 경대에서 부서져 나온 거울 조각이란 걸 알게 되었다. 경대의 죽음, 할머니는 두 번 죽은 셈이었다.

"이게 내가 열일곱에 시집올 때 갖고 온 거다."

할머니는 마치 백설 공주에 나오는 요술거울 대하듯 했었다. 쪽진 머리에 동백기름을 바르고 참빗으로 머리카락을 쓸면서, 거울아, 거울아 이 세상에서 누가 젤루 이쁘니? 하고 물어보는 것 같았었다.

"그놈의 영감 봄바람만 나지 않았어도, 꽃 같은 날 홀대하진 않았을 텐데. 본심은 착한 양반이라. 허긴 선한 남정네가 정 떼지 못하는 법이라. 사내가 정이 너무 많은 것이 화근이여, 화근."

할머니는 경대를 벗 삼아서 웃기도 하고, 울기도 하고, 역정을 내기도 했었다. 경대는 할머니의 세계였었다. 라이온은 거울 조각에 코를 갖다 대고 할머니의 냄새를 가슴속까지 흡입한 후에 다시 당당한 모습으로 걷기 시작하였다. 개는 모든 걸 냄새로 추억하는 법이다.

"여기예요, 라이온 님."

어둠 속에서 베니의 목소리가 들렸다. 라이온은 간결하게 대답하고, 베니가 기다리고 있는 쪽문을 향해서 조심스러운 발걸음을 떼었다. 그렇다고 해도 고양이걸음은 절대 아니었다고 역사는 기록할 것이다. 검은 어둠이 두 마리의 개를 휘몰아쳐 품어버렸다.

"당신은 진정한 아이리쉬 울프 하운드에요."

어둠 속으로 사라지는 라이온을 줄곧 지켜보는 하얀 털의 여자가 있었다. 몸을 떨자, 그녀의 하얀 털이 검은 어둠을 나풀나풀 나비처럼 날아간다. 봄에 내리는 눈 같았다. 하얀 그녀는 눈을 감았다. 내일은 천국 같은 아파트로 이사 가는 날이다. 일찍 자야겠다. 라이온과 베니는 어둠 속에서도 서로의 강렬한 눈빛을 느낄 수 있었다. 두 개의 심장이 같은 박자로 뛰었다. 베니가 앞장서서 앞발로 문을 슬그머니 밀었다. 베니가 먼저 안으로 들어갔고, 라이온이 그 뒤를 따랐다. 눈이 어둠에 익숙해질 때까지 둘은 약속이나 한 듯 말없이 앉아있었다.

"이젠 어떻게 하죠, 라이온 님?"

부엌의 윤곽이 눈에 들어오기 시작하자, 베니가 라이온의 귀에 대고 속삭였다.

"저기에 바짝 붙어 서 있게."

라이온은 작지만, 위엄으로 가득 찬 목소리로 명령했다.

"네."

베니는 군말 없이 라이온이 시키는 대로 마루로 나갈 수 있는 문 앞에 바짝 기대어 섰다. 그리고 다리에 잔뜩 힘을 넣었다. 아이리쉬 울프 하운드의 무게를 견디려면 축적되어 있는 모든 힘을 모아야만 한다. 거대한 몸집의 늑대개가 바람 같은 속도로 달려오고 있었다. 베니는 눈을 찔끔 감았다. 허리에 짧고 강렬한 통증이 느껴졌다가, 곧 사라졌다. 사랑하는 메리가 라이온에게 눈독을 들이고 있다는 걸 눈치 챘을 때, 베니는 불타는 질투심으로 심신이 썩어 들어가는 고통 속에서 며칠을 지냈었다. 상대가 상대니만큼 어쩌지도 못하고 벙어리 냉가슴만 앓았었다. 한편으론 바람난 애인이 이해되기도 했다. 같은 수컷의 눈으로 봐도 라이온은 멋졌다. 상어처럼 잘 빠진 길고 아름다운 주둥이, 삼라만상의 모든 소리를 다 담을 수 있을 것 같은 커다란 귀, 상대를 질식시킬 것처럼 바라보는 맑고 강렬한 눈빛, 바람에 나부끼는 사자를 닮은 갈색 갈기에 이르면 누구나 자괴감에 빠지게 된다. 라이온과 메리가 사랑의 하모니를 이룬 날 밤에 베니는 달을 올려다보고 소리 죽인 울음을 울었었다. 그렇게 베니는 사랑하는 여인, 메리를 떠나보냈었다. 연적 라이온이 베니의 등을 타고 솟구쳤다. 라이온은 유난히 높이 달려있는 문고리를 단 한 번 만에 무는 데 성공했다. 이빨이 몽땅 빠져나가는 것 같은 고통이 쏟아졌다. 그러나 놓치지 않으려고 모든 기를 이빨에 쓸어 담았다. 라이온은 문고리를 입에 물고서 몸을 180도 회전시켰다. 덜컥, 문이 열리는 소리를 듣자 라이온은 입을 떼고 착지에 성공했다. 완벽하고 아름다운 동작이었다. 그러나 입속에 가득 찬 고통을 라이온은 혼자서 삭혀야만 했다. 라이온과 베니는 최대한 낮은 자세로 마루로의 진입을 시도했다. 둘의 어깨가 밀착되었다. 서로의 심장이 느껴졌다. 그건 믿음이었다. 마루의 감촉. 어렸을 때이후, 처음 느껴보는 그 감촉에 겨워서 라이온은 혀를 내밀어 마루를 핥아보았다. 이 느낌을 그대로 간직하고 싶었다. 할머니는 마루로 올라온 어린 라이온에게 겉으론 호통을 치면서도 호박 부침을 던져주곤 했었다. 아가, 어서 먹구 냉큼 내려가라. 네 아줌마 알면 난리난다. 어디선가 할머니의 목소리가 들리는 것 같았다.

"라이온 님, 이쪽이에요."

코를 킁킁거리던 베니가 말했다. 할머니의 목소리가 이내 사라졌다. 라이온은 베니를 향해서 자근자근 다가갔다. 시건방진 태도가 마음에 차지 않았던 놈이었다. 그러나 그것이 자신감의 일종이라는 것을 깨달았다. 라이온은 베니를 믿고, 온전히 자신을 맡긴 채로 뒤를 따랐다. 베니는 마루의 끝인 현관 앞에서 투우처럼 뒷다리를 쓸며 준비를 하고 있었다. 멈추었다. 주변에서 비릿한 하룻강아지 냄새가 진동을 했다.

"이제 자넨 비켜. 내가 할 일이야."

라이온은 베니를 뒤로 밀쳐내고 신발장 아래에 놓여 있는 작은 상자 안을 들여다보았다. 한 팔뚝도 되지 않는 그야말로 하룻강아지 한 마리가 세상모르고 자고 있었다. 이런 놈쯤이야 한 입으로 끝장을 내겠어. 너 같은 놈에게 타이거라는 이름은 아이러니며, 부조리야. 라이온은 이를 갈았다. 베니는 라이온의 뒤에 서서 목을 길게 빼고 주위를 감시하고 있었다. 그는 라이온이 서둘러주기를 바랐지만, 내색은 하지 않았다. 어린 슈나이저가 몸을 뒤척거리며 끄응, 끄응 옹알이를 해댔다. 꿈을 꾸고 있는지 눈꺼풀 속의 앙증맞은 눈알이 이리저리 굴러다녔다. 주둥이를 쑤욱 내민 꼴이 개보다는 돼지 새끼에 가까웠다. 그래, 그냥 돼지 새끼라고 생각하자. 라이온이 마침내 돼지 새끼의 목덜미를 입안에 넣었다. 비릿한 냄새가 역겨웠다. 이제 입을 다물기만 하면, 놈은 세상과의 짧은 인연을 마감하게 될 것이다. 타이거라는 어울리지 않는 이름도 함께 사라질 것이다. 식구들이 깨기 전에 끝장을 내야만 한다.

"서둘러요, 라이온 님!"

기다리다 못한 베니가 다급하게 재촉했다. 라이온은 꼬리로 알았다는 사인을 보냈다. 지도자의 덕목 중에서 가장 중요한 것이 결단력이다. 짧은 바람을 가르며 라이온의 위,

아래턱이 개새끼의 목덜미를 사이에 두고 마주 달리기 시작했다. 아파트로 이사 가기 전날 밤에 일어난 일이었다. 달은 시커먼 하늘 속으로 완전히 숨어버렸다. 순간, 베니는 눈을 질끈 감았다. 벌어져 있을 광경을 상상하는 것만으로도 전율이 느껴졌다. 그러나 베니의 탁월한 후각은 그를 결코 자유롭게 놓아두지 않았다. 자극적이고도 감각적인 피비린내가 코끝을 자극했다. 라이온은 어린 슈나이저의 잘려나간 머리통을 침과 함께 뱉어냈다. 어쭙잖은 타이거의 비참한 최후였다. 몸통과 분리된 머리통에선 시뻘건 피가 강물처럼 흘렀다. 라이온의 입가에도 선혈이 흡혈귀처럼 흘러내렸다. 이건 정당한 응징이야, 정의라고. 라이온은 그렇게 머릿속을 정리했다.

라이온과 베니는 피가 멈출 때까지 같은 자세로, 표정으로, 마음으로 그렇게 서 있었다. 누구도 말을 꺼내지 못했다. 그러는 사이에 시간은 피처럼 흘렀다.

"끝났어. 가자."

피가 응고되는 광경을 지켜보고 나서 라이온이 베니의 곁을 지나갔다. 이번엔 베니가 라이온의 뒤를 부록처럼 따랐다. 어린 슈나이저의 사체는 분리된 채로 응고된 피와 몇 개의 파열된 실핏줄들로 감싸여 있었다. 다시 부엌으로 돌아온 라이온과 베니는 동시에 침을 꿀꺽 삼켰다. 긴장하고 있다는 증거였다. 어둠에 이미 익숙해진 그들은 부엌 구석구석을 훤히 볼 수 있었다. 일 년 사이에 할머니의 그릇들은 모두 자취를 감추었다. 울긋불긋한 꽃무늬 찬합도, 쭈글쭈글 할머니를 닮은 요강만 한 황색 주전자도, 다부진 몸매를 자랑삼던 놋쇠그릇도, 글래머한 몸매를 뽐내던 석유곤로도, 말라깽이 연탄집게도 모두 황량한 세월 속으로 사라져버렸다.

"시작하지."

라이온의 말이 떨어지기 무섭게 베니는 싱크대 밑에 몸을 갖다 댔다. 마루문을 열 때와 똑같은 동작이었다. 라이온 역시 적당한 거리를 두고 바람 같이 달려 나갔다. 베니의 등을 발판삼아서 날아오른 라이온은 싱크대 위에 안착했다. 라이온은 망설이지 않고 피 묻은 입으로 가스밸브를 물고 왼쪽으로 돌렸다. 피 냄새와 함께 혼란스러운 가스냄새가 흘러나왔다. 혼미해지려는 정신을 겨우 수습하고 라이온은 그림처럼 바닥으로 뛰어내렸다. 땀에 젖은 그의 갈색 갈기는 더욱 부풀어 올라있었다. 진짜 사자와 구별하기 어려울 정도로 위풍당당한 백수의 왕이었다.

"준비 됐나?"

라이온의 질문에 베니는 고개를 끄덕이고 나서 앞발을 최대한 뻗어서 불을 올렸다. 처음에는 파랬던 불이 점점 빨간색으로 변해갔다. 라이온은 부엌이 보이지 않는 뭔가에 의해서 팽팽하게 부풀어 오르는 것을 느꼈다. 그의 가슴속도 알 수 없는 울화로 가득 찼다. 그건 분명히 분노였다. 어린 눈을 떠서 처음 본 세상이 바로 여기였었다. 그리고 지금까지 줄곧 그의 세계였던 곳을 그가 스스로 멸망시켜야만 하는 운명이 가여웠다.

"라이온 님, 곧 폭발해요. 어서 피해요!"

베니가 멍하니 서 있는 라이온의 갈기를 물어뜯고 나서, 박차고 먼저 앞으로 나아갔다. 그제야 정신을 되찾은 라이온은 베니의 뒤를 따라서 쪽문을 걷어차고 허공으로 날아올랐다. 펑! 지구가 깨지는 것 같은 굉음이 등 뒤를 때렸다. 천지가 통곡하고 있었다. 너무 놀랐는지 숨어있던 달이 살짝 고개를 내밀었다. 허공을 날면서 라이온은 달리면서 할머니의 얼굴을 보았다. 주름진 얼굴이 달처럼 웃고 있었다. 라이온, 라이온……. 할머니가 라이온을 부르고 있었다.

창문 깨지는 소리, 서까래가 우르르 무너지는 소리, 남매의 울부짖는 소리, 아저씨와 아줌마의 절규, 기억할 수도 없는 수많은 소리, 소리들……. 하나의 질서가 무너지는 소리였다. 라이온과 베니는 소리를 뒤에 묶어둔 채로 앞만 보고 달렸다. 대문이 눈앞으로 바싹 다가왔다. 대문을 눈앞에 두고 라이온이 갑자기 멈추었다.

"왜, 왜 그러세요?"

베니가 다급하게 물었지만, 라이온은 아무런 대답도 하지 않고, 말릴 틈도 주지 않고 방향을 틀어서 거꾸로 달리기 시작했다. 마당 가운데 서 있던 집은 이미 형체를 분간할 수 없을 정도로 무너져 내리고 있었다. 시뻘건 불기둥이 검은 하늘로 솟구쳐 올랐고, 라이온의 모습은 보이지 않았다. 베니는 일단 대문을 어깨로 밀었다. 다행히 늙은 대문은 힘없이 쓰러졌다. 모든 걸 포기한 무기력한 제국의 왕처럼. 라이온은 축대 밑에서 들리는 소리를 향해서 달렸다. 익숙한 목소리가 들렸다. 그의 눈도 시뻘겋게 불타고 있었다.

"여기에요."

다급한 목소리는 메리였다. 축대 밑에 숨어서 라이온의 백성들은 구원을 기다리고 있었다. 늙은 황구의 품속에는 어린 쫑과 해피의 겁먹은 얼굴이 숨어있었다. 그 옆에 메리가 있었다. 라이온은 한걸음에 그들을 향해서 달려갔다.

"라이온 님, 무서워요!"

라이온을 보자마자 쫑과 해피가 참았던 눈물을 터뜨렸다. 무너지는 옛 제국의 축대 밑도 영원히 안전하지는 않았다.

"모두들 내 말 잘 들어. 지금부터 뒤돌아보지 말고 무조건 대문 쪽으로 달려. 나는 맨 뒤에서 따라갈 테니까, 알았지? 절대 뒤돌아보지 마라. 어서 가!"

라이온은 메리에게 선두를 맡기고, 쫑과 해피를 등에 태운 늙은 황구의 꼬랑지를 물어서 출발신호를 알렸다. 그들은 불타는 집을 남겨두고 꽁지 빠지게 달리기 시작했다. 불기둥들이 그들을 향해서 하나하나 쏟아져 내렸다. 한 세계가 멸망해가고 있었다.

"메리, 여기야. 이쪽이야."

대문은 이미 무너져 있었고, 베니가 그곳을 지키고 있었다. 선두를 맡은 메리는 베니의 목소리만을 의지해서 정신없이 달렸다. 연기가 스며들어서 눈을 뜰 수도 없는 상태였다. 오직 소리에만 의지할 뿐이었다. 도미노처럼 무너지며 달려드는 불기둥들. 그들은 쉬지 않고 달리고 또 달렸다. 넋이 어디로 빠져나갔는지도 모르게 그저 앞만 보고 내달렸다. 선두는 베니가 차지했다. 어둔 하늘이 놀처럼 붉게 빛나고 있었다.

11

얼마나 달렸을까. 선두인 베니는 가쁜 숨을 고르기 위해서 멈추었다. 그의 뒤를 따르던 무리도 함께 멈추었다. 집과는 꽤 멀리 떨어졌으나, 불타고 있는 현장은 코앞인 듯 훤했다. 어느새 어둡던 하늘도 새벽을 향해 서서히 풀려가고 있었다. 불길의 기세로 보아 가족들은 몰살됐을 것이다. 베니는 정신을 수습하고 주위를 챙겼다.

"메리?"

"여기야."

베니는 바로 뒤에서 들리는 음성에 우선 안심을 했다. 황구 아저씨의 거친 호흡도 들려왔고, 종과 해피의 떨리는 털끝도 느낄 수 있었다. 모두가 무사했다. 이제 한 발자국이라도 더 멀리 떠나는 일만 남았다. 새로운 세상을 향해서.

"가자."

"잠깐, 라이온 님은?"

메리가 소리쳤다.

베니를 비롯한 나머지들도 주위를 둘러보았지만, 그는 어디에도 없었다. 위대한 아이리쉬 울프 하운드가 부재했다. 졸지에 지도자를 잃은 그들은 당황하기 시작했다. 날이 밝기 전에 될 수 있는 대로 멀리 달아나야 하는 그들이었지만, 한 발자국도 움직일 수 없었다. 여태까지 라이온 없이는 문 밖으로 나가본 적이 없는 그들이었다.

"대문 앞까진 바로 내 뒤에 있었는데……."

늙은 황구가 겁에 질린 얼굴로 더듬었다. 늘어진 턱살이 바람맞은 창호지처럼 부르르 떨고 있었다. 어린 쫑과 해피는 끝내 울음을 터뜨리고 말았다. 베니는 아무 말 없이 시나브로 사그라지는 불길을 바라만 보고 있었다. 더 이상 지체할 수는 없는 일이었다. 운명을 거스를 수는 없다. 지도자는 감정을 드러내며 살 수 없는 법이다. 마침내 그가 입을 뗐다.

"출발하자."

베니의 말에는 짧지만, 강한 힘이 들어있었다. 다시 침묵이 그들을 지배하였다.

"그는 이미 죽었어."

아무도 베니의 말을 믿고 싶진 않았지만, 반박하는 이 역시 아무도 없었다.

베니는 라이온이 할머니의 화단을 떠나지 못할 것이라는 것을 알고 있었다. 사자 같은 갈기를 가진 아이리쉬 울프 하운드는 자신의 이름을 곱게 불러준 사람을 절대 잊지 못했으리라. 베니는 산 쪽으로 방향을 정하고 앞서 걷기 시작했다. 파란 새벽이 괴물의 아가리처럼 그들을 잡아먹기 위해서 다가오고 있었다. 하얀 털을 툭툭 털고 나서 메리가 발을 떼었다. 우우우, 늙은 황구가 꺼져가는 달을 향해서 통곡을 한 번 하고는 쫑과 해피를 다시 등에 태우고 메리의 뒤를 따랐다. 이제 그들은 위대한 지도자를 불구덩이 속에 버려둔 채로 새로운 세계를 찾아 떠나는 것이다. 그게 인생이며, 운명이다. 라이온은 잠시 잠깐 동안의 추억거리로만 존재할 것이다. 메리는 어느새 베니와 어깨를 비비며 나란히 걷고 있었다.

"베니 님, 어디로 가나요?"

울기를 멈추고 해사한 얼굴이 된 쫑과 해피가 동시에 물었다.

"우리들만의 세상으로."

베니는 어린것들에게 자애로운 미소를 날리며 대답했다.

"우리들만의 세상……. 그런 곳이 있기는 있어?"

메리가 물었다.

"만약에 없다면 만들 거야. 난 위대한 진돗개거든."

베니가 자신감 넘치는 어조로 대답했고, 모두가 작은 환호성을 질렀다.

새벽이 무르익을 무렵, 그들의 자취는 어느 곳에도 없었다. 역사와 전통을 자랑하는 지구상에서 가장 오래된 가축들은 그들만의 세상을 찾아 숲속으로 숨어들었다. 한때 가장 용감하고 위대했던 지도자는 그저 전설로만 남아 유령처럼 떠돌 뿐이었다.